AF290472

Zwölf Jahre
Ein Sklave

SOLOMON NORTHUP

Zwölf Jahre Ein Sklave, S. Northup
© 2014, Jazzybee Verlag Jürgen Beck
86450 Altenmünster, Loschberg 9
Deutschland

Druck: BOD GmbH, In de Tarpen
42, 22848 Norderstedt

ISBN: 9783849699376

www.jazzybee-verlag.de
www.facebook.com/jazzybeeverlag
admin@jazzybee-verlag.de

INHALT:

KAPITEL 1

Ich wurde als freier Mann geboren und genoss die Vorzüge der Freiheit in einem freien Land mehr als dreißig Jahre lang. Dann wurde ich gefangen genommen und als Sklave verkauft, was ich bis zu meiner Rettung im Januar 1853 zwölf lange Jahre geblieben bin. Irgendjemand hat mir mal gesagt, dass ein Bericht über mein Leben und meine Erlebnisse für die Öffentlichkeit von Interesse sein würde.

Seit meiner Rückkehr in die Freiheit ist es mir nicht entgangen, dass sich die nördlichen Bundesstaaten mehr und mehr für das Thema Sklaverei interessierten. Prosaliteratur, die mehr darauf ausgerichtet war, die positiven als die abscheulichen Aspekte zu schildern, ist in vorher nie gekanntem Ausmaß erschienen und bot einen fruchtbaren Nährboden für Kommentare und Diskussionen.

Ich kann über Sklaverei nur soweit Auskunft geben, wie ich sie selbst erlebt habe, wie ich sie selbst beobachten konnte. Mein Ziel ist es, eine offene und ehrliche Abhandlung von Fakten zu schreiben: die Geschichte meines Lebens zu wiederholen, ohne zu übertreiben. Dabei möchte ich es dem Leser überlassen, selbst zu beurteilen, ob die angesprochene Prosa eher über- oder untertreibt.

So weit zurück, wie ich es sicher weiß, waren meine Vorfahren väterlicherseits Sklaven in Rhode Island. Sie waren im Besitz einer Familie namens Northup, von denen sich einer in Hoosic, im Rensselaer County des Staates New York, niederließ. Er nahm meinen Vater Mintus Northup mit. Nach dem Tod dieses Gentlemans, ungefähr vor fünfzig Jahren, war mein Vater ein freier Mann, was durch das Testament seines Herrn verfügt war.

Henry B. Northup, Landjunker von Sandy Hill und renommierter Rechtsanwalt, ist der Mann, dem ich meine Freiheit und die Rückkehr zu meiner Familie und meinen Kindern verdanke und ein Verwandter der Familie, in der meine Vorfahren ihren Dienst verrichteten. Von ihm, der auch ein intensives Interesse an mir und meiner Geschichte zeigte, stammt auch der Name, den ich trage.

Irgendwann nach der Freisetzung meines Vaters zog dieser nach Minerva, Essex County, New York, wo ich im Juli 1808 geboren wurde.

Ich kann nicht sicher sagen, wie lange er dort wohnen blieb. Von dort zog es ihn nach Granville, Washington County, wo er in der Nähe von Slyborough einige Jahre auf der Farm von Clark Northup, einem Verwandten seines alten Herren, arbeitete; von dort ging er zur Alden Farm, etwas nördlich des Dorfes Sandy Hill gelegen; und von dort zur Farm, die jetzt im Besitz von Russel Pratt ist und an der Straße von Fort Edward nach Argyle liegt. Dort blieb er bis zu seinem Tode am 22. November 1829. Er hinterließ eine Witwe und zwei Kinder; mich, und Joseph, meinen älteren Bruder. Letzterer lebt immer noch im County von Oswego, nahe der gleichnamigen Stadt. Meine Mutter starb während meiner Gefangenschaft.

Obwohl er als Sklave geboren wurde und unter den Nachteilen der unglücklichen Rasse, der er angehörte, zu leiden hatte, war mein Vater wegen seines Fleißes und seiner Integrität ein respektierter Mann - wie viele, die noch leben, bestätigen werden. Er widmete sein Leben dem friedlichen Geschäft der Landwirtschaft und suchte immer die Anstellung in den niederen Tätigkeiten, die scheinbar speziell den Kindern Afrikas vorbehalten waren. Neben der Tatsache, dass er uns Kindern eine Bildung angedeihen ließ, die jenseits dessen war, was Kinder unserer Abstammung normalerweise erhalten, hatten ihm sein Fleiß und seine Sparsamkeit ausreichend Besitz verschafft, um das Wahlrecht zu erhalten. Er hatte es zur Gewohnheit gemacht, uns von seinem früheren Leben zu erzählen; und obwohl er immer in den höchsten Tönen, ja sogar Hingebung, von der Familie, in der er angestellt war erzählte, begriff er doch, was Sklaverei hieß und war in tiefer Sorge ob der Erniedrigung seiner Rasse. Er war stets darauf bedacht, uns moralische Grundsätze beizubringen und uns das Vertrauen in Ihn, der die niedrigsten wie auch die höchsten Kreaturen gleich behandelt, zu lehren. Wie oft habe ich über seine väterlichen Ratschläge nachgedacht, während ich in einer Sklavenhütte im entfernten Louisiana lag, unter den unverdienten Wunden leidend, die mir ein unmenschlicher Herr beigebracht hatte; mich nur nach dem Grab sehnend, in dem mein Vater lag, und das mich doch auch nicht vor der Peitsche des Schinders bewahren hätte können. Im Kirchenfriedhof von Sandy Hill weist nur ein kleiner, bescheidener Stein die Stelle, wo er ruht. Stets hatte er seine Pflichten in denen ihm von Gott zugedachten niederen Gesellschaftskreisen aufs Beste erfüllt.

Bis zu dieser Zeit war ich hauptsächlich und zusammen mit meinem Vater mit der Arbeit auf unserer Farm beschäftigt gewesen. Die wenigen

Stunden Freizeit, die mir blieben, verbrachte ich meistens über meinen Büchern oder mit dem Spiel auf der Geige - eine leidenschaftliche Beschäftigung in meiner Jugendzeit. Die Musik war auch eine Quelle des Trostes und der Freude für die einfachen Menschen, die mein Los teilten, und führte meine eigenen Gedanken für viele Stunden weg von meinem schrecklichen Schicksal.

An Weihnachten 1829 heiratete ich Anne Hampton, ein farbiges Mädchen, das zu diesem Zeitpunkt in der Nähe unseres Anwesens lebte. Die Zeremonie wurde in Fort Edward von Landjunker Timothy Eddy abgehalten, einem Stadtrat und auch heute noch prominenten Bürger dieses Ortes. Anne hatte längere Zeit in Sandy Hill bei Mr. Baird, dem Inhaber der Eagle Tavern, und in der Familie von Reverend Alexander Proudfit aus Salem gelebt. Dieser Gentleman war viele Jahre Vorsitzender der dortigen Presbyterianischen Gesellschaft. Anne erinnert sich heute noch voller Dankbarkeit an die überaus große Güte und hervorragenden Ratschläge dieses guten Mannes. Sie selbst kann nichts Genaues über ihre Abstammung sagen, aber das Blut dreier Rassen hat sich in ihren Venen vermischt. Es ist schwer zu sagen, ob das rote, weiße oder schwarze dominiert. Aber diese Mischung hat ihr eine einzigartige und anziehende Ausdruckskraft gegeben, wie man sie selten findet. Obwohl sie einer Mischlingsfrau sehr ähnlich sah, war sie doch keine. Und ich konnte das beurteilen, war doch meine Mutter eine solche Mischlingsfrau.

Ich hatte gerade meine Minderjährigkeit beendet und war im vergangenen Juli 21 Jahre alt geworden. Des Rates und der Hilfe meines Vaters beraubt und mit einer Frau, die von meiner Unterstützung abhängig war, begann ich ein Leben des Fleißes zu führen. Trotz meiner hinderlichen Hautfarbe und dem Bewusstsein meiner niederen Abstammung schwelgte ich in Träumen von einer guten Zeit, in der mich mein bescheidener Wohnsitz und die wenigen ihn umgebenden Felder mit Freude und Annehmlichkeiten belohnen würden.

Vom Zeitpunkt meiner Heirat bis heute war die Liebe, die ich für meine Frau empfand, immer aufrichtig und ohne Makel; und nur diejenigen, die selbst die überwältigenden und zärtlichen Gefühle eines Vaters für seinen Nachwuchs erlebt haben, werden meine Hingabe für die geliebten Kinder, die uns geboren wurden, verstehen können. Ich halte es für angemessen, ja sogar notwendig, dies zu betonen. Nur so werden die Leser dieser Seiten die Intensität der Schmerzen, die ich zu tragen hatte, verstehen.

Unmittelbar nach unserer Hochzeit zogen wir in ein altes, gelbes Gebäude, das zu diesem Zeitpunkt am südlichen Rand von Fort Edward stand. Es wurde später in eine moderne Villa umgewandelt und in letzter Zeit von Captain Lathrop bewohnt. Es ist bekannt als das Fort House. Es diente als Gerichtsgebäude und wurde im Jahr 1777 wegen seiner Lage in der Nähe des alten Forts am linken Ufer des Hudsons von Burgoyne in Besitz genommen.

Während des Winters war ich mit anderen damit beschäftigt, den Champlain Kanal zu reparieren. Ich arbeitete in dem Abschnitt, den William Van Nortwick beaufsichtigte. David McEachron hatte die direkte Befehlsgewalt über die Männer, die mit mir zusammen arbeiteten. Als der Kanal im Frühjahr eröffnete, erlaubten mir meine Ersparnisse ein paar Pferde und einige andere Dinge, die man für die Schifffahrt brauchte, zu kaufen.

Nachdem ich mehrere tüchtige Hände eingestellt hatte, schloss ich Verträge für den Transport großer Bauholzflöße vom Lake Champlain hinunter nach Troy. Dyer Beckwith und ein Mister Bartemy aus Whitehall begleiteten mich auf einigen Reisen. Während der Saison perfektionierte ich die Kunst und die Geheimnisse des Flößens - ein Wissen, das mich später befähigte, einem ehrenwerten Herren gewinnbringende Geschäfte anbieten zu können und das die einfachen Holzfäller an den Ufern des Bayou Boeuf immer wieder in Erstaunen versetzte.

Während einer meiner Reisen den Lake Champlain hinunter wurde ich eingeladen, einen Abstecher nach Kanada zu machen. In Montreal besichtigte ich die Kathedrale und andere interessante Plätze dieser Stadt. Ich setzte meine Rundreise nach Kingston und anderen Städten fort und eignete mir ein Wissen über diese Örtlichkeiten an, das mir später ebenfalls sehr nützlich wurde. Darüber werden wir am Ende dieses Berichtes mehr erfahren.

Nachdem ich meine Verträge am Kanal zu meiner eigenen und zur Zufriedenheit meines Arbeitgebers erfüllt hatte und nicht untätig bleiben wollte zu einem Zeitpunkt, als die Schifffahrt auf dem Kanal eingestellt worden war, schloss ich einen weiteren Vertrag mit Medad Gunn. Ich sollte für ihn eine größere Menge Holz schlagen und war damit während des Winters 1831-32 beschäftigt.

Als der Frühling kam, fassten Anne und ich den Kauf einer Farm in der Nachbarschaft ins Auge. Schon von frühester Jugend an war ich an landwirtschaftliche Arbeit gewöhnt und der Beruf kam meinen

Vorstellungen vom Leben geradezu entgegen. Also schloss ich einen Pachtvertrag für einen Teil der alten Alden Farm, auf der mein Vater einst gewohnt hatte. Mit einer Kuh, einem Schwein und zwei Ochsen, die ich kurz vorher von Lewis Brown in Hartford erworben hatte, sowie weiteren persönlichen Besitztümern, zogen wir in unser neues Heim nach Kingsbury. In diesem Jahr pflanzte ich 25 Morgen Mais, bestellte riesige Felder mit Hafer und hatte die Landwirtschaft so groß aufgezogen, wie es mir meine Mittel maximal erlaubten. Anne kümmerte sich um die Hausarbeit, während ich emsig in den Feldern zugange war.

Hier wohnten wir bis 1834. Während der Winter hatte ich viele Auftritte mit meiner Geige. Wo auch immer die jungen Leute sich zum Tanz versammelten, war auch ich. Überall in den umliegenden Dörfern war meine Geige berühmt. Anne war aufgrund ihres langen Aufenthalts in der Eagle Tavern als Köchin bekannt geworden. Während der Wochen, in denen Gericht gehalten wurde, und an öffentlichen Veranstaltungen durfte sie unter guter Bezahlung in der Küche von Sherrills Coffee House arbeiten.

Immer kamen wir von der Ausübung unserer Dienste mit Geld in den Taschen nachhause; bald hatten wir, dank Geigenspiel, Kochen und Landwirtschaft, ein stattliches Vermögen und lebten ein glückliches und wohlhabendes Leben. Nun, wäre es nach uns gegangen, wären wir auf der Farm bei Kingsbury geblieben; aber die Zeit war gekommen, um den nächsten Schritt in Richtung des grausamen Schicksals, das mich erwartete, zu tun.

Im März 1834 zogen wir nach Saratoga Springs in ein Haus, das Daniel O'Brien gehörte und am nördlichen Ende der Washington Street lag. Zu dieser Zeit betrieb Isaac Taylor eine große Pension am nördlichen Ende des Broadways, bekannt als Washington Hall. Er stellte mich als Taxifahrer ein. In dieser Position arbeitete ich zwei Jahre für ihn. Nach dieser Zeit arbeitete ich immer während der Sommersaison; auch Anne war angestellt und arbeitete im United States Hotel oder in anderen Gaststätten der Stadt. Während des Winters verließ ich mich auf meine Geige, auf der ich während des Baus der Troy und Saratoga Eisenbahn so manchen harten Arbeitstag wegspielte.

In Saratoga war es Brauch, dass man die Artikel, die man zum Leben benötigte, in den Läden von Mr. Cephas Parker und Mr. William Perry kaufte - beides ehrenwerte Männer, für die ich, ob ihrer vielen netten Gesten, starke Gefühle der Hochachtung hatte. Dies war auch der Grund, warum ich zwölf Jahre später den Brief, der am Ende des Buches eingefügt ist und der den Weg zu meiner glücklichen Befreiung geebnet hat, genau ihnen geschickt habe.

Während wir im United States Hotel lebten, traf ich oft auf Sklaven, die ihre Herren aus dem Süden begleiteten. Sie waren immer gut gekleidet und versorgt und führten offenbar ein lockeres Leben, das nur durch wenige Alltagssorgen gestört wurde. Oft unterhielten sie sich mit mir über das Thema der Sklaverei. Allen gemeinsam war der heimliche Wunsch nach Freiheit. Einige äußerten sogar den leidenschaftlichen Wunsch, zu fliehen und fragten mich nach der besten Methode, wie dies gelingen könnte. Allerdings reichte in allen Fällen die Angst vor der Bestrafung, die ganz sicher nach ihrer Ergreifung und Rückkehr über sie hereinbrechen würde, sie von diesem Versuch abzubringen. Ich selbst hatte mein ganzes Leben die freie Luft des Nordens geatmet und war mir sicher, dass in mir die gleichen Emotionen und Leidenschaften herrschten, die auch die Brust eines weißen Mannes füllten; sicher auch, dass ich eine Intelligenz besaß, die einem Mann mit hellerer Hautfarbe gerecht werden würde. Ich war zu ignorant, vielleicht zu unabhängig, um zu verstehen, wie hier jemand in dem absurden Abhängigkeitsverhältnis eines Sklaven leben konnte. Ich konnte die Gerechtigkeit eines Gesetzes, oder einer Religion, die die Prinzipien der Sklaverei aufrechterhält, nicht nachvollziehen; und nicht ein einziges Mal, das sage ich mit Stolz, habe ich nicht darauf hingewiesen, dass jeder seinen Kampf für die Freiheit selbst führen muss.

Ich lebte in Saratoga bis ins Frühjahr 1841. Die Verlockungen, denen wir vor sieben Jahren in unserer ruhigen Farm am Ufer des Hudsons erlegen waren, hatten sich nicht erfüllt. Obwohl wir immer bequem gelebt hatten, waren wir nicht zu Wohlstand gelangt. Die Gesellschaft und die Vereine in dem weltbekannten Kurort waren nicht in Übereinklang zu bringen mit den Idealen von Fleiß und Sparsamkeit, die ich gelernt hatte; ganz im Gegenteil herrschte hier Unbeholfenheit und Extravaganz.

Zu dieser Zeit waren wir Eltern dreier Kinder - Elizabeth, Margaret, und Alonzo. Elizabeth, die Älteste, war zehn; Margaret war zwei Jahre jünger und Alonzo war gerade erst fünf geworden. Sie erfüllten unser Haus mit Freude und ihre jungen Stimmen waren Musik in unseren Ohren. Ich und ihre Mutter haben manches Luftschloss für sie gebaut. Wenn ich nicht gearbeitet habe, bin ich immer mit ihnen durch die Straßen und Haine von Saratoga gegangen. Ihre Gegenwart war eine Lust für mich; und ich drückte sie an meine Brust mit so warmer und zärtlicher Liebe, als ob ihre dunkle Haut so weiß wie Schnee gewesen wäre.

Soweit gibt die Geschichte meines Lebens nichts Unübliches her – nichts, außer der gewöhnlichen Hoffnung, der Liebe und dem Leid eines dunkelhäutigen Mannes, der sein bescheidenes Leben auf dieser Welt fristet. Aber nun hatte ich einen Wendepunkt meines Lebens, die Schwelle unsagbaren Leidens, der Sorge und der Verzweiflung erreicht. Ich hatte den Schatten jener Wolke erfühlt, deren trübe Dunkelheit mich schon bald verschlucken sollte, um von da an aus den Augen all meiner Verwandten zu entschwinden und für viele ermüdende Jahre das süße Licht der Freiheit nicht mehr zu erblicken.

KAPITEL 2

Eines Morgens, gegen Ende des Monats März im Jahr 1841, hatte ich keine Arbeit, der ich mich zuwenden hätte können. So ging ich durch die Straßen von Saratoga Springs und dachte darüber nach, wo ich schnell eine Beschäftigung bekommen könnte, um die Zeit bis zur Saison zu überbrücken. Anne hatte wie gewöhnlich die 20 Meilen hinüber nach Sandy Hill hinter sich gebracht, um die Leitung der Küche in Sherrills Coffee House während der Gerichtswochen zu übernehmen. Elizabeth, glaube ich, hatte sie begleitet. Margaret und Alonzo waren bei ihrer Tante in Saratoga.

An der Ecke Congress Street und Broadway, nahe der Gaststätte, die damals und – soweit mir bekannt – auch später noch im Besitz von Mr. Moon war, traf ich auf zwei Gentlemen von bemerkenswerter Erscheinung. Keinen von ihnen hatte ich jemals vorher gesehen. Ich hatte den Eindruck, dass sie durch einen meiner Bekannten erfahren hatten, dass ich ein ausgezeichneter Geigenspieler war. Leider kann ich mich bis heute nicht erinnern, wer dieser Bekannte war.

Auf jeden Fall begannen sie sofort eine Unterhaltung über dieses Thema und stellten einige Fragen, um den Stand meines Könnens auszuloten. Nachdem meine Antworten augenscheinlich zufriedenstellend waren, boten sie an, meine Dienste für eine kurze Zeit in Anspruch zu nehmen - immer betonend, dass ich genau die Person war, die sie suchten. Ihre Namen, die sie mir später nannten, waren Merrill Brown und Abram Hamilton - wobei ich starke Zweifel habe, dass dies ihre wirklichen Namen waren. Ersterer war ungefähr 40 Jahre alt, etwas kleiner und untersetzt und seine Haltung verriet Verschlagenheit und Intelligenz. Er trug einen schwarzen Gehrock und einen Hut gleicher Farbe und sagte, dass er in Rochester oder Syracuse beheimatet war. Der zweite war ein junger Mann von normaler Gestalt und mit leuchtenden Augen; ich würde sagen, dass er nicht älter als 25 war. Er war groß und schlank und mit einem mehrfarbigen Mantel, einem glänzenden Hut und einer Weste mit elegantem Muster bekleidet. Seine ganze Kleidung war sehr modisch. Sein Gehabe war irgendwie weibisch, nichtsdestotrotz besitzergreifend und ihn umhüllte eine Aura, die verriet, dass er die Welt gesehen hatte. Sie gehörten, so sagten sie mir, zu einem Zirkus, der gerade in Washington war; dass sie auf dem Weg dorthin zurück wären, einen Ausflug Richtung Norden unternommen hätten, um das Land zu sehen, und ihre Ausgaben durch gelegentliche Vorstellungen deckten. Sie bemerkten ebenso, dass es schwierig war, Musiker für ihre Vorstellungen zu finden und dass sie mir, wenn ich sie bis New York begleiten würde, einen Dollar pro Tag meiner Dienste und zusätzlich drei Dollar pro Vorstellung bezahlen würden. Ebenso würden sie die Kosten für meine Rückfahrt von New York nach Saratoga übernehmen.

Ich nahm dieses verlockende Angebot sofort an, einerseits wegen des versprochenen Geldes, andererseits wegen des Verlangens, die Großstadt zu besuchen. Sie waren darauf bedacht, sofort aufzubrechen. In der Annahme, dass meine Abwesenheit nur von kurzer Dauer wäre, hielt ich es nicht für notwendig, Anne zu schreiben, wohin ich gegangen war; ich nahm an, dass sich meine Rückkehr ungefähr mit ihrer decken würde. Nachdem ich Bettwäsche zum Wechseln und meine Violine eingepackt hatte, war ich fertig zur Abreise. Die Kutsche fuhr vor - ein geschlossenes, von zwei edlen Braunen gezogenes Gefährt. Alles machte einen sehr eleganten Eindruck. Ihr Gepäck, aus drei großen Koffern bestehend, wurde auf dem Dach befestigt und während sie ihre Plätze hinten einnahmen, kletterte ich mit auf den Kutschersitz. Ich verließ Saratoga auf der Straße in Richtung Albany, beschwingt von meiner neuen Anstellung, so glücklich, wie ich noch nie in meinem Leben gewesen war.

Wir fuhren durch Ballston, trafen auf die Ridge Road - wenn mich mein Gedächtnis nicht im Stich lässt, wurde sie so genannt - und folgten dieser bis nach Albany. Wir erreichten die Stadt noch vor Dunkelheit und hielten bei einem Hotel etwas südlich vom Museum. Diese Nacht hatte ich die Gelegenheit, Zeuge einer ihrer Vorführungen zu werden - es blieb die einzige während der ganzen Zeit, die ich bei Ihnen war. Hamilton stand an der Tür; ich war das Orchester, während Brown für die Unterhaltung zuständig war. Diese bestand aus dem Werfen von Bällen, Seiltanz, dem Braten von Pfannkuchen in einem Hut, dem Quieken unsichtbarer Schweine, Bauchreden und Taschenspielereien. Publikum war nur sehr spärlich vertreten und nicht von der erlesensten Sorte. Obendrein stand in Hamiltons Bericht über die Einnahmen nicht mehr als das, was ein Bettler am Ende eines Tages in seinem Hut wiederfindet.

Früh am nächsten Morgen brachen wir wieder auf. Ihre Unterhaltung war nun eingefärbt von der Sorge, den Zirkus ohne jede weitere

Verzögerung zu erreichen. Ohne noch einmal anzuhalten für eine weitere Vorstellung, preschten sie voran und nach einiger Zeit hatten wir New York erreicht. Dort bezogen wir eine Unterkunft im Westen der Stadt in einer Straße, die vom Broadway zum Fluss führte. Ich dachte, meine Reise sei zu Ende und erwartete, dass ich in ein oder zwei Tagen wieder zu meinen Freunden und meiner Familie nach Saratoga zurückkehren könne. Brown und Hamilton begannen aber mich zu bedrängen, mit ihnen nach Washington zu reisen. Sie behaupteten, dass der Zirkus, nun da die Sommersaison begonnen habe, sich sofort nach unserer Ankunft in Richtung Norden begeben würde. Sie versprachen mir eine Anstellung und einen hohen Lohn, wenn ich sie begleiten würde. Ausführlich beschrieben sie mir die Vorteile und schmeichelten mir derart, dass ich schließlich beschloss, ihr Angebot anzunehmen.

Am nächsten Morgen schlugen sie vor, nachdem wir kurz davor waren, in einen Bundesstaat einzureisen, in dem Sklaverei erlaubt war, die nötigen Dokumente für mich aufzutreiben, bevor wir New York verlassen. Diese Idee erschien mir sehr umsichtig, obwohl ich glaube, dass mir das vermutlich nicht eingefallen wäre, wenn sie es nicht vorgeschlagen hätten. Wir steuerten sofort das Zollhaus an – zumindest glaube ich, dass es eins war. Sie versicherten dort eidesstattlich, dass ich ein freier Mann war. Ein Papier wurde ausgestellt und uns übergeben mit dem Hinweis, es zum Büro des Buchhalters zu bringen. Das taten wir und nachdem der Buchhalter dem Dokument etwas hinzugefügt hatte, für das er sechs Schilling bekam, kehrten wir zum Zollhaus zurück. Dort gab es noch einige andere Formalitäten zu erledigen. Nachdem wir dem Beamten zwei Dollar bezahlt hatten, konnte ich die Papiere endlich in Empfang nehmen und mit meinen beiden Freunden in unser Hotel zurückgehen. Ich muss gestehen, dass ich zu dieser Zeit dachte, dass diese Papiere wohl kaum die Kosten ihrer Ausstellung wert waren; aber ich dachte auch nicht im entferntesten daran, dass es irgendwo eine Gefahr für meine persönliche Sicherheit geben könnte. Ich erinnere mich, dass der Buchhalter, zu dem wir geschickt wurden, eine Notiz in einem großen Buch machte, welches vermutlich noch immer in seinem Büro liegt. Sollte jemand Zweifel haben an den hier gemachten Angaben haben, wird ein Blick auf diese Eintragungen, die aus dem März oder April 1841 stammen, genügen, um die Echtheit zu bestätigen, wenigstens für diesen Teil der Erzählung.

Mit dem Beweis der Freiheit in meinem Besitz nahmen wir am Tag nach unserer Ankunft in New York die Fähre nach Jersey City und anschließend die Straße nach Philadelphia. Dort blieben wir eine Nacht und setzten die Reise früh am nächsten Morgen in Richtung Baltimore fort. Schließlich erreichten wir letztgenannte Stadt und stiegen in einem Hotel in der Nähe des Eisenbahndepots ab. Es war das Rathbone House, das vielleicht so hieß, weil sein Besitzer ein Mr. Rathbone war. Während der gesamten Fahrt war die Sorge meiner Begleiter, den Zirkus noch rechtzeitig zu erreichen, ständig größer geworden. Wir ließen das Fuhrwerk in Baltimore und stiegen in den Zug nach Washington, wo wir kurz vor Dunkelheit ankamen. Es war der Vorabend von General Harrisons Begräbnis und wir stiegen im Gadsbys Hotel an der Pennsylvania Avenue ab.

Nach dem Abendessen riefen sie mich in ihr Apartment und zahlten mir 43 Dollar – eine Summe, die um einiges größer war als mein verdienter Lohn. Sie begründeten diese Großzügigkeit damit, dass sie während unserer Reise von Saratoga hierher nicht so viele Vorstellungen gegeben hatten, wie sie es mir versprochen hatten. Darüber hinaus informierten sie mich, dass es die Absicht des Zirkus gewesen sei, Washington am nächsten Morgen zu verlassen und dass man beschlossen hatte, dies wegen des bevorstehenden Begräbnisses um einen Tag zu verschieben. Sie waren, wie die ganze Zeit seit unserem ersten Treffen, sehr zuvorkommend und nett. Sie ließen keine Gelegenheit aus, um mir schön zu reden; andererseits war ich auch sehr voreingenommen und zu ihren Gunsten gestimmt. Ich ließ sie mein vorbehaltloses Vertrauen spüren und hätte ihnen zu diesem Zeitpunkt alles abgekauft. Ihre Konversation mit mir und ihr ganzes Verhalten mir gegenüber, ihre Voraussicht bezüglich der Dokumente und viele andere Kleinigkeiten, die hier nicht erwähnt werden müssen – alles ließ mich glauben, dass sie echte Freunde waren, nur auf mein Wohlergehen bedacht. Ich weiß immer noch nicht, ob sie unbeteiligt waren an der ganzen Bosheit, derer ich sie heute beschuldige. Ob sie nur Helfershelfer meines Unglücks waren, raffinierte und unmenschliche Monster in Menschengestalt, einzig und allein darauf aus, mich um des Geldes willen von Heim, Familie und Freiheit wegzulocken – derjenige, der diese Zeilen liest, möge dies selbst entscheiden, er hat nun die gleichen Kenntnisse wie ich. Wenn sie unschuldig waren, war mein plötzliches Verschwinden schlicht unerklärlich; zieht man aber alle Begleitumstände in

Betracht, ist es mir unmöglich, mich ihnen gegenüber nachsichtig zu zeigen und Milde walten zu lassen.

Nachdem ich das Geld, von dem sie anscheinend mehr als genug hatten, von ihnen erhalten hatte, wiesen sie mich an, in dieser Nacht das Hotel nicht zu verlassen, umso mehr, als ich mit den Regeln in dieser Stadt nicht vertraut war. Ich versprach ihnen, diesen Ratschlag zu beherzigen und wurde kurz danach von einem farbigen Diener zu einem Schlafraum im hinteren Teil des Erdgeschoßes des Hotels gebracht. Ich legte mich zur Ruhe und dachte an meine Heimat, meine Frau und meine Kinder und die große Entfernung zwischen uns. Schließlich schlief ich ein. Aber kein Engel des Mitleids erschien an meinem Bett und hieß mich zu fliehen – keine Stimme der Gnade warnte mich in meinem Traum vor den Prüfungen, die kurz bevor standen.

Am nächsten Tag gab es einen großen Umzug in Washington. Das Donnern von Kanonen und Glockengeläut erfüllte die Luft und viele Häuser waren mit Trauerflor verschleiert und die Straßen schwarz vor Menschen. Nach einiger Zeit kam die Prozession langsam die Straße herunter, Kutsche an Kutsche, in endloser Reihenfolge und mit Tausenden Fußgängern im Schlepptau, die sich alle zum Klang melancholischer Musik bewegten. Sie trugen den toten Körper Harrisons zu Grabe.

Vom frühen Morgen an war ich ständig in Begleitung von Hamilton und Brown. Sie waren die einzigen Menschen in Washington, die ich kannte. Wir standen zusammen, als die Beerdigungsprozession an uns vorbei zog. Ich entsinne mich noch, wie einmal das Fensterglas brach und zu Boden fiel, als man auf dem Friedhof die Kanone zum Salut abgefeuert hatte. Wir schlenderten zum Capitol und gingen dort eine ganze Weile in den Anlagen spazieren. Am Nachmittag schlenderten die Herren in Richtung des Weißen Hauses (*damals noch President's House, Anmerkung des Übersetzers*) und zeigten mir, der ich immer in ihrer unmittelbaren Nähe war, weitere Sehenswürdigkeiten. Bis jetzt hatte ich noch nichts von dem Zirkus erspäht. Um ehrlich zu sein, habe ich aber auch wenig, falls überhaupt, an ihn gedacht. Dafür war der Tag viel zu aufregend.

Meine Freunde gingen während des Nachmittags mehrmals in Kneipen und bestellten alkoholische Getränke. So weit ich das beurteilen kann, waren sie aber weit davon entfernt, zu viel davon zu trinken. Bei diesen Gelegenheiten reichten sie, nachdem sie sich selbst eingeschenkt hatten, auch mir ein Glas. Auch wenn man nun aufgrund der folgenden Ereignisse meinen könnte, ich sei betrunken gewesen – dem war mitnichten so.

Gegen Abend und kurz nachdem ich eines dieser Getränke zu mir genommen hatte, begann ich mich schlecht fühlen. Sogar sehr krank. Mein Kopf begann zu schmerzen – ein dumpfer, schwerer Schmerz, der fast nicht auszuhalten war. Beim Abendessen fühlte ich keinerlei Appetit; beim Anblick und Geruch des Essens wurde mir schlecht. Als es dunkel wurde, führte mich derselbe Diener zu dem Zimmer, das ich auch in der vergangenen Nacht bewohnt hatte. Brown und Hamilton rieten mir, mich zur Ruhe zu begeben und bedauerten meine Lage. Sie gaben mir Anlass zur Hoffnung, dass es mir morgens besser gehen würde. Ich entledigte mich bloß meines Mantels und meiner Stiefel und legte mich aufs Bett. Es war unmöglich zu schlafen. Der Schmerz in meinem Kopf wurde immer stärker, fast unerträglich. Nach kurzer Zeit wurde ich sehr durstig. Meine Lippen waren wie ausgedörrt. Ich konnte nur noch an Wasser denken – an Seen und Flüsse, an Bäche, über die ich mich zum Trinken gebeugt hatte und an den tropfenden Eimer, der voll des kühlen Nektars vom Boden des Brunnens heraufgezogen wurde. Gegen Mitternacht, das vermutete ich jedenfalls, stand ich auf. Ich war nicht länger in der Lage, diesen unglaublichen Durst auszuhalten. Ich war fremd in dem Haus und wusste nichts über seine Zimmer. Alle schliefen, soweit ich das beurteilen konnte. Blind herumtastend, keine Ahnung wo, fand ich irgendwie den Weg in eine Küche im Untergeschoß. Zwei oder drei farbige Diener liefen darin herum und eine Frau gab mir zwei Gläser Wasser. Das brachte mir eine kurzfristige Linderung, die aber nur solange anhielt, bis ich mein Zimmer wieder erreicht hatte. Dann begann das Ganze von vorne; der gleiche peinigende Durst, das unbändige Verlangen zu trinken, war wieder da. Es war sogar noch schlimmer als zuvor, ebenso der abscheuliche Schmerz in meinem Kopf – falls dies überhaupt möglich war. Ich war in einer schlimmen Lage und litt grausamste Höllenqualen! Mir schien, ich stünde am Rande des Wahnsinns! Die Erinnerung an diese Nacht voller schrecklicher Leiden wird mich bis ins Grab verfolgen.

Innerhalb einer Stunde nach meiner Rückkehr aus der Küche bemerkte ich, wie jemand den Raum betrat. Es schienen mehrere zu sein, ein Gemisch verschiedenster Stimmen; aber wie viele und wer sie waren, kann ich nicht sagen. Ob Brown und Hamilton unter ihnen waren oder auch nicht wäre pure Vermutung. Ich erinnere mich nur mit einiger Deutlichkeit, dass man mir sagte, ich müsse zu einem Arzt gehen und mir dort Medikamente besorgen. Ich zog meine Stiefel an und folgte ihnen, ohne Mantel oder Hut, durch einen langen Durchgang oder eine Gasse raus auf die Straße. Diese bog rechtwinklig von der Pennsylvania Avenue ab. Auf der anderen Seite sah ich ein Licht in einem Fenster. Mein Eindruck war, dass da drei Personen bei mir waren; aber das ist so verschwommen und vage wie die Erinnerung an einen bösen Traum. Die letzte aufflackernde Erinnerung, die ich heute noch habe, ist, dass wir auf das Licht zugingen, von dem ich glaubte, dass es aus der Praxis eines Arztes schien und das immer mehr zurückwich, je mehr ich mich ihm näherte. Von diesem Moment an war ich bewusstlos. Wie lange ich das war, weiß ich nicht, vielleicht nur eine Nacht, oder auch viele Tage und Nächte; aber als mein Bewusstsein zurückgekehrt war, fand ich mich allein, in völliger Dunkelheit und in Ketten vor.

Der Schmerz in meinem Kopf war beträchtlich zurückgegangen, aber ich fühlte mich immer noch benommen und schwach. Ich saß auf einer niedrigen Bank, die aus rauen Bohlen gefertigt worden war, und hatte weder Mantel noch Hut. Man hatte mir Handschellen angelegt. Um meine Fußknöchel lagen schwere Fesseln. Ein Ende der Kette war an einem großen Ring im Fußboden befestigt, das andere an einer der Fesseln. Ich versuchte vergebens aufzustehen. Erst nach geraumer Zeit konnte ich mich einigermaßen sammeln, die Bewusstlosigkeit musste doch einige Zeit angedauert haben. Wo war ich? Was bedeuteten diese Fesseln? Wo waren Brown und Hamilton? Was hatte ich getan, dass ich es verdient hatte, in so einem Verlies gefangen zu sein? Ich verstand überhaupt nichts. Es gab eine Lücke unbekannten Ausmaßes in meinem Gedächtnis. Was vor meinem Erwachen hier passiert war, konnte selbst die größte Anstrengung nicht rekonstruieren. Ich lauschte intensiv nach einem Lebenszeichen, aber nichts durchbrach die bedrückende Stille - außer dem Klirren der Kette, wenn ich mich bewegte. Ich sprach mit lauter Stimme, aber der Klang meiner Stimme erschreckte mich. Soweit die Fesseln es erlaubten, fühlte ich nach meinen Taschen – weit genug um festzustellen, dass man mich nicht nur der Freiheit, sondern auch meines Geldes und meiner Dokumente beraubt hatte! Dann dämmerte mir der Gedanke, zuerst leise und verworren, dass man mich entführt hatte. Aber das wäre ja unglaublich gewesen.

Es muss wohl einen Irrtum gegeben haben, irgendeinen unglücklichen Zufall. Es durfte nicht sein, dass ein freier Bürger des Staats New York, der niemandem etwas zuleide getan, geschweige denn ein Verbrechen begangen hatte, so unmenschlich behandelt wurde. Je mehr ich über meine Lage nachdachte, desto sicherer erschien mir mein Verdacht. Es war ein trostloser Gedanke. Ich fühlte, dass kaltherzige Menschen weder Vertrauen verdienten, noch Gnade erwarten ließen. Ich empfahl mein Schicksal dem Gott der Unterdrückten, beugte mein Gesicht auf meine gefesselten Hände und begannbitterlich zu weinen.

KAPITEL 3

Ungefähr drei Stunden vergingen, in denen ich auf der niedrigen Bank sitzen blieb und in schmerzliches Nachdenken vertieft war. Dann hörte ich in der Ferne das Krähen eines Hahns und kurz darauf ein polterndes Geräusch, als ob Kutschen durch die Straßen getrieben wurden. Ich wusste, dass es Tag war. Kein Lichtstrahl durchbrach mein Gefängnis. Schließlich hörte ich Schritte direkt über mir, als ob jemand hin- und hergehen würde. Es kam mir in den Sinn, dass ich wohl in einem unterirdischen Raum war und der modrige, feuchte Geruch, der mich umgab, bestätigte diese Vermutung. Die Geräusche über mir dauerten ungefähr eine Stunde lang; dann hörte ich Schritte, die sich von außen näherten. Ein Schlüssel kratzte im Schloss und eine schwere Tür schwang auf. Licht überflutete den Raum und ich sah zwei Männer hereinkommen und sich vor mir aufbauen. Einer war groß und kräftig, vielleicht 40 Jahre alt, mit dunklem, haselnussfarbenem Haar, das leicht mit Grau durchsetzt war. Er hatte ein rundliches Gesicht und war von aufgeschwemmter Statur; alles an ihm war derb und ekelhaft und bezeugte nichts als Grausamkeit und Durchtriebenheit. Er war etwa 1.80 Meter groß und ohne Vorverurteilung darf ich sagen, dass ich noch niemanden getroffen hatte, der so widerlich und finster war. Sein Name war, wie ich später herausfinden sollte, James H. Burch – ein stadtbekannter Sklavenhändler aus Washington; und zu diesem Zeitpunkt Geschäftspartner von Theophilus Freeman aus New Orleans. Der andere war ein einfacher Lakai mit Namen Ebenezer Radburn, der als Gefängniswärter fungierte. Beide Männer lebten zur Zeit meiner Rückkehr aus der Gefangenschaft, was letzten Januar war, immer noch in Washington.

Das Licht, das durch die offene Tür fiel, erlaubte mir den Raum, in dem ich gefangen war, näher zu betrachten. Er war rund 4 Quadratmeter groß und von solidem Mauerwerk umgeben. Der Boden war aus schweren Dielen gemacht. Es gab ein kleines Fenster, das mit großen Eisenstangen vergittert und von außen mit Fensterläden fest verschlossen war.

Eine mit Eisen beschlagene Tür führte in eine benachbarte Zelle - oder besser Verlies; es gab dort nicht das kleinste Fenster oder irgendetwas anderes, durch das Licht hereinfallen hätte können. Das Mobiliar des

Raums, in dem ich mich befand, bestand aus der Holzbank, auf der ich saß, und einem altmodischen Ofen; das war alles. In keiner der beiden Zellen gab es so etwas wie ein Bett oder eine Decke oder überhaupt irgendetwas sonst. Die Tür, durch die Burch und Radburn den Raum betreten hatten, führte in einen Durchgang mit einem Treppenhaus, das wiederum in einen Hof führte, welcher von einer über drei Meter hohen Ziegelmauer umgeben war. Der Hinterhof gehörte offenbar zu einem Haus von ungefähr der gleichen Größe. In einer Wand war eine starke, ebenfalls mit Eisen beschlagene Tür eingelassen, die in einen engen, überdachten Durchgang führte. Dieser Gang verlief entlang der äußeren Mauer bis vor zur Straße. Das Schicksal des farbigen Mannes, hinter dem sich diese Tür einmal geschlossen hatte, war besiegelt. Die Mauer stützte einen Teil des Daches, das nach innen anstieg und so eine Art offenen Schuppen bildete. Unter dem Dach war etwas montiert, das wie eine Art Käfig oder Taubenschlag aussah. Hier konnten Sklaven die Nacht verbringen oder bei schlechtem Wetter Schutz vor einem Sturm suchen. Fast könnte man meinen, es sei die Scheune eines Bauern - wenn sie nicht so gebaut worden wäre, dass die Welt von draußen niemals einen Blick auf das darin eingepferchte menschliche Vieh werfen konnte.

Das Gebäude, zu dem der Hof gehörte, hatte zwei Stockwerke und mündete vorne auf eine der öffentlichen Straßen Washingtons. Von außen erweckte es den Eindruck eines ruhigen, privaten Wohnsitzes. Ein Fremder, der es erblickte, wäre niemals auf den abscheulichen Zweck gekommen, den es wirklich erfüllte. Paradoxerweise lag das Capitol in Sichtweite des Hauses und schaute von seinem Hügel auf es herunter. Fast hörte man, wie sich die Stimmen der von Freiheit und Gleichheit redenden patriotischen Abgeordneten mit dem Klirren der Sklavenketten vermischten. Ein Sklavenstall im Schatten des Capitols!

Dies ist die Beschreibung von Williams' Sklavenstall, wie man ihn 1841 in Washington vorgefunden hätte. Zumindest so, wie ich ihn aus dem Keller heraus, in dem ich mich unerklärlicherweise befand, sehen konnte.

„Na, mein Junge, wie geht's dir jetzt?", fragte Burch, als er durch die Tür trat. Ich antwortete, dass mir übel war und fragte nach dem Grund meiner Einkerkerung. Er antwortete, dass ich ein Sklave sei – dass er mich gekauft hatte und mich nach New Orleans schicken würde. Ich versicherte, laut und schroff, dass ich ein freier Mann sei, ein Bürger von Saratoga, wo ich eine ebenso freie Frau und Kinder hatte und dass mein Name Northup war. Ich beschwerte mich bitterlich über die Behandlung, die mir widerfahren war und drohte ihm, nach meiner sofortigen Freilassung, Genugtuung für das Unrecht an. Er bestritt, dass ich frei sei und erkläre unter einigen heftigen Flüchen, dass ich aus Georgia käme. Wieder und wieder versicherte ich, dass ich niemandes Sklave sei und bestand darauf, meine Ketten sofort abgenommen zu bekommen. Er bemühte sich, mich zum Schweigen zu bringen, als ob er Angst hatte, dass man meine Stimme hören könnte. Aber ich war alles andere als still und bezeichnete die Verantwortlichen meiner Gefangenschaft, wer immer diese auch waren, als Erzgauner. Da er sah, dass er mich nicht in den Griff bekam, fing er an unbändig zu wüten. Unter gotteslästerlichen Flüchen nannte er mich einen schwarzen Lügner, einen Flüchtling aus Georgia, und gab mir jede andere profane und vulgäre Bezeichnung, die er sich in seinem kranken Hirn ausdenken konnte.

Während dieser Zeit stand Radburn einfach nur ruhig daneben. Seine Aufgabe war es, diesen menschlichen, oder unmenschlichen Stall für zwei Schilling pro Kopf und Tag zu beaufsichtigen, Sklaven in Empfang zu nehmen, zu füttern und auszupeitschen. Burch wandte sich ihm zu und befahl, den Bleuel und die neunschwänzige Katze zu bringen. Radburn verschwand und war im Nu mit diesen Folterinstrumenten zurück. Der Bleuel, wie er im Sklavenjargon genannt wird, oder zumindest in dem, das ich kennenlernen durfte, war ein Stück eines harten Holzbohlens, etwa einen halben Meter lang, und geformt wie ein altmodischer Kochlöffel oder ein Ruder. Der flache Teil hatte einen Umfang von knapp zwei geöffneten Händen und war an einigen Stellen mit kleinen Bohrern besetzt. Die Katze war eine große Peitsche mit vielen Strängen, die sich nach dem Griff trennten und an jedem Ende einen Knoten hatten.

Sobald diese Foltergerten da waren ergriffen mich die beiden und zogen mich, ohne Rücksicht zu nehmen, aus. Wie schon gesagt, waren meine Füße am Boden festgemacht. Radburn legte mich, das Gesicht nach unten, über die Bank und stellte seinen schweren Fuß auf die Kette zwischen meinen Handgelenken, so dass diese schmerzhaft nach unten gedrückt wurden. Burch begann, mich mit dem Bleuel zu schlagen. Schlag auf Schlag prasselte auf meinen nackten Körper herunter. Als sein unnachgiebiger Arm müde wurde, hörte er auf und fragte mich, ob ich immer noch darauf bestehe, ein freier Mann zu sein. Ich bestand in der Tat darauf und die Schläge wurden fortgesetzt, härter und energischer als zuvor – falls dies überhaupt noch möglich war. Als er erneut müde war, wiederholte er seine Frage und, nachdem die Antwort dieselbe blieb, setzte die Tortur fort. Die ganze Zeit über stieß dieser fleischgewordene Teufel dabei die unsäglichsten Flüche aus. Nach einiger Zeit brach der Bleuel entzwei und Burch hatte nur noch den nutzlosen Griff in der Hand. Aber ich gab immer noch nicht nach. All seine brutalen Schläge konnten meine Lippen nicht dazu bewegen, die Lüge zu äußern, dass ich ein Sklave sei. Nachdem er den Griff des gebrochenen Bleuels in Rage auf den Boden geworfen hatte, nahm er die Peitsche. Die verursachte viel größere Schmerzen als das andere Werkzeug. Ich betete um Gnade, aber mein Gebet wurde nur mit Verwünschungen und Striemen erhört. Ich glaubte, ich müsse sterben unter den Schlägen dieses brutalen Rohlings. Auch heute noch lässt die Erinnerung an diese Szene mir das Blut in den Adern gefrieren. Es brannte wie Feuer. Der einzige Vergleich, der mir für diese Qualen einfällt, ist das Höllenfeuer!

Irgendwann konnte ich seine wiederholten Fragen nicht mehr beantworten. Es war mir fast unmöglich, zu sprechen. Immer noch prügelte er mit der Peitsche auf meinen geschundenen Körper ein, bis es mir schien, als ob jeder Schlag mein aufgerissenes Fleisch von den Knochen schälen würde. Ein Mensch, mit auch nur einem Funken von Erbarmen in seiner Seele, hätte nicht einmal einen Hund so grausam geschlagen. Nach einiger Zeit meinte Radburn, dass es nutzlos sei, mich weiter auszupeitschen und dass ich bereits wund genug sei. Daraufhin hörte Burch auf und sagte, indem er seine Faust warnend vor meinem Gesicht schüttelte und durch seine fest geschlossenen Zähne zischte, dass die Bestrafung, die ich gerade erhalten hatte, nichts im Vergleich zu dem sei, was darauf folgen würde, sollte ich jemals wieder behaupten, ich sei ein freier Mann, oder gefangen genommen worden, oder irgendetwas in dieser Richtung.

Er schwor mir, dass er mich entweder brechen oder töten würde. Mit diesen tröstenden Worten nahm man mir die Handschellen und ihre Kette ab, während die Füße am Ring befestigt blieben; der Fensterladen des kleinen, verrammelten Fensters, das zwischenzeitlich geöffnet gewesen war, wurde wieder zugezogen. Als die Männer den Raum verließen, verschlossen sie die große Tür hinter sich und ich war erneut in der Dunkelheit gefangen.

Nach einer, vielleicht zwei Stunden, hörte ich, wie sich der Schlüssel im Schloss bewegte und das Herz klopfte mir bis zum Hals. Ich, der so lange einsam gewesen war und sich nichts Sehnlicheres gewünscht hatte, als jemanden zu sehen, ganz egal wen, war nun in heller Aufregung, weil sich ein Mensch näherte. Ein menschliches Gesicht, ganz besonders ein weißes, jagte mir Angst ein. Radburn betrat den Raum und brachte mir auf einem Blechteller ein Stück verrunzeltes Schweinefleisch, ein Stück Brot und ein Glas Wasser. Er fragte mich, wie ich mich fühlte und bemerkte, dass ich eine ordentliche Tracht Prügel erhalten hätte. Er machte mir Vorhaltungen wegen meiner Beharrlichkeit bezüglich meiner Freiheit. Eher gönnerhaft und vertraulich gab er mir den Ratschlag, dass es mir umso besser gehen würde, je weniger ich zu dem Thema sagte. Der Mann wollte offensichtlich mit allen Mitteln nett erscheinen – ob dies nun an meinem traurigen Zustand lag oder er die Absicht verfolgte, mich zukünftig am Bestehen auf meinen Rechten zu hindern, darüber soll hier nicht spekuliert werden. Er entriegelte meine Fußfesseln, öffnete die Läden des kleinen Fensters und ließ mich wieder allein.

Ich fühlte mich steif und wund; mein Körper war mit Beulen übersät und ich konnte mich nur unter großen Schmerzen und Schwierigkeiten bewegen. Vom Fenster aus sah ich nichts als das Dach auf der gegenüberliegenden Seite. Nachts legte ich mich auf den feuchten, harten Fußboden, ohne Kissen oder Bettdecke. Zweimal am Tag und überaus pünktlich kam Radburn mit seinem Schweinefleisch, dem Brot und dem Wasser herein. Ich hatte nur wenig Appetit, dafür plagte mich aber ein ewiger Durst. Meine Blessuren erlaubten es mir nicht, längere Zeit in einer Stellung zu bleiben; ich verbrachte die Tage und Nächte sitzend, stehend oder langsam umher wandernd. Ich war zu Tode betrübt und entmutigt. Die Gedanken an meine Familie, meine Frau und meine Kinder, waren allgegenwärtig. Wenn mich der Schlaf übermannte, träumte ich von ihnen und dass ich wieder in Saratoga war – dass ich ihre Gesichter sehen und ihre nach mir rufenden Stimmen hören könnte. Als ich aus diesen wunderschönen Fantasien erwachte und mich wieder der bitteren Realität um mich herum stellen musste, blieb mir nichts als laut aufzustöhnen und zu weinen. Aber noch waren meine Lebensgeister nicht gebrochen. Ich schwelgte in dem Gedanken, hier herauszukommen, und das möglichst bald. Es war unmöglich, schlussfolgerte ich, dass Menschen so ungerecht sein konnten, mich als Sklave zu halten, obwohl sie die Wahrheit über mich kannten. Burch, dem ich versichern konnte, dass ich nicht aus Georgia geflohen war, würde mich sicher gehen lassen. Obwohl ich hin und wieder Brown und Hamilton der Mittäterschaft verdächtigte, konnte ich mich mit dem Gedanken nicht anfreunden, dass sie ursächlich waren für meine Gefangenschaft. Sie würden sicher nach mir suchen und mich von der Knechtschaft erlösen. Aber ach! Ich hatte noch nicht annähernd begriffen, wie weit die „Unmenschlichkeit des Menschen" gehen, geschweige denn zu welch grenzenloser Bosheit ihn die Sucht nach Gewinn treiben kann.

Nach einigen weiteren Tagen wurde die äußere Tür offen gelassen und man erlaubte mir Zugang zum Hof. Dort fand ich drei Sklaven vor – einer davon ein Junge von zehn Jahren, die anderen zwei junge Männer von vielleicht zwanzig bis fünfundzwanzig Jahren. Ich brauchte nicht lange, um mit ihnen Bekanntschaft zu schließen und mehr über ihre Geschichten zu erfahren.

Der Älteste war ein farbiger Mann namens Clemens Ray. Er hatte in Washington gelebt, war zuerst Taxi gefahren und hatte dann für längere Zeit in einer Mietstallung gearbeitet. Er war sehr intelligent und hatte seine Lage vollständig erfasst. Der Gedanke, nach Süden gehen zu müssen, überwältigte ihn mit Trauer. Burch hatte ihn vor wenigen Tagen gekauft und ihn hier untergebracht, bis die Zeit gekommen war, ihn nach New Orleans auf den Markt zu schicken. Er war der Erste, der mir verriet, dass ich in Williams Sklavenstall war – einem Ort, von dem ich noch nie gehört hatte. Er erklärte mir, für welchen Zweck er gebaut worden war. Ich erzählte ihm die Einzelheiten meiner unglücklichen Geschichte, aber er konnte mir nur sein Mitgefühl als Trost anbieten. Auch er riet mir, fortan das Thema meiner Freiheit nicht mehr anzusprechen, schließlich kannte er Burch und seinen Jähzorn und versicherte mir, dass jeder Versuch nur in einem erneuten Auspeitschen enden würde. Der Zweitälteste hieß John Williams. Er war in Virginia, nicht weit weg von Washington, groß geworden. Burch hatte ihn als Ausgleich für eine Schuld erhalten und er hielt immer noch an der Hoffnung fest, dass sein eigentlicher Herr ihn auslösen würde – eine Hoffnung, die sich tatsächlich erfüllen sollte. Der Junge war ein lebhaftes Kind, das auf den Namen Randall hörte. Die meiste Zeit spielte er im Hof, nur hier und da fing er an zu weinen, rief nach seiner Mutter und fragte sich, wann diese ihn holen würde. Die Abwesenheit seiner Mutter schien die große und alles bestimmende Trauer in seinem Herzen zu sein. Er war zu jung, um zu verstehen, in welcher Situation er war und wenn ihn die Erinnerung an seine Mutter nicht übermannte, unterhielt er uns mit tollen Späßen.

Nachts schliefen Ray, Williams und der Junge im Schuppen, während ich in der Zelle weg gesperrt wurde. Schließlich gab man uns Decken; solche, die auch für Pferde verwendet wurden – es war das einzige

Bettzeug, das man mir in den folgenden zwölf Jahren erlauben würde. Ray und Williams fragten mich ständig nach dem Staat New York und wie man farbige Menschen dort behandelte; wie sie dort eigene Häuser und Familien haben konnten, ohne dass jemand sie störte oder unterdrückte; und gerade Ray lechzte ständig nach Freiheit. Solche Unterhaltungen fanden allerdings nie in der Nähe von Burch oder Radburn statt. Solche Bestrebungen hätten sofort die Peitsche auf unseren Rücken tanzen lassen.

Um einen vollständigen und wahrheitsgetreuen Bericht der wichtigen Ereignisse in meinem Leben zu präsentieren ist es notwendig, die Institution der Sklaverei so zu porträtieren, wie ich sie erlebt habe und auch von bekannten Plätzen oder noch lebenden Leuten zu reden. Washington und seine Umgebung sind und waren mir seit jeher fremd. Abgesehen von Burch und Radburn kenne ich dort niemanden, mit Ausnahme der Leute, von denen mir meine versklavten Gefährten erzählten. Was ich nun erzähle kann, sollte es unwahr sein, leicht widerlegt werden.

Ich blieb rund zwei Wochen in Williams' Sklavenstall. In der Nacht vor meiner Abreise wurde eine Frau hereingebracht. Sie weinte erbärmlich und führte ein kleines Kind an der Hand. Es waren Randalls Mutter und seine Halbschwester. Als er sie traf, wurde er von der Freude fast übermannt, klammerte sich an ihr Kleid, küsste das Kind und zeigte immer wieder seine überschwängliche Begeisterung. Die Mutter umklammerte ihn ebenso, umarmte ihn zärtlich und betrachtete ihn überglücklich durch ihre Tränen. Dabei gab sie ihm alle möglichen liebkosenden Namen.

Emily, das Kind, war sieben oder acht Jahre alt, schmächtig gebaut, und hatte ein bewundernswert schönes Gesicht. Das Haar fiel ihr in Locken um den Hals, während Stil und Machart ihres Kleids, als auch ihre ganze adrette Erscheinung, davon zeugten, dass sie inmitten von Wohlstand aufgewachsen sein muss. Sie war wirklich ein süßes Kind.

Die Frau war in Seide gekleidet und trug Ringe an ihren Fingern und goldener Schmuck zierte ihre Ohren. Ihre Aura, ihr Gebaren und die Art, wie sie sprach - all dies belegte eindeutig, dass sie einmal gesellschaftlich über dem Stand eines Sklaven gelebt haben musste. Sie schien verwundert darüber zu sein, dass sie sich an einem Platz wie diesem befand. Eine unerwartete und plötzliche Wendung ihres Glücks hatte sie hierher gebracht. Während ihr Jammern noch den Raum erfüllte, wurde sie mit mir und den Kindern in die Zelle gesperrt. Man kann mit Worten nur spärlich die Klagen beschreiben, die sie fortwährend von sich gab. Sie warf sich auf den Boden, barg die beiden in ihren Armen und sprach mit ihnen mit so viel Liebe und Hingabe, wie sie nur Eltern für ihre Kinder empfinden können. Sie schmiegten sich in ihrer Suche nach Sicherheit und Schutz so nahe an die Mutter wie eben möglich. Den Kopf in ihrem Schoß schliefen die Kinder endlich ein. Während sie sanft schlummerten, strich ihnen die Frau zärtlich die Haare aus dem Gesicht und sprach leise weiter zu ihnen. Sie nannte sie ihre Lieblinge, ihre süßen Babys, arme, unschuldige Geschöpfe, die keine Ahnung von dem Elend hatten, das sie durchmachen sollten. Bald hätten sie keine Mutter mehr, die sie trösten könnte – man würde sie ihr wegnehmen. Was würde aus ihnen werden? Oh! Sie könne nicht ohne ihre kleine Emmy und den Jungen leben. Sie waren immer so gute Kinder gewesen, so liebevoll. Gott wüsste, dass es ihr das Herz brechen würde, wenn man ihr die Kinder wegnähme; doch sie wusste, dass man die Kinder verkaufen wollte, und dass sie vielleicht sogar getrennt werden und sich nie mehr sehen würden. Selbst ein Herz aus Stein wäre durch die mitleidvollen Äußerungen dieser verzweifelten und am Boden zerstörten Mutter erweicht worden. Ihr Name war Eliza, und dies ist ihre Lebensgeschichte, wie sie sie mir später erzählte:

Sie war die Sklavin eines reichen Mannes und lebte in der Nähe von Washington. Ich glaube sie sagte, dass sie auf seiner Plantage geboren worden war. Vor einigen Jahren hatte ihn die Verschwendungssucht gepackt und er überwarf sich mit seiner Frau. Kurz nach der Geburt Randalls haben sie sich getrennt. Während seine Frau und seine Tochter in dem Haus blieben, das sie immer bewohnt hatten, errichtete er ein neues in der Nähe davon. In dieses Haus nahm er Eliza mit; unter der Bedingung, dass Eliza mit ihm leben sollte, stellte er sie und ihre Kinder mit ihm gleich. Sie lebte mit ihm dort neun Jahre, hatte Diener, die sich um sie kümmerten und jeden Luxus, den man sich erträumen konnte. Emily war seine Tochter! Schließlich heiratete ihre junge Herrin, die mit ihrer Mutter nach wie vor im Gehöft nebenan lebte, einen Mr. Jacob Brooks. Nach einiger Zeit wurden die Besitztümer des ehemaligen Paares getrennt, worauf Berry, Elizas Lebensgefährte, wohl wenig Einfluss hatte. Sie und die Kinder fielen Mr. Brooks zu. Während der neun Jahre, die sie mit Berry verbracht hatte, und natürlich wegen der Stellung, die sie gezwungen worden war auszufüllen, war sie zum Hassobjekt für Mistress Berry und deren Tochter geworden. Sie stellte Berry selbst immer als einen Mann mit einem gütigen Herz dar; er hatte ihr immer die Freiheit versprochen und, daran hatte sie keinen Zweifel, hätte ihr diese auch gewährt, wenn dies in seiner Macht gestanden hätte. Sobald sie aber in den Besitz und die Gewalt der Tochter gekommen waren stand fest, dass sie nicht lange zusammenbleiben würden. Alleine Elizas Anblick erweckte Mistress Brooks' Hass; und noch weniger konnte sie den Anblick des wunderschönen Kindes, ihrer Halbschwester, ertragen.

An dem Tag, als man sie in den Stall brachte, hatte sie Brooks unter dem Vorwand, dass er ihr die Freiheitsdokumente besorgen und damit das Versprechen ihres Herrn erfüllen wolle, vom Anwesen in die Stadt gebracht. Begeistert von der Aussicht auf unmittelbar bevorstehende Freiheit zog sie sich und die kleine Emmy so fein an wie eben möglich und begleitete ihn mit freudigem Herzen. Nach ihrer Ankunft in der Stadt erwartete sie aber nicht die Taufe der Freiheit, sondern der Verkauf an den Händler Burch. Das einzige Dokument, das ausgefüllt wurde, war ein Kaufvertrag. Die Hoffnung von Jahren wurde in einem einzigen Moment ausgelöscht. An diesem Tag war sie von den Gipfeln der höchsten Freude in den tiefsten Schlund des Elends gefallen. Kein Wunder, dass sie weinte und ihr herzzerreißendes Wehklagen den Stall in dieser Nacht erfüllte.

Eliza ist mittlerweile tot. Oben, wo der Red River seine schwerfälligen Wassermassen durch die Ebenen Louisianas wälzt, steht ihr Grab – der einzige echte Ruheplatz für einen armen Sklaven. Wie ihre ganzen Ängste wahr wurden, wie sie Tag und Nacht trauerte und nie getröstet werden konnte, wie ihr Herz ihre eigene Vorhersage erfüllte und schließlich brach durch die Bürde elterlicher Sorge – all das werden die nächsten Kapitel erzählen.

KAPITEL 4

In dieser ersten Nacht ihrer Inhaftierung im Stall beschwerte sie sich immer wieder aufs heftigste über Jacob Brooks, den Ehemann ihrer jungen Herrin. Sie erklärte, dass er sie niemals lebend von der Plantage bringen hätte können, wenn sie die Irreführung, die er an ihr verübt hatte, durchschaut hätte. Sie hatten die Gelegenheit genutzt sie wegzubringen, als Master Berry nicht auf der Plantage weilte. Er war immer gut zu ihr gewesen. Sie wünschte sich, dass sie ihn sehen könnte; aber nicht einmal er hätte jetzt noch die Möglichkeit, sie zu retten. Dann begann sie erneut zu weinen und küsste die schlafenden Kinder, während sie zu ihnen sprach, ihre Köpfe in ihrem Schoß bergend. So verging die lange Nacht; und als der Morgen dämmerte und die nächste Nacht hereinbrach, wehklagte sie immer noch und war nicht zu trösten.

Um Mitternacht öffnete sich die Zellentür und Burch und Radburn, Laternen in ihren Händen haltend, traten ein. Burch befahl uns mit einem Fluch, unsere Decken einzurollen und uns bereit zu machen, an Bord eines Schiffs zu gehen. Er schimpfte, dass wir hier blieben müssten, wenn wir nicht schnell machten. Er schüttelte die Kinder unsanft, so dass diese aus ihrem Schlaf abrupt erwachten. Dann ging er raus in den Hof und befahl Clem Ray seine Decke zu nehmen, den Stall zu verlassen und zu uns in die Zelle zu kommen. Als Clem auftauchte, stellte er uns nebeneinander und band uns mit Handschellen zusammen, meine linke Hand an seine rechte. John Williams hatte uns ein oder zwei Tage vorher verlassen, nachdem ihn sein Herr freigekauft hatte. Wir wurden durch den Hof in den überdachten Gang und von dort eine Treppe hoch in den oberen Raum, von dem ich damals das Hin- und Herlaufen vernommen hatte, geführt. Dort standen ein Ofen, ein paar alte Stühle und ein Tisch, der mit vielen Dokumenten bedeckt war. Es war ein sehr karger Raum ohne jeden Teppich auf dem Boden und schien als eine Art Büro zu dienen. Ich erinnere mich, dass neben einem der Fenster ein rostiges Schwert hing, welches meine Aufmerksamkeit erregte. Burchs Schrankkoffer stand ebenfalls dort. Während er einen der Griffe packte, befahl er mir, den anderen mit meiner freien Hand zu nehmen. Anschließend verließen wir das Haus durch die

Vordertür in der gleichen Reihenfolge, in der wir die Zelle verlassen hatten.

Es war eine dunkle Nacht. Alles war ruhig. Ich konnte in Richtung Pennsylvania Avenue Lichter erkennen, vielleicht auch deren Widerschein, aber es war kein Mensch zu sehen. Fast war ich versucht, einen Ausbruchsversuch zu unternehmen. Ohne die Handschellen hätte ich es sicher versucht, ungeachtet der Konsequenzen, die dies nach sich gezogen hätte. Radburn stellte die Nachhut und hatte einen großen Stock in der Hand, mit dem er die Kinder antrieb, so schnell zu laufen, wie sie konnten. So passierten wir, in Handschellen und leise, die Straßen Washingtons – die Straßen der Hauptstadt eines Landes, dessen Regierungskredo, so wird uns zumindest erzählt, hauptsächlich auf den Füßen des unabdingbaren Rechts eines Menschen auf FREIHEIT und dessen Strebens nach Glück steht! Sei gegrüßt, du glückliche Nation!

Als wir das Dampfschiff erreicht hatten, wurden wir schnell in den Frachtraum gedrängt und fanden uns zwischen Fässern und Frachtkisten wieder. Ein farbiger Diener brachte eine Lampe, eine Glocke ertönte und bald begann das Schiff den Potomac hinunter zu fahren – niemand wusste wohin. Die Glocke ertönte, als wir Washingtons Grab passierten! Burch hatte ohne Zweifel seinen Hut abgenommen und sich vor der heiligen Asche des Mannes verbeugt, der sein illustres Leben dem Kampf für die Freiheit seines Landes gewidmet hatte.

Außer Randall und der kleinen Emmy schlief niemand in dieser Nacht. Zum ersten Mal sah ich Clem Ray vollkommen übermannt. Für ihn war die Vorstellung, nach Süden gehen zu müssen, das schlimmste aller Übel. Er verließ gerade seine Freunde und alles, was ihn mit seiner Jugend verband, alles was ihm wichtig war und am Herzen lag – verbunden mit der großen Wahrscheinlichkeit, dass dies ein Abschied für immer war. Seine Tränen vermischten sich mit denen Elizas und beide beklagten ihr grausames Schicksal. So schwer mir das fiel, kämpfte ich tapfer meine Gefühle nieder und versuchte meine Lebensgeister zu bewahren. In meinem Gehirn ersann ich unzählige Fluchtpläne und war fest entschlossen, den Versuch bei der kleinsten sich bietenden Gelegenheit zu wagen. Auch hatte ich zu dieser Zeit bereits meinen Frieden damit geschlossen, nichts Weiteres über meine Geburt als freier Mann verlauten zu lassen. Dies würde mich nur weiterer Misshandlung aussetzen und meine Chancen auf Befreiung verschlechtern.

Nach Sonnenaufgang wurden wir auf Deck gerufen, um zu frühstücken. Burch nahm uns die Handschellen ab und wir durften uns an einen Tisch setzen. Er fragte Eliza, ob sie einen Schluck Alkohol wolle. Sie lehnte höflich dankend ab. Während des Mahls waren wir alle still – nicht ein Wort wurde gesprochen. Eine Mulattin, die uns das Essen reichte, schien sich für uns zu interessieren und erklärte, dass wir fröhlich und nicht so niedergeschlagen sein sollten. Nach dem Frühstück legte man uns die Handschellen wieder an und Burch beorderte uns aufs Achterdeck. Dort saßen wir zusammen auf ein paar Kisten, aber in Burchs Gegenwart redete noch immer niemand ein Wort. Hin und wieder kam ein Passagier raus, schaute uns kurz an, und verschwand schweigend wieder.

Es war ein sehr angenehmer Morgen. Die Felder entlang des Flusses waren schon leuchtend grün und viel weiter, als ich es zu dieser Jahreszeit gewohnt war. Die Sonne schien warm und die Vögel sangen in den Bäumen. Die glücklichen Vögel – ich beneidete sie. Ich wünschte mir Flügel, die mich durch die Luft tragen konnten zu meinen Vögelchen, die in den kühleren Regionen des Nordens umsonst auf die Rückkehr ihres Vaters warteten.

Gegen Vormittag erreichte der Dampfer Aquia Creek. Dort gingen alle von Bord und stiegen in Kutschen. Burch und wir fünf Sklaven hatten eine für uns allein. Burch alberte mit den Kindern und kaufte ihnen bei einem Halt sogar ein Stück Lebkuchen. Er befahl mir, meinen Kopf zu erheben und klug auszusehen; er erklärte mir, dass ich vielleicht einen guten Herrn bekommen würde, wenn ich mich zu benehmen wüsste. Ich gab ihm keine Antwort. Sein Gesicht war hasserfüllt und ich konnte es nicht ertragen hineinzusehen. Ich saß in der Ecke und nährte in meinem Herzen die noch nicht ganz erloschene Hoffnung, dass mir dieser Tyrann eines Tages auf dem Boden meines Heimatstaats begegnen würde.

In Fredericksburg wurden wir von den Kutschen in größere Fahrzeuge umgeladen und erreichten noch vor Einbruch der Dunkelheit Richmond, die Hauptstadt Virginias. In dieser Stadt wurden wir entladen und durch die Straßen zu einem Sklavenstall getrieben, der einem Mr. Goodin gehörte und zwischen dem Bahnhof und dem Fluss lag. Der Stall war dem in Washington sehr ähnlich, nur etwas größer; und an den gegenüberliegenden Ecken des Hofs standen zwei kleine Häuser. Diese Häuser waren für gewöhnlich Bestandteil dieser Sklavenhöfe und dienten zur Untersuchung der menschlichen Ware durch die Käufer. Jeder sollte wissen, was er da erwarb. Hatte ein Sklave entscheidende Mängel, minderte das seinen Wert erheblich, genau wie bei einem Pferd. Da es keinerlei Gewährleistung gab, war dem Sklavenhalter eine genaue Untersuchung von größter Wichtigkeit.

Wir wurden an der Tür von Goodins Hofs vom Eigentümer *in persona* erwartet – ein kleiner, fetter Mann mit einem runden, plumpen Gesicht, schwarzem Haar, einem Backenbart und einer Ausstrahlung, die fast so dunkel war wie einige seiner Neger. Er hatte einen durchdringenden, strengen Blick und muss wohl an die fünfzig Jahre alt gewesen sein. Burch und er begrüßten sich sehr herzlich. Offensichtlich waren sie alte Freunde. Während sie sich die Hände schüttelten, bemerkte Burch, dass er in Gesellschaft war und wollte wissen, wann die Brigg wieder ausliefe. Goodin antwortete, dass dieser Termin morgen um etwa diese Zeit wäre, drehte sich zu mir, nahm mich beim Arm und drehte mich ein Stück. Dann schaute er mich taxierend an - ganz wie jemand, der sich selbst für einen guten Sachverständigen für Waren dieser Art hielt und als ob er schon kalkulierte, wie viel ich wohl einbringen würde.

„Na, Junge, wo kommst du denn her?“ Ich vergaß kurz, wo ich war und antwortete: „Aus New York.“

„New York! Hölle! Was hast du da oben gemacht?“, fragte er erstaunt.

Ich beobachtete, wie mich Burch in diesem Moment mit einer wütenden Miene, die nicht schwer zu verstehen war, anschaute. Ich beeilte mich zu sagen, „Oh, ich war nur kurz dort oben.“ Damit wollte ich ihm bedeuten, dass ich zwar so weit gereist war, aber keinesfalls aus diesem oder irgendeinem anderen freien Staat käme.

Dann wandte sich Goodin Clem zu, daraufhin Eliza und den Kindern. Diese untersuchte er einzeln und stellte immer wieder Fragen. Wie jeder, der dieses bezaubernde Kind sah, war auch er sehr angetan von Emily. Sie war nicht mehr so hübsch, wie beim ersten Anblick; ihr Haar war zerzaust, aber selbst durch diesen ungekämmten Haarwuschel konnte man immer noch ihr kleines, zuckersüßes Gesicht erkennen. „Zusammen seid ihr ein netter Haufen – ein teuflisch guter Haufen“, sagte er und unterstützte diese These mit so manchem Wort, das nicht unbedingt in einem christlichen Wörterbuch zu finden ist. Daraufhin durften wir in den Hof. Eine ganze Menge Sklaven, so an die dreißig würde ich sagen, liefen dort umher oder saßen auf Bänken unter dem Dach des Schuppens. Sie waren samt und sonders sauber gekleidet - die Männer mit Hüten, die Frauen mit Tüchern, die um ihren Kopf gewickelt waren.

Nachdem Burch und Goodin uns allein gelassen hatten, gingen sie die Treppe am hinteren Teil des Hauptgebäudes hoch und setzten sich auf die Türschwelle. Sie vertieften sich in ein Gespräch, dessen Inhalt ich nicht hören konnte. Bald kam Burch wieder runter in den Hof, machte mich los und führte mich in eines der kleinen Häuser.

„Du hast diesem Mann erzählt, dass du aus New York kommst", sagte er.

Ich antwortete: „Ich habe gesagt, dass ich dort oben war, sicher, aber ich habe ihm nicht gesagt, dass ich dort hin gehörte oder dass ich ein freier Mann war. Ich wollte Ihnen nicht schaden, Master Burch, ich hätte das nicht gesagt, wenn ich vorher nachgedacht hätte."

Für einen Moment schaute er mich an, als ob er mich auf der Stelle verspeisen wollte, drehte sich um und verschwand. Nach wenigen Minuten war er zurück. „Wenn ich dich jemals auch nur ein Wort über New York oder deine Freiheit sagen höre, werde ich dein Tod sein – ich werde dich umbringen, darauf kannst du dich verlassen", stieß er scharf hervor.

Ich zweifle nicht im Geringsten daran, dass er zu diesem Zeitpunkt besser als ich über die Gefahr und die damit verbundene Bestrafung, einen freien Mann in die Sklaverei zu verkaufen, Bescheid wusste. Er musste sicherstellen, dass ich meinen Mund hielt über das Verbrechen, das er im Begriff war zu begehen. Natürlich wäre mein Leben keinen Pfifferling mehr wert gewesen, wenn ein Notfall dieses Opfer erfordert hätte. Ohne Zweifel meinte er exakt das, was er sagte.

Unter dem Dach des Schuppens auf der einen Seite des Hofs stand ein ungehobelter Tisch, über dem die Hochbetten montiert waren – auch dies war genau so, wie ich es aus Washington kannte. Nachdem ich an diesem Tisch mein Abendbrot aus Schweinefleisch und Brot zu mir genommen hatte, wurde ich mit den Handschellen an einem großen und beleibten Mann, dessen Angesicht sehr melancholisch wirkte, festgemacht. Er war ein intelligenter Mann und eine gute Informationsquelle. Da wir nun nicht mehr voneinander loskamen dauerte es nicht lange, bis wir uns gegenseitig unsere Geschichte erzählt hatten. Sein Name war Robert. Wie auch ich war er in Freiheit geboren worden und hatte eine Frau und zwei Kinder In Cincinnati. Er erzählte, dass er mit zwei Männern, die ihn in seiner Heimatstadt angeheuert hatten, nach Süden gekommen sei. Ohne seine Freiheitsdokumente war er in Fredericksburg gefangen genommen, eingekerkert und schließlich geschlagen worden bis er, wie ich auch, die Notwendigkeit und den Grundsatz des Schweigens gelernt hatte. Er war bereits fast drei Wochen in Goodins Stall. Nach einiger Zeit hing ich sehr an diesem Mann. Jeder konnte dem anderen nachempfinden und ihn verstehen. Schweren Herzens und mit Tränen in den Augen sah ich ihn nur einige Tage später sterben und erhaschte einen letzten Blick auf seinen leblosen Körper!

Robert und ich schliefen diese Nacht zusammen mit Clem, Eliza und ihren Kindern auf unseren Decken in einem der kleinen Häuser im Hof. Vier weitere Sklaven, alle von derselben Plantage, waren unsere Mitbewohner. Sie waren verkauft worden und auf dem Weg nach Süden. David und seine Frau Caroline waren überaus betroffen. Sie fürchteten sich vor dem Gedanken, in den Schilfrohr- und Baumwollfeldern arbeiten zu müssen; noch mehr aber hatten sie davor Angst, getrennt zu werden. Mary, ein großes und geschmeidiges Mädchen von rabenschwarzer Hautfarbe erschien mir lust- und teilnahmslos. Wie viele andere ihrer Art wusste sie kaum etwas mit dem Wort Freiheit anzufangen. Aufgewachsen in der Obhut eines Rohlings, besaß sie kaum mehr als den Verstand eines Rohlings. Sie gehörte zu denen, und davon gibt es sehr viele, die nichts mehr fürchteten als die Peitsche ihres Herren und keine andere Pflicht kannten, als seiner Stimme zu gehorchen. Die andere hieß Lethe. Sie war das genaue Gegenteil. Sie hatte langes, glattes Haar und erinnerte mehr an eine Indianerin als an eine Negerin. Sie hatte scharfe und gehässige Augen und äußerte sich ständig in der Sprache des Hasses und der Rache. Ihr Mann war verkauft worden. Sie wusste nichts über ihren derzeitigen Aufenthaltsort. Einen neuen Herrn zu bekommen, dessen war sie sicher, konnte nur vorteilhaft für sie sein. Ihr war es egal, wohin man sie bringen würde. Das verzweifelte Geschöpf zeigte mir die Narben in ihrem Gesicht und wünschte nur den Tag zu erleben, an dem sie diese mit dem Blut eines anderen abwischen konnte!

Während wir so gegenseitig von der Geschichte unseres Elends erfuhren, saß Eliza allein in einer Ecke und sang Kirchenlieder oder betete für ihre Kinder. Ausgelaugt von dem ewigen Schlafentzug konnte ich mich den süßen Verlockungen des Morpheus nicht mehr entziehen und legte mich an Roberts Seite auf den Boden. Bald hatte ich meine Sorgen vergessen und schlief bis zum Tagesanbruch.

Nachdem wir am nächsten Morgen den Hof gefegt und uns unter Goodins Aufsicht gewaschen hatten, hieß man uns die Decken einzurollen und uns für die Fortsetzung der Reise fertig zu machen. Clem Ray erhielt die Nachricht, dass es für ihn nicht weiter ging und dass Burch sich aus irgendeinem Grund entschieden hatte, ihn mit nach Washington zurückzunehmen. Er jubelte innerlich. Händeschüttelnd verabschiedeten wir uns in dem Stall in Richmond und ich habe ihn seither nie wieder gesehen. Aber, zu meiner völligen Überraschung, habe ich nach meiner Rückkehr erfahren, dass er der Gefangenschaft entronnen ist und auf seinem Weg ins freie Kanada eine Nacht im Haus meines Schwagers in Saratoga verbracht hat. Dort hat er meine Familie über den Ort, an dem er mich verlassen hat und den Zustand, in dem ich mich befand, unterrichtet.

Am Nachmittag wurden wir, immer zwei nebeneinander, aufgestellt und, mit Robert und mir als Vorhut, von Burch und Goodin durch die Straßen Richmonds zur Brigg Orleans geführt. Die Orleans war ein Schiff von beträchtlicher Größe, voll aufgetakelt und fast ausschließlich mit Tabak beladen. Um fünf Uhr waren wir alle an Bord. Burch brachte jedem von uns einen Becher und einen Löffel. Wir waren vierzig Mann an Bord der Brigg was, Clem ausgenommen, der kompletten Besatzung des Stalls entsprach.

Mit einem kleinen Taschenmesser, das man mir gelassen hatte, begann ich die Initialen meines Namens in die Tasse zu ritzen. Die anderen standen im Nu um mich herum und baten mich, auch ihre Tassen in ähnlicher Weise zu kennzeichnen. Nach und nach erfüllte ich allen ihren Wunsch, was ihnen anscheinend in Erinnerung blieb.

Als es Nacht wurde, sperrte man uns im Frachtraum weg und verrammelte die Luke. Wir legten uns auf Kisten oder wo immer gerade genug Platz war, um unsere Decken auszurollen.

Burch begleitete uns nicht weiter als bis nach Richmond und kehrte nun mit Clem zurück in die Hauptstadt. Es dauerte zwölf Jahre, um genau zu sein bis letzten Januar, bis ich ihn wieder in einem Polizeirevier in Washington zu Gesicht bekam.

James H. Burch war ein Sklavenhändler; er kaufte Männer, Frauen und Kinder zu Ramschpreisen und verdiente an deren Verkauf. Er war ein Spekulant, der in menschlichem Fleisch machte – ein schändlicher Begriff – und als solcher im Süden bekannt. Er wird nun für einige Zeit aus diesem Bericht verschwinden, aber vor dessen Ende erneut auftauchen. Aber dann nicht als Menschen auspeitschender Tyrann, sondern als inhaftierter, winselnder Angeklagter in einem Prozess, der ihm keine Gerechtigkeit widerfahren ließ.

KAPITEL 5

Nachdem wir alle an Bord waren setzte sich die Orleans in Bewegung und fuhr den James River hinunter. Wir passierten die Chesapeake Bay und erreichten am nächsten Tag die Stadt Norfolk. Während wir vor Anker lagen, näherte sich ein Leichter aus der Stadt und brachte vier weitere Sklaven. Frederick, ein Junge von achtzehn Jahren, war als Sklave geboren worden, genau wie Henry, der ein paar Tage älter war. Sie waren beide Hausdiener in der Stadt gewesen. Maria war ein ziemlich vornehm aussehendes Mädchen mit einer makellosen Figur, aber ziemlich unwissend und extrem eingebildet. Der Gedanke, nach New Orleans zu kommen, erschien ihr sehr verlockend. Sie war von sich und ihrem außerordentlich positiven Eindruck sehr überzeugt. Mit hochnäsigem Gesichtsausdruck erklärte sie ihren Gefährten, dass sie keinen Zweifel daran hatte, dass sie nicht sofort nach ihrer Ankunft von einem reichen, alleinstehenden Gentleman mit gutem Geschmack gekauft werden würde!

Der herausragende Neuzugang war ein Mann namens Arthur. Als sich der Leichter näherte, lieferte er sich ein beherztes Handgemenge mit seinen Wächtern. Er konnte nur mit roher Gewalt an Bord der Brigg gezogen werden. Er protestierte lautstark gegen die Behandlung und verlangte, freigelassen zu werden. Sein Gesicht war geschwollen und mit Wunden und Narben übersät. Eine Seite war bereits komplett wund und man sah rohes Fleisch. Eilig wurde er den Niedergang hinunter in den Frachtraum gezwungen. Ich bekam an diesem Abend einen Abriss seiner Geschichte, die er mir später in allen Details erzählte: Er hatte lange in der Stadt Norfolk gelebt und war ein freier Mann. Seine Familie lebte dort und er war von Beruf Zimmermann. Als er eines Tages länger aufgehalten worden war und erst spät abends in sein Haus in einem Vorort der Stadt zurückkehrte, wurde er von einer Bande in einer menschenleeren Straße angegriffen. Er kämpfte, bis ihn seine Kraft verließ. Nachdem man ihn überwältigt hatte, wurde er geknebelt, mit Seilen gefesselt und solange geschlagen, bis er ohnmächtig wurde. Mehrere Tage wurde er im Sklavenstall in Norfolk versteckt – anscheinend eine sehr verbreitete Einrichtung in den Städten des Südens. In der vorherigen Nacht hatte man ihn dort abgeholt und an Bord des Leichters gebracht, der am Ufer auf unsere Ankunft gewartet hatte. Lange Zeit wiederholte er seine Proteste und ließ sich nicht beruhigen. Nach einiger Zeit wurde er dann still. Er versank in eine nachdenkliche und düstere Stimmung und schien mit sich selbst Rat zu halten. In dem entschlossenen Gesicht des Mannes sah ich plötzlich so etwas wie Verzweiflung.

Nachdem wir Norfolk verlassen hatten, wurden uns die Handschellen abgenommen und wir durften tagsüber auf Deck bleiben. Der Kapitän ernannte Robert zu seinem Kellner und ich wurde auserwählt, die Küche und die Verteilung von Nahrung und Wasser zu beaufsichtigen. Ich hatte drei Assistenten, Jim, Cuffee und Jenny. Jennys Aufgabe war es, Kaffee zu kochen. Dieser wurde aus in einem Kessel geschmorten Maismehl, kochendem Wasser und Sirup als Süßstoff gemacht. Jim und Cuffee backten die Maisfladen und kochten den Schinken.

Unser Tisch bestand aus einer langen Diele, die auf den Böden mehrerer Fässer ruhte. Dort stehend teilte ich jedem eine Scheibe Fleisch und eine Brotkrume zu; aus Jennys Kessel schenkte ich jedem eine Tasse Kaffee ein. Die Benutzung von Tellern schenkten wir uns und unsere dreckigen Finger ersetzten Messer und Gabel. Jim und Cuffee nahmen ihre Aufgabe sehr ernst und man konnte sie getrost als aufgeblasen bezeichnen wegen ihrer Position als Beiköche; ohne Zweifel glaubten sie, dass eine große Verantwortung auf ihren Schultern ruhte. Mich nannte man den Steward – ein Name, den der Kapitän mir gegeben hatte.

Die Sklaven wurden zweimal am Tag gefüttert, um zehn und um fünf Uhr. Sie erhielten immer die gleiche Mahlzeit und immer so, wie oben beschrieben. Zur Nacht trieb man uns in den Frachtraum und kettete uns sicher an.

Wir schipperten immer in der Nähe der Küstenlinie, bis wir eines Tages von einem heftigen Sturm eingeholt wurden. Die Brigg rollte und schlingerte bis wir glaubten, sie würde sinken. Einige wurden seekrank, andere beteten kniend und wieder andere hielten sich einfach nur aneinander fest, gelähmt vor Angst. Die Seekrankheit verwandelte unseren Raum in einen widerlichen, ja ekelhaften Aufenthaltsort. Rückblickend wäre es für die meisten von uns besser gewesen, hätte uns die aufgewühlte See an diesem Tag vor den Fängen gnadenloser Männer bewahrt. Sie hätte uns unzählige Peitschenhiebe und jämmerliche Tode erspart. Der Gedanke, dass Randall und die kleine Emmy hinunter gesunken wären zu den Ungeheuern der Tiefsee, kommt mir durchaus erfreulicher vor, als daran zu denken, wie man sie wohl heute quält und erniedrigt.

In Sicht der Bahama Banks, an einem Ort den man Old Point

Compass, oder das Loch in der Wand nannte, stoppten wir für drei Tage und konnten uns so erholen. Kaum ein Luftzug war zu spüren und das Wasser des Golfs war fast weiß, als ob es gekalkt worden wäre.

In der Reihenfolge der Ereignisse werde ich nun von einem Zwischenfall erzählen, der mir jedes mal wieder mit dem größten Gefühl des Bedauerns in den Sinn kommt. Ich danke Gott, der mich aus der Knechtschaft der Sklaverei befreit hat, dass seine gnädige Fügung mich davor bewahrt hat, meine Hände im Blut seiner Geschöpfe baden zu müssen. Mögen die, die noch nie in so einer Situation waren, mich nicht ohne Nachsicht verurteilen. Wenn sie noch nie in Ketten gelegt und geschlagen wurden, wenn sie noch nie in meiner Situation waren, entfernt von Heim und Familie und auf dem Weg in die Gefangenschaft – mögen sie Abstand davon nehmen zu beurteilen, was sie nicht alles für die Freiheit getan hätten. Es ist unnötig, jetzt darüber zu spekulieren, wie viel Rechtfertigung ich vor Gott oder auch einfachen Menschen erhalten würde. Es reicht zu sagen, dass ich mich selbst dazu beglückwünschen kann eine Situation, die zeitweise drohte komplett außer Kontrolle zu geraten, relativ einfach zu lösen.

Gegen Abend des ersten Tages der Windstille befanden sich Arthur und ich im Bug des Schiffes und saßen auf der Ankerwinde. Wir unterhielten uns über das mögliche Schicksal, das uns erwartete und betrauerten unser Unglück. Arthur sagte, und ich pflichtete ihm bei, dass der Tod ihm weniger schrecklich erscheine als die Aussichten, die vor uns lagen. Lange Zeit sprachen wir über unsere Kinder, unser vergangenes Leben und die Möglichkeiten zur Flucht. Einer von uns erwog, die Brigg unter unsere Kontrolle zu bringen. Wir diskutierten, ob wir in der Lage wären, das Schiff sicher zurück in den Hafen von New York zu bringen. Ich wusste nicht viel über den Kompass; aber die Idee, dieses Experiment zu wagen, ließ uns nicht los. Wir überlegten, wie wir bei einem Zusammentreffen mit der Crew abschneiden würden. Wem man trauen konnte, wem nicht, der richtige Zeitpunkt für den Angriff, alles wurde wieder und wieder besprochen. Von dem Moment an, wo sich unser Plan entwickelte, begann ich zu hoffen. Mein Verstand beschäftigte sich ständig damit. Als mehr und mehr Hindernisse auftauchten, half uns unsere Vorstellungskraft, mögliche Lösungen dafür zu ersinnen. Während die anderen schliefen, feilten Arthur und ich an unserem Plan. Nach einiger Zeit weihten wir Robert, zunächst mit großer Vorsicht, in unsere Absichten ein. Er hieß sie sofort gut und trat unserer Verschwörung begeistert bei. Es gab keinen weiteren Sklaven, dem wir vertrauten. Sie waren in Angst und Ignoranz aufgewachsen und man konnte kaum abschätzen, wie unterwürfig sie vor den Augen eines weißen Mannes sein würden. Es war nicht sicher, so ein großes Geheimnis mit ihnen zu teilen, und so beschlossen wir drei alleine die Verantwortung für den Versuch zu übernehmen.

Nachts wurden wir, wie schon beschrieben, in den Frachtraum gesperrt und die Luke verrammelt. Die erste Schwierigkeit, die sich uns stellte, war das Erreichen des Decks. Am Bug der Brigg hatte ich ein kleines Boot erspäht, das dort mit dem Kiel nach oben lag. Ich glaubte, dass man uns nicht vermissen würde, wenn wir uns darunter versteckten, solange die Menge für die Nacht nach unten getrieben wurde. Ich wurde auserwählt, das Experiment zu wagen und auszuprobieren, ob dies funktionierte. Also wartete ich am nächsten Abend, nach dem Essen, auf eine günstige Gelegenheit und versteckte mich schnell darunter. Fest auf dem Deck liegend, konnte ich genau erkennen, was um mich herum vor sich ging und am nächsten Morgen, als die Menge wieder hochkam, konnte ich ohne beobachtet zu werden aus meinem Versteck schlüpfen. Das Ergebnis war mehr als zufriedenstellend.

Der Kapitän und der Maat schliefen in der Kabine des Erstgenannten. Von Robert, der in seiner Eigenschaft als Kellner dort immer wieder auftauchen und beobachten konnte, kannten wir die genaue Position ihrer Kojen. Er informierte uns auch darüber, dass auf dem Tisch immer zwei Pistolen und ein Entermesser lagen. Der Koch schlief in der Kombüse auf Deck, einer Art Vehikel auf Rädern, das dahin bewegt werden konnte, wo es gerade gebraucht wurde; die Matrosen, deren Anzahl gerade mal sechs war, schliefen entweder im Vorderdeck oder in ihren Hängematten in der Takelage.

Endlich waren alle Vorbereitungen abgeschlossen. Arthur und ich sollten uns leise zur Kabine des Kapitäns schleichen, dort die Pistole und das Entermesser ergreifen, und uns so schnell wie möglich der beiden Bewohner erledigen. Robert stand mit einem Schläger bewaffnet an der Tür, die vom Deck hinunter zur Kabine führte. Er sollte im Notfall die Matrosen zurückschlagen, bis wir ihm zu Hilfe eilen konnten. Danach sollte es den jeweiligen Umständen entsprechend weitergehen. War der Angriff so überraschend und effektiv, dass es keinen Widerstand gab, hätten wir die Luke verschlossen gelassen; im gegenteiligen Fall wäre sie geöffnet und die Sklaven nach oben gerufen worden; im Gemenge und der allgemeinen Konfusion hätten wir entweder unsere Freiheit wieder erlangt oder den Tod gefunden. Mein Platz wäre schlussendlich am ungewohnten Steuerhorn gewesen und ich hätte das Schiff unter guten Windverhältnissen nordwärts in die Gefilde der Freiheit gesteuert.

Der Name des Maats war Biddee. An den des Kapitäns kann ich mich nicht mehr erinnern, obwohl ich selten einen Namen vergesse, den ich einmal gehört habe. Der Kapitän war ein kleiner, zierlicher Mann, aufrecht stehend und schlagfertig. Er sah aus wie der personifizierte Mut und wirkte sehr stolz. Sollte er noch leben und diese Zeilen lesen, wird er etwas erfahren, das nicht im Logbuch seiner Fahrt von Richmond nach New Orleans im Jahr 1841 steht.

Wir waren alle vorbereitet und warteten ungeduldig auf die Gelegenheit, unseren Plan zur Ausführung zu bringen, als uns ein trauriges und unvorhergesehenes Ereignis einen Strich durch die Rechnung machte. Robert wurde krank. Man teilte uns mit, dass er die Pocken habe. Es ging ihm schlechter und schlechter und vier Tage vor unserer Ankunft in New Orleans starb er. Einer der Matrosen nähte ihn in seine Decke und befestigte einen großen Stein als Ballast an seinen Füßen. Man legte ihn auf den Niedergang, hob diesen mit Flaschenzügen über die Reling und übergab Roberts armen Körper den weißen Fluten des Golfs.

Wir alle waren von Panik erfüllt wegen des Auftretens der Pocken. Der Kapitän ordnete neben weiteren Vorsichtsmaßnahmen an, dass man Kalk im Frachtraum verteilen sollte. Roberts Tod und die Gegenwart der Krankheit hatten mich hingegen traurig und bedrückt gemacht und ich schaute mit untröstlichem Blick hinaus auf die große Wasserwüste.

Ein oder zwei Abende nach Roberts Begräbnis lehnte ich in der Nähe des Vorderdecks am Niedergang und gab mich meinen verzagenden Gedanken hin, als mich ein Seemann mit freundlicher Stimme fragte, warum ich so mutlos sei. Der Tonfall und das Gebaren des Manns überzeugten mich und ich antwortete, dass ich ein freier Mann sei und entführt worden war. Er bemerkte, dass dies Grund genug sei, um traurig zu sein und befragte mich weiter, bis er meine gesamte Geschichte kannte. Er war offensichtlich sehr an meinen Belangen interessiert und schwor mir in der plumpen Sprache der Seeleute, dass er alles für mich tun würde, solange es in seiner Macht stehe. Ich fragte ihn nach einem Stift, Tinte und Papier, um einigen meiner Freunde schreiben zu können. Er versprach, all dies zu besorgen – aber diese Dinge unbeobachtet zu benutzen war eine echte Schwierigkeit. Wenn ich nach seiner Wache in den Bug gelangen könnte und die anderen Matrosen schliefen, wäre der Weg frei gewesen. Sofort fiel mir das kleine Boot ein. Er glaubte, dass wir nicht mehr weit weg waren von Balize an der Mündung des Mississippi und dass der Brief bald geschrieben werden musste, um die Gelegenheit zu nutzen. Also vereinbarten wir, dass ich mich in der nächsten Nacht erneut unter dem Boot verstecken würde. Seine Wache war um Mitternacht vorbei. Ich sah ihn im Vorderdeck verschwinden und folgte ihm ungefähr eine Stunde später. Er war über einem Tisch, auf dem eine kleine Kerze flackerte und auf dem ein Stift und ein Blatt Papier lag, eingenickt. Als ich eintrat, schrak er auf und gab mir ein Zeichen, mich auf einen Stuhl neben ihm zu setzen. Stumm zeigte er auf das Blatt Papier. Ich adressierte den Brief an Henry B. Northup von Sandy Hill und schrieb, dass ich entführt worden war und mich auf der Brigg Orleans auf dem Weg nach New Orleans befinde; dass ich noch nichts sagen konnte über mein endgültiges Ziel und dass ich ihn darum bitte, Maßnahmen zu meiner Rettung zu ergreifen. Der Brief wurde versiegelt und adressiert und Manning, der ihn gelesen hatte, versprach ihn im Postamt von New Orleans aufzugeben. Ich eilte zurück zu meinem Platz unter dem Boot und mischte mich am folgenden Morgen erneut unbemerkt unter die anderen Sklaven.

Mein guter Freund hieß John Manning, war von Geburt Engländer und einer der großherzigsten und wohltätigsten Matrosen, die jemals ein Deck gesehen haben. Er hatte in Boston gelebt und war ein großer, gut gebauter Mann von etwa vierundzwanzig Jahren mit einem von Blattern gezeichneten Gesicht und voller wohlwollender Ausstrahlung.

Bis wir New Orleans erreichten, passierte nichts mehr, was die Monotonie unseres täglichen Lebens hätte verändern können. Als wir den Damm erreichten, und noch bevor das Schiff festgemacht worden war, sah ich wie Manning an Land sprang und in die Stadt eilte. Als er sich in Bewegung setzte, schaute er bedeutungsvoll über seine Schulter und gab mir damit zu verstehen, was er vorhatte. Schon bald war er zurück, fuhr im Vorbeigehen seinen Ellbogen aus und gab mir durch ein Augenzwinkern zu Verstehen: „Alles in Ordnung."

Mittlerweile habe ich erfahren, dass der Brief tatsächlich Sandy Hill erreichte. Mr. Northup legte ihn Gouverneur Seward vor; da aber aus dem Papier keine genaue Beschreibung meines Aufenthaltsortes hervorging, hielt er es nicht für ratsam, zu diesem Zeitpunkt Maßnahmen zu meiner Befreiung einzuleiten. Man beschloss dies zu vertragen im Vertrauen darauf, dass man bald genauere Kenntnis erhalten würde.

Kurz nach unserer Ankunft am Damm wurden wir Zeuge einer ergreifenden Szene. Gerade als Manning die Brigg verließ um aufs Postamt zu laufen, traten zwei Männer vor und riefen laut nach Arthur. Als der Gerufene die Männer erkannte, platzte er fast vor Freude. Nur knapp konnte man ihn daran hindern, über die Reling der Brigg zu springen; und als sie sich kurz darauf trafen, nahm er sie bei den Händen und hielt sie lange fest. Die Männer waren aus Norfolk und gekommen, um ihn zu retten. Sie erzählten ihm, dass seine Entführer gefasst worden waren und nun im Gefängnis von Norfolk schmorten. Sie redeten kurz mit dem Kapitän und verließen uns dann zusammen mit dem überglücklichen Arthur.

Leider war in der Menschenmenge, die den Kai bevölkerte, niemand, der mich kannte oder sich um mich sorgte. Nicht ein einziger. Weder grüßte mich eine bekannte Stimme, noch kannte ich ein einziges Gesicht. Bald war Arthur wieder mit seiner Familie vereint und konnte zufrieden zusehen, wie das an ihm verübte Unrecht gerächt wurde; würde ich aber meine Familie jemals wiedersehen? Mein Herz füllte sich mit dem Gefühl vollkommener Verzweiflung und ich wünschte mir voller Bedauern, dass ich mich Roberts Reise zum Grund des Meeres angeschlossen hätte.

Schon bald kamen Händler und Auftragnehmer an Bord. Ein großer Mann mit dünnem Gesicht und von leichter Statur machte seine Aufwartung und präsentierte ein Dokument. Burchs Bande, aus mir, Eliza und ihren Kindern, Harry, Lethe und einigen anderen, die in Richmond zu uns gestoßen waren bestehend, wurde ihm übergeben. Dieser Gentleman war Theophilus Freeman. Er las von seinem Papier ab und rief „Platt.“ Niemand antwortete ihm. Der Name wurde wieder und wieder gerufen, aber immer noch kam keine Antwort. Dann rief er Lethe, dann Eliza und Harry, bis die Liste abgearbeitet war. Jeder, der seinen Namen gehört hatte, trat einen Schritt vor.

„Kapitän, wo ist Platt?“, fragte Freeman nachdrücklich.

Der Kapitän konnte ihm die Antwort nicht geben, hatte er doch niemanden mit diesem Namen an Bord.

„Wer hat *diesen* Nigger geschickt?“, fragte er den Kapitän erneut und deutete dabei auf mich.

„Burch“, erwiderte der Kapitän.

„Dein Name ist Platt – du passt zu meiner Beschreibung. Warum trittst du nicht vor?“, wollte er von mir mit verärgerter Stimme wissen.

Ich ließ ihn wissen, dass dies nicht mein Name sei; dass man mich noch nie so gerufen hatte und dass ich keinen Bezug dazu hatte, von dem ich wüsste.

„Nun, ich werde ihn dir beibringen, deinen Namen", sagte er, „und so, dass du ihn nie wieder vergessen wirst, bei ……"

Was Blasphemie angeht, stand Mr. Theophilus Freeman übrigens seinen Partner Burch in nichts nach. Auf dem Schiff hatte man mich „Steward" genannt und dies war das erste Mal, dass man mich als „Platt" bezeichnete – der Name, den Burch seinem Käufer mitgeteilt hatte. Vom Schiff aus sah ich angekettete Sklaven auf dem Deich arbeiten. Auf dem Weg zu Freemans Sklavenstall gingen wir unmittelbar an ihnen vorbei. Der Stall war dem von Goodin in Richmond sehr ähnlich - mit Ausnahme der Mauern, welche hier nicht aus Mauerwerk, sondern aus oben angespitzten Holzbohlen bestanden.

Mit uns Neuankömmlingen waren nun mindestens fünfzig Sklaven in diesem Stall. Nachdem wir unsere Decken in einem der kleinen Gebäude des Hofes abgelegt hatten, wurden wir zum Essen gerufen. Danach war es uns erlaubt, bis zum Einbruch der Nacht in unserem Gefängnis umherzuschlendern. Dann wickelten wir uns in unsere Decken ein und legten uns unter dem Dach, in einem Hochbett oder, wer Lust dazu verspürte, auch mitten im Hof zur Nachtruhe.

In dieser Nacht konnte ich meine Augen nur für kurze Zeit schließen. Die Gedanken schossen durch meinen Kopf. Konnte es möglich sein, dass ich über tausend Meilen von zuhause weg war? Dass ich durch Straßen getrieben worden war wie ein dummes Stück Vieh? Dass man mich in Ketten gelegt und ohne Gnade geschlagen hatte? Dass ich als vermeintlicher Sklave mit einer Sklavenherde eingepfercht worden war? Waren die Vorkommnisse der letzten Wochen wirklich real gewesen? Oder war ich nur gefangen in einem nicht enden wollenden, bösen Traum? Es war keine Illusion. Mein Kelch war bis zum Überfluss mit Sorgen gefüllt. Dann erhob ich meine Hände zu Gott und betete, in der Stille der Nacht und von meinen Gefährten umlagert, um Gnade für diesen armen und verlassenen Sklaven. Zu unser aller Allmächtigen Vater, egal ob frei oder versklavt, sandte ich das Flehen einer gebrochenen Seele und bat um Kraft von oben, um die Last meiner Qualen auszuhalten. Dies tat ich, bis das Morgenlicht die Schläfer um mich herum erweckte und ein neuer Tag in Gefangenschaft begann.

KAPITEL 6

Der liebenswerte und fromme Mr. Theophilus Freeman, Partner und Auftragnehmer von James H. Burch und Eigentümer des Sklavenstalls in New Orleans, war schon sehr früh draußen inmitten seiner Tiere. Mit einem gelegentlichen Tritt nach älteren Frauen und Männern oder einem Peitschenschlag um die Ohren der jüngeren Sklaven stellte er sicher, dass sich innerhalb kürzester Zeit alles regte und hellwach war. Mr. Theophilus Freeman tat sehr betriebsam und geschäftig und machte sein Eigentum fertig für den Verkaufsraum – ganz sicher, um an diesem Tag hervorragende Geschäfte zu tätigen.

Zuerst forderte man uns auf, uns gründlich zu waschen und die Bartträger mussten sich rasieren. Dann erhielt jeder einen neuen Anzug, einfach aber sauber. Die Männer bekamen einen Hut, Jacke, Hemd, Hose und Schuhe; die Frauen Kleider aus Kattun und Taschentücher, die sie sich um die Haare banden. Dann wurden wir in einen Raum im vorderen Teil des Gebäudes, an das der Hof anschloss, geführt. Bevor die ersten Kunden eingelassen wurden, wollte man uns ordentlich dressieren. Die Männer mussten sich auf der einen Seite des Raumes aufstellen, die Frauen gegenüberliegend. Der Größte stand am Anfang der Reihe, dann der Zweitgrößte, und so weiter. Emily stand ganz am Ende der Frauenreihe. Freeman verlangte forsch, dass wir uns unsere Plätze merken und uns klug und lebhaft geben sollten – manchmal drohte er, oft versprach er aber auch Anreize. Den Tag über brachte er uns bei, „klug auszusehen" und mit größter Präzision unsere Plätze wiederzufinden.

Nach der Mittagsfütterung wurden wir erneut aufgestellt und mussten tanzen. Bob, ein farbiger Junge, der schon länger in Freemans Besitz war, spielte auf der Geige. Als ich in seiner Nähe stand, fragte ich keck nach, ob er „Virginia Reel" spielen könne. Er verneinte dies und fragte mich, ob ich es könne. Ich bejahte dies und er gab mir die Geige. Ich begann eine Melodie zu spielen und beendete diese. Freeman befahl mir weiterzuspielen und schien hocherfreut. Er gab Bob zu verstehen, dass ich um einiges besser spielte, als er selbst – was meinen musikalischen Gefährten offenbar in große Sorge versetzte.

Am nächsten Tag kamen viele Kunden, die sich Freemans neues „Sortiment" anschauen wollten. Letztgenannter war sehr redselig und stellte immer wieder unsere Qualitäten und Vorteile heraus. Er ließ uns unsere Köpfe anheben und kurz vor und zurück laufen, während die Kunden unsere Hände, Arme und Körper befühlten, uns drehten und nach unseren Fähigkeiten fragten oder uns in die Münder schauten, um den Zustand der Zähne zu prüfen – genau wie es ein Jockey vor dem Erwerb eines neuen Pferdes machen würde. Manchmal wurde ein Mann oder eine Frau in das kleine Haus im Hof geführt, dort ausgezogen und genauer untersucht. Narben auf dem Rücken eines Sklaven zeugten von aufrührerischem oder unziemendem Gebaren und drückten den Preis.

Ein älterer Gentleman, der auf der Suche nach einem Kutscher war, schien Gefallen an mir zu finden. Aus seiner Unterhaltung mit Freeman erfuhr ich, dass er hier in der Stadt wohnte. Ich wünschte mir sehr, dass er mich kaufen würde, denn es wäre sicher nicht schwer, von New Orleans aus auf einem nordwärts fahrenden Dampfer zu fliehen. Freeman verlangte 1500 Dollar für mich. Der alte Gentleman beharrte darauf, dass dies zu viel sei und dass die Zeiten hart waren. Freeman entgegnete, dass ich gesund und munter sei, in guter Verfassung und intelligent. Er stellte besonders meine musikalischen Fähigkeiten heraus. Der alte Herr vertrat entschieden die Auffassung, dass nichts Außergewöhnliches an dem Nigger sei und verließ schließlich zu meinem Bedauern den Raum mit der Ankündigung, eventuell wiederzukommen. Während dieses Tages fanden einige Verkäufe statt. David und Caroline wurden zusammen von einem Plantagenbesitzer aus Natchez erworben. Sie verließen uns mit einem breiten Grinsen und mit der freudigen Sicherheit, dass sie nicht getrennt werden würden. Lethe wurde an einen Pflanzer aus Baton Rouge verkauft und ihre Augen funkelten vor Wut, als man sie hinausführte.

Derselbe Mann kaufte auch Randall. Der kleine Mann musste springen, durch den Raum rennen und viele andere kleine Kunststücke vollführen, um seine Leistungsfähigkeit und Kondition zu beweisen. Während dieser Handel vonstatten ging, weinte Eliza unaufhörlich und wrang sich die Hände. Sie flehte den Mann an, den Jungen nicht zu kaufen, wenn er nicht auch sie und die kleine Emily nehmen würde. Für diesen Fall versprach sie, ihm die treueste Sklavin zu sein, die er sich vorstellen könne. Als der Mann antwortete, dass er sich das nicht leisten könne, fiel Eliza in einen Weinkrampf. Freeman drehte sich rasend vor Wut zu ihr um, die Peitsche in der erhobenen Hand, und befahl ihr, sofort das Weinen einzustellen, wenn er sie nicht schlagen sollte. Er könne dieses Gejammere, dieses Geplärre nicht mehr aushalten; und wenn sie nicht augenblicklich damit aufhörte, würde er sie in den Hof bringen lassen und ihr dort hundert Schläge verabreichen. Oh ja, er würde ihr den Unsinn schleunigst austreiben, verdammt sei er, wenn ihm das nicht gelänge. Eliza schauderte es vor ihm und sie versuchte, ihre Tränen zu trocknen; aber es war alles umsonst. Sie wolle, sagte sie, die kurze Zeit, die sie noch zu leben hatte, bei ihren Kindern sein. Freemans Drohungen und finstere Blicke hatten nicht ausgereicht, die aufgelöste Mutter vollständig verstummen zu lassen. Sie bettelte und flehte weiter, man möge ihre Familie nicht trennen. Immer wieder betonte sie, wie sehr sie den Jungen liebte. Und hörte nicht auf, ihr vorheriges Versprechen zu wiederholen – was für ein gehorsamer und treuer Sklave sie doch wäre; wie hart sie bis an ihr Lebensende arbeiten würde, wenn er sie ja nur zusammen kaufen würde. Aber es hatte keinen Zweck; der Mann hatte nicht das Geld dafür. Das Geschäft wurde geschlossen und Randall musste alleine gehen. Dann rannte Eliza zu ihm und umarmte ihn leidenschaftlich, küsste ihn wieder und wieder und ermahnte ihn, sie nie zu vergessen – und die ganze Zeit tropften ihre Tränen wie Regen in das Gesicht des Jungen.

Freeman verfluchte sie, nannte sie eine brabbelnde, plärrende Hure und wies sie an, zu ihrem Platz zurückzukehren und sich zu benehmen; und endlich Ruhe zu geben. Er schwor, dass er solchen Mist nicht länger aushalten könne. Bald würde sie wirklich wissen, warum sie weine, wenn sie nicht sehr vorsichtig wäre, und *das* würde ihr dann wirklich weh tun.

Der Pflanzer aus Baton Rouge war mit seinen Neuerwerbungen bereit zur Abreise.

„Weine nicht, Mama. Ich werde ein guter Junge sein. Weine nicht“, sagte Randall und warf einen Blick zurück, als sie durch die Tür gingen.

Nur Gott weiß, was aus dem Knaben geworden ist. Es war eine traurige Szene, die sich da abgespielt hatte. Und hätte ich es gewagt, hätte ich selbst geweint.

In dieser Nacht erkrankten fast alle, die mit der Brigg Orleans gekommen waren. Alle klagten über heftige Kopf- und Rückenschmerzen. Die kleine Emily weinte ständig, was für uns alle hier neu war. Am Morgen rief man einen Arzt, aber auch der konnte die Ursache unserer Krankheit nicht finden. Während er mich untersuchte und mir Fragen über meine Symptome stellte, sagte ich ihm, dass ich dies für eine Pockenattacke halte und gab Roberts Tod als Begründung für meinen Verdacht an. Er schloss sich meiner Vermutung an und sandte nach dem Chefarzt des Krankenarztes. Kurz darauf war dieser auch schon da – ein kleiner Mann mit schütterem Haar, der auf den Namen Dr. Carr hörte. Er stellte die Diagnose Pocken, worauf sich ein großer Tumult im Hof erhob. Kurz nach Dr. Carrs Abfahrt wurden Eliza, Emmy, Harry und ich in ein Taxi verfrachtet und in ein großes Marmorgebäude, offensichtlich ein Krankenhaus, am Stadtrand gebracht. Harry und ich bezogen einen Raum in einem der oberen Stockwerke. Ich wurde sehr krank. Drei Tage lang war ich fast blind. Während ich eines Tages so da lag, kam Bob herein und sagte Dr. Carr, dass Freeman ihn geschickt hatte, um zu erfahren, ob wir Fortschritte machten. Sag ihm, antwortete der Doktor, dass Platt sehr krank ist. Aber wenn er neun Uhr überlebt, wird er vielleicht wieder gesund.

Ich erwartete den Tod. Obwohl mein mir bevorstehendes Leben wenig Erfreuliches bot, entsetzte mich die Aussicht auf den Tod noch mehr. Ich hatte erwartet, dass ich mein Leben irgendwann in den Armen meiner Familie aushauchen würde, aber hier unter Fremden und unter solchen Umständen sterben zu müssen war eine bittere Betrachtung.

Es waren viele Menschen beider Geschlechter und unterschiedlichen Alters in diesem Krankenhaus. Im rückwärtigen Teil des Gebäudes fertigte man Särge. Wenn ein Mensch starb, ertönte eine Glocke – das Zeichen für den Bestatter, den toten Körper abzuholen und auf den Friedhof zu karren. Diese Glocke ließ ihren melancholischen Klang Tag und Nacht verlauten und verkündete so die Nachricht eines weiteren Todes. Aber meine Zeit war noch nicht gekommen. Ich überstand den Höhepunkt der Krankheit und begann, wieder zu Kräften zu kommen. Nach zwei Wochen und zwei Tagen kehrte ich mit Harry in den Stall zurück, das Gesicht gezeichnet von den Auswirkungen der Krankheit. Sie ist bis heute dort zu sehen. Eliza und Emily kehrten einen Tag später mit einem Taxi zurück und wir wurden erneut zur Prüfung und Untersuchung durch mögliche Käufer in den Verkaufsraum gebracht. Ich nährte immer noch die Hoffnung, dass der alte Mann, der einen Kutscher gesucht hatte und wiederkommen wollte, dies auch tat und mich kaufte. Ich fühlte beständiges Vertrauen, dass ich meine Freiheit bald wiedererlangen würde. Kunde um Kunde kam herein, aber der alte Gentleman kam nie wieder durch die Tür.

Eines Tages, als wir uns im Hof aufhielten, kam Freeman heraus und befahl uns auf unsere Plätze in dem großen Raum zu gehen. Ein

Gentleman erwartete uns dort und da von ihm in der Folge dieses Berichts noch mehrfach die Rede sein wird, ist eine Beschreibung seines Aussehens und eine erste Einschätzung seines Charakters vielleicht nicht fehl am Platz.

Er war ein Mann von gewöhnlicher Statur, der etwas gekrümmt und nach vornüber gebeugt stand oder ging. Er war ein gutaussehender Mann mittleren Alters. Seine Art hatte nichts Abstoßendes an sich; im Gegenteil fand ich in seinem Gesicht und in seiner Art etwas Freundliches und Anziehendes. Er hatte wohl Anstand gelernt, wie man sehen konnte. Er bewegte sich unter uns und stellte viele Fragen - zum Beispiel nach unseren Fähigkeiten, welche Arbeit wir gewohnt waren, ob wir gerne bei ihm leben würden und gute Sklaven wären, falls er uns kaufen würde, und ähnliche Fragen dieser Art.

Nach einer weiteren Begutachtung und einer Unterhaltung bezüglich des Preises bot er Freeman schließlich tausend Dollar für mich, neunhundert für Harry und siebenhundert für Eliza. Ob nun die Pocken den Preis gedrückt hatten oder Freeman aus anderem Grund meinen ursprünglichen Preis um fünfhundert Dollar senkte, kann ich nicht sagen. Auf jeden Fall schlug er nach kurzer, scharfsinniger Überlegung in den Handel ein.

Sobald Eliza dies hörte, setzten ihre Qualen wieder ein. Zu dieser Zeit war sie bereits sehr abgemagert und ihre Augen lagen vor Krankheit und Sorge tief in den Höhlen. Gerne würde ich die nun folgende Szene in Schweigen hüllen und einfach darüber hinweg gehen. Sie ruft immer noch Bilder ins Gedächtnis zurück, die trauriger und berührender sind, als sie jede Sprache ausdrücken könnte. Ich habe gesehen, wie Mütter ein letztes Mal das Gesicht ihres toten Kindes küssen; ich habe gesehen, wie sie ins Grab hinein blickten und die Erde, die dumpf auf den Sarg fiel, diesen für immer vor ihren Augen verbarg; aber nie zuvor habe ich solch einen intensiven und unbändigen Gram erlebt, als nun, da Eliza Abschied nehmen sollte von einem weiteren ihrer Kinder. Sie verließ ihren Platz in der Reihe der Frauen, rannte hinunter zu Emily und nahm sie in ihre Arme. Das Kind, das die herannahende Gefahr spürte, klammerte instinktiv seine Hände um den Hals seiner Mutter und legte sein kleines Gesicht auf ihren Busen. Freeman befahl ihr streng, sofort ruhig zu sein, aber sie gehorchte ihm nicht. Er ergriff sie an einem Arm und zog sie grob weg, aber sie klammerte sich nur noch mehr an das Kind. Dann verpasste er ihr, unter einer Kanonade von Flüchen, einen derartigen Schlag, dass sie rückwärts taumelte und fast gefallen wäre. Oh! Wie erbärmlich klangen ihre Bitten, Gebete und ihr Flehen, dass sie nicht getrennt werden sollten, erst jetzt. Warum konnte man sie nicht zusammen kaufen? Warum durfte sie nicht wenigstens eines ihrer geliebten Kinder behalten? „Gnade, Gnade, Herr!", rief sie und fiel auf die Knie. „Bitte, mein Herr, kauft Emily. Ich kann nicht arbeiten, wenn ich sie nicht bei mir habe: ich werde sterben!"

Freeman schritt erneut ein; aber Eliza missachtete ihn und flehte immer mehr. Sie erzählte, wie man ihr Randall genommen hatte – dass sie ihn nie wieder sehen würde und dass es ihr nicht gut ging – oh Gott! es war so schlimm, so grausam, sie von Emily zu trennen – ihrem Stolz – ihrem einzigen Liebling, der noch so jung war und nicht ohne seine Mutter leben konnte!

Schließlich, nach vielen Bittgesuchen mehr, trat der offensichtlich gerührte Käufer Elizas nach vorne und erklärte Freeman, dass er Emily kaufen möchte und wie viel sie kosten würde.

„Wie viel sie *kostet*? Sie *kaufen*?", war Theophilus Freemans rhetorische Frage. Und indem er sie sofort selbst beantwortete fügte er hinzu, „Ich werde sie nicht verkaufen. Sie steht nicht zum Verkauf."

Der Mann bemerkte, dass er eigentlich niemanden diesen Alters brauchen würde – er könne daraus keinen Gewinn schlagen, aber da die Mutter ihr Kind so liebte, würde er einen akzeptablen Preis für sie bezahlen. Freeman hatte taube Ohren für einen so menschlichen Vorschlag. Er würde Emily heute unter keinen Umständen verkaufen. Man könnte massenhaft Geld mit ihr scheffeln, wenn sie erst ein paar Jahre älter wäre. Es gäbe genug Männer in New Orleans, die 5000 Dollar und mehr für so ein adrettes und schickes Weib, wie Emily es einmal wäre, bezahlen würden. Nein, nein, er würde sie heute nicht verkaufen. Sie war eine Schönheit – bildhübsch – eine Puppe – keine der dicklippigen, Baumwolle pflückenden Nigger mit plattem Kopf – er sei verflucht, wenn sie das wäre.

Als Eliza von Freemans Entschlossenheit hörte, Emily nicht herzugeben, war sie außer sich vor Wut.

„Ich werde *nicht* ohne sie gehen. Ihr werdet sie mir *nicht* wegnehmen", kreischte sie hervor, und ihr Kreischen mischte sich mit Freemans lauter und wütender Stimme, die ihr befahl, endlich ruhig zu sein.

In der Zwischenzeit waren Harry und ich im Hof gewesen, hatten unsere Decken gepackt und standen nun an der Vordertür bereit zur

Abfahrt. Unser Käufer stand in unserer Nähe und schaute Eliza mit einem Ausdruck tiefen Bedauerns an, hatte er sie doch auf Kosten von soviel Kummer erworben. Wir warteten einige Zeit bis Freeman schließlich, seiner Geduld beraubt, Emily mit roher Gewalt aus den sie mit aller Kraft festhaltenden Armen ihrer Mutter riss.

„Lass mich nicht allein, Mama – bitte verlass mich nicht", schrie Emily, als ihre Mutter barsch von ihr weg gedrückt wurde; „Lass mich nicht allein – komm zurück, Mama", weinte sie und streckte ihre kleinen Arme fordernd nach der Mutter aus. Aber sie weinte umsonst. Wir wurden eilig aus der Tür und raus auf die Straße gedrängt. Immer noch konnten wir hören, wie sie nach der Mutter rief, „Komm zurück – lass mich nicht allein – komm zurück, Mama", bis ihre kindliche Stimme immer undeutlicher zu hören war und schließlich mit zunehmender Entfernung ganz erstarb und nicht mehr zu vernehmen war.

Eliza sah, noch hörte je wieder etwas von Emily oder Randall. Sie blieben Tag und Nacht, jede Sekunde ihres Lebens, ein Teil ihrer Erinnerung. Im Baumwollfeld, in der Blockhütte, immer und überall erzählte sie von ihnen – manchmal auch *zu* ihnen, als seien sie tatsächlich da. Nur wenn sie schlief, oder die Illusion gerade abgeklungen war, erlebte sie einen Moment des Trosts.

Sie war keine gewöhnliche Sklavin, wie ich ja schon erzählt habe. Zu der natürlichen Intelligenz, die sie im Überfluss besaß, kamen eine exzellente Allgemeinbildung und das Wissen über sehr viele Themen und Dinge. Sie hatte ein Leben geführt, wie es nur wenigen ihres unterdrückten Standes gewährt wurde. Sie war in die Sphären eines besseren, höherwertigen Lebens gehoben worden. Freiheit – ihre eigene und die Freiheit ihrer Kinder, waren lange Jahre ihre Wolkensäule bei Tag und ihre Feuersäule des Nachts gewesen. Ihre Pilgerfahrt durch die Wildnis der Gefangenschaft, die Augen immer auf das Hoffnung verheißende Leuchtfeuer gerichtet, hatte sie schließlich auf „den Gipfel des Pisgah" geführt und sie das verheißene Land erblicken lassen. In einem unerwarteten Moment wurde sie komplett übermannt von Enttäuschung und Verzweiflung. Die glorreiche Vision der Freiheit war aus ihrem Sichtfeld entschwunden, als man sie in Gefangenschaft abführte. Nun „weinte sie bitterlich bei Nacht, und ihre Tränen waren auf ihren Wangen; sie hatte keinen Tröster unter allen, die sie liebten; alle ihre Freunde haben treulos an ihr gehandelt, sind ihr zu Feinden geworden." *(Klagelieder des Jeremias, Vers 1:2 – Anmerkung des Übersetzers).*

KAPITEL 7

Nachdem wir den Sklavenstall in New Orleans verlassen hatten, folgten Harry und ich unserem neuen Herrn durch die Straßen, während Eliza, weinend und sich immer wieder umdrehend, von Freeman und seinen Schergen voran gedrängt wurde. Bald erreichten wir das Dampfschiff Rodolph, das am Damm festgemacht hatte. Nach nicht einmal einer Stunde fuhren wir schon flott den Mississippi hinauf. Unser Ziel lag irgendwo am Red River. Neben uns waren eine Menge anderer Sklaven an Bord, offensichtlich alle auf dem Sklavenmarkt von New Orleans erworben. Ich erinnere mich an einen Mr. Kelsow, von dem man sagte, er sei ein bekannter und großer Plantagenbesitzer, der gleich eine ganze Gruppe Frauen gekauft hatte.

Der Name unseres Herrn war William Ford. Er lebte in Great Pine Woods in der Pfarrei Avoyelles, die im Herzen von Louisiana am rechten Ufer des Red River lag. Heute ist er ein baptistischer Pfarrer. Er wird in der gesamten Pfarrei Avoyelles und ganz speziell entlang beiden Ufern des Bayou Boeufs, wo er besser bekannt ist, als beliebter Geistlicher geschätzt. Der Verstand eines Nordstaatlers mag vielleicht nicht begreifen, wie man seinen Bruder in Knechtschaft halten, mit Menschen handeln und gleichzeitig ein moralisches und religiöses Leben führen kann. Beschreibungen von Männern wie Burch und Freeman - neben anderen, die wir noch kennenlernen werden - führen zwangsläufig dazu, alle Sklavenhalter ohne Ansehen der einzelnen Person zu verachten und zu verabscheuen. Aber ich war für einige Zeit sein Sklave und hatte die Gelegenheit ihn, seinen Charakter und seine Ansichten besser kennenzulernen und es wird ihm nicht mehr als gerecht, wenn ich sage, dass es meiner Meinung nach niemals einen liebenswerteren, edleren und aufrichtigeren Christen gegeben hat als William Ford. Die Einflüsse und der Umgang, dem er zeitlebens ausgesetzt war, hatten ihn blind gemacht für die Ungerechtigkeit, die die Sklaverei nun mal beinhaltet. Er hat das moralische Recht eines Menschen, einen anderen zu unterwerfen, niemals angezweifelt. Er sah die Dinge im gleichen Licht wie seine Väter vor ihm und handelte entsprechend. Wäre er unter anderen Umständen oder Einflüssen aufgewachsen, wären seine Ansichten mit Sicherheit andere gewesen. Nichtsdestotrotz war er ein Muster eines Herrn, der im Licht seines Verständnisses aufrecht durchs Leben lief und dessen Sklaven sich glücklich schätzen konnten, bei ihm zu sein. Wären alle Menschen wie er, hätte die Sklaverei wenigstens die Hälfte ihres Schreckens verloren.

Wir verbrachten zwei ereignislose Tage und drei Nächte an Bord des Dampfers Rodolph. Ich war nun überall als Platt bekannt, der Name, den mir Burch gegeben hatte und der mir während meiner gesamten Gefangenschaft erhalten blieb. Eliza wurde unter dem Name „Dradey" verkauft. So wurde sie auch ins Einwohnerbuch von New Orleans eingetragen.

Während unserer Fahrt dachte ich ständig über meine Lage nach und versuchte, in Beratung mit mir selbst, die nächsten Schritte für meine ultimative Flucht festzulegen. Manchmal, und nicht nur zu diesem Zeitpunkt, war ich versucht, Ford die Fakten meiner Geschichte offenzulegen. Heute neige ich zu der Annahme, dass dies vermutlich vorteilhaft für mich gewesen wäre. Diesen Weg habe ich oft in Betracht gezogen, aber aus Angst vor einem Missverständnis nie beschritten, bis es zu spät war. Meine spätere Übereignung und die damit verbundenen Geldangelegenheiten hätten dies auch nicht zugelassen, der Ausgang wäre mehr als unsicher gewesen. Später, unter anderen Herren als William Ford, wusste ich nur zu gut, dass mich auch nur die kleinste Andeutung über meine wirkliche Herkunft in noch nie vorher gekannte Untiefen der Sklaverei gestoßen hätte. Ich war ein zu teures Gut, um es zu verlieren und ich war mir bewusst, dass man mich dann vermutlich an einen verborgenen Ort hinter der texanischen Grenze gebracht und dort verkauft hätte; hätte ich mein Recht auf Freiheit geäußert, wäre ich genau so abgeschoben worden. wie der Dieb das gestohlene Pferd abgibt. Also entschied ich mich, dieses Geheimnis tief in meinem Herzen einzuschließen – niemals ein Wort oder auch nur eine Silbe verlauten zu lassen darüber, wer oder was ich war – immer im Vertrauen auf die Vorsehung und mein eigenes Trachten nach Erlösung.

Nach einiger Zeit verließen wir den Dampfer Rodolph an einem Ort namens Alexandria, einige hundert Meilen von New Orleans entfernt. Dies ist ein kleiner Ort am südlichen Ufer des Red River. Nachdem wir dort die Nacht verbracht hatten, brachte uns der Morgenzug nach Bayou Lamourie, ein noch kleinerer Ort ungefähr achtzehn Meilen von Alexandria. Dort war auch Endstation der Eisenbahn. Fords Plantage lag an der Texas Road, zwölf Meilen vor Lamourie, in den Great Pine Woods.

Man sagte uns, dass wir diese Entfernung zu Fuß überbrücken mussten, da es keine Verkehrsmittel dorthin gab. Entsprechend machten wir uns in Fords Gesellschaft auf den Weg. Es war ein sehr heißer Tag. Harry, Eliza und ich waren sehr schwach und unsere Fußsohlen noch sehr gereizt von den Nachwirkungen der Pocken. Wir kamen nur schwerlich voran und Ford wies uns an, langsam zu machen und uns eine Rast zu gönnen, wann immer wir dies wollten – ein Privileg, von dem wir mehrfach Gebrauch machten. Nachdem wir Lamourie verlassen hatten, kamen wir an zwei Plantagen vorbei, die einem Mr. Carnell beziehungsweise einem Mr. Flint gehörten. Dann erreichten wir Pine Woods, ein fast unberührtes Gebiet, das bis runter zum Sabine River reichte.

Das ganze Land am Red River liegt tief und ist sehr sumpfig. Die Pine Woods liegen dagegen noch verhältnismäßig hoch und werden nur hier und da von tieferliegenden Abschnitten durchzogen. Das höher gelegene Land ist von vielen Bäumen bedeckt – Weißeichen, dem Chincopin, der der Kastanie sehr ähnelt, und vor allem Gelbkiefern. Die Bäume sind sehr groß, manche an die zwanzig Meter und wachsen kerzengerade. Die Wälder waren voller scheuem und wildem Vieh, das sich bei unserer Ankunft laut schnaubend und in großen Herden davonmachte. Einige Tiere waren gebrandmarkt, der Rest schien noch wild und ungezähmt zu sein. Sie waren viel kleiner als die nördlichen Rassen und was mich besonders verwunderte, waren ihre Hörner. Diese standen seitlich ganz gerade heraus, gerade wie Eisennägel.

Zur Mittagszeit waren wir auf einem gerodeten Stück Land von circa drei oder vier Morgen angekommen. Darauf standen ein kleines, ungestrichenes Holzhaus, eine Maiskrippe – oder wie wir sagen würden, eine Scheune – und eine aus Holz gefertigte Küche. Es war die Sommerresidenz von Mr. Martin. Reiche Pflanzer, die große Anwesen am Bayou Boeuf hatten, waren es gewohnt, die heißen Sommer hier in den Wäldern zu verbringen. Hier gab es klares Wasser und erfrischenden Schatten. Diese Zufluchten waren für die Pflanzer dieser Region etwas Ähnliches wie es Newport oder Saratoga für die reicheren Bewohner der Nordstaaten waren.

Man schickte uns rüber zur Küche und versorgte uns mit Süßkartoffeln, Maisbrot und Bacon, während Master Ford und Mr. Martin im Haus speisten. Man sah einige Sklaven auf dem Gelände. Martin kam heraus und betrachtete uns. Er wollte von Ford wissen, wie viel wir jeweils gekostet hatten, ob wir Grünschnäbel waren und stellte noch einige Fragen bezüglich des Sklavenmarkts im Allgemeinen.

Nach einer langen Rast machten wir uns wieder auf den Weg entlang der Texas Road, die ziemlich wenig befahren zu sein schein. Fünf Meilen wanderten wir durch die grünen Wälder, ohne eine weitere Behausung zu sehen. Als die Sonne im Westen zu sinken begann, kamen wir an eine weitere Rodung von etwa zwölf bis fünfzehn Morgen.

Dort stand ein Haus, das um einiges größer war als das von Mr. Martin. Hinten war ebenfalls eine Holzküche angebaut, es gab einen Geflügelschlag, Scheunen und einige Negerhütten. Neben dem Haus lagen ein Pfirsichhain und ein Garten mit Orangen- und Granatapfelbäumen. Die ganze Fläche war von Wald umsäumt und mit einem grünen Teppich aus saftigem Grün bedeckt. Es war ein ruhiger, einsamer und freundlicher Ort – sprichwörtlich eine Oase in der Wildnis. Es war das Zuhause meines Herrn, William Ford.

Als wir uns näherten, stand ein Mädchen – ihr Name war Rose – auf dem Vorplatz. Sie lief zur Tür und rief ihre Herrin, die auf der Stelle heraus rannte, um ihren Mann zu begrüßen. Sie küsste ihn und wollte lachend wissen, ob er „diese Nigger" gekauft hatte. Ford bejahte und wies uns an, um die Ecke zu Sallys Hütte zu gehen und uns dort auszuruhen. Als wir ums Haus herum gegangen waren, entdeckten wir Sally beim Waschen, während ihre zwei kleinen Kinder neben ihr auf dem Rasen spielten. Sie sprangen auf, watschelten rüber zu uns und starrten uns an, als ob wir eine Herde Kaninchen wären. Dann rannten sie zurück zu ihrer Mutter, als ob sie Angst hätten.

Sally führte uns in die Hütte und meinte, wir sollten unsere Sachen ablegen und uns setzen. Sicher waren wir sehr erschöpft. Dann kam John herein, seines Zeichens Koch und ein Junge von höchsten sechzehn Jahren. Er war schwärzer als jeder Rabe. Er schaute in unsere Gesichter, sagte nur „Wie geht's?", drehte sich um und rannte zurück zur Küche. Dabei lachte er lauthals, als ob unsere Ankunft ein guter Witz war.

Ausgelaugt von dem langen Marsch wickelten Harry und ich uns bei Einbruch der Dunkelheit in unsere Decken und legten uns auf den Hüttenboden. Wie üblich stahlen sich meine Gedanken zu meiner Frau und meinen Kindern. Das Bewusstsein meiner wirklichen Lage und die Hoffnungslosigkeit einer Flucht durch die weitläufigen Wälder von Avoyelles lag schwer auf meinem Herzen – und doch war es zuhause in Saratoga.

Ich wurde am nächsten Morgen durch die Stimme von Master Ford geweckt. Er rief nach Rose, die ins Haus eilte, um die Kinder anzuziehen. Sally war auf dem Feld und melkte die Kühe, während John geschäftig in der Küche Frühstück zubereitete. Harry und ich schlenderten in der Zwischenzeit durch den Hof und besichtigten unser neues Quartier. Kurz nach Frühstück fuhr ein mit Bauholz beladenes Fuhrwerk, vor dem drei Paar Ochsen angespannt waren, auf das Gelände. Auf dem Fahrersitz saß ein farbiger Mann. Er war ein weiterer Sklave Fords und der Ehemann von Rose. Sein Name war Walton. Rose stammte übrigens aus Washington und war vor fünf Jahren hierher gebracht worden. Sie hatte Eliza noch nie vorher gesehen, kannte aber Berry und die gleichen Straßen und Leute wie sie – entweder persönlich oder zumindest vom Hörensagen. Sie schlossen schnell Freundschaft und erzählten sich viel von vergangenen Zeiten und Freunden, die sie zurücklassen mussten.

Ford war zu dieser Zeit ein wohlhabender Mann. Neben diesem Anwesen in Pine Woods gehörte ihm auch ein großes Bauholzgeschäft vier Meilen entfernt in Indian Creek und eine seiner Frau überschriebene, riesige Plantage und viele Sklaven am Bayou Boeuf.

Walton hatte seine Ladung Holz vom Sägewerk in Indian Creek gebracht. Ford wies uns an, mit ihm dorthin zurückzukehren und sagte, dass er bald nachkommen würde. Vor der Abfahrt rief uns Mistress Ford in ein Lager und händigte mir einen Blecheimer Melasse – so nennt man den Sirup dort - für mich und Harry aus.

Eliza beklagte immer noch den Verlust ihrer Kinder. Ford versuchte, sie zu trösten so gut dies eben möglich war – er erzählte ihr, sie müsse nicht hart arbeiten und könne auch hier bei Rose bleiben und ihr bei der Hausarbeit helfen.

Währen der Fahrt mit Walton im Fuhrwerk lernten Harry und ich ihn schnell kennen. Er war in Fords Leibeigenschaft geboren worden und sprach so freundlich und leidenschaftlich von ihm, wie es sonst nur ein Kind vom eigenen Vater tun würde. Als er mich fragte, woher ich käme, sagte ich aus Washington. Seine Frau Rose hatte ihm viel von dieser Stadt erzählt und er nervte mich die ganze Zeit mit außergewöhnlichen und absurden Fragen.

Als wir das Sägewerk in Indian Creek erreicht hatten, sahen wir dort zwei weitere Slaven Fords, Sam und Antony. Sam war ebenfalls aus Washington und mit der gleichen Ladung wie Rose hierher gekommen. Er hatte auf einer Farm bei Georgetown gearbeitet. Antony war Hufschmied aus Kentucky und stand nun schon zehn Jahre in Diensten seines jetzigen Herrn. Sam kannte Burch und als ich erzählte, dass er der Händler war, der mich aus Washington weiter verkauft hatte, waren wir uns bemerkenswert schnell darüber einig, dass er einer einer der größten Schurken überhaupt war. Er hatte auch Sam nach Süden geschickt.

Als Ford zum Sägewerk kam, wurden wir eingeteilt, Bauholz zu stapeln und Baumstämme zu spalten – eine Tätigkeit, die wir den gesamten Sommer über verrichteten.

Unseren Sabbat verbrachten wir in der Regel auf dem Gehöft. An diesen Tagen versammelte Ford alle Sklaven um sich herum und las und erklärte die Heilige Schrift. Sein Ziel war es, in uns Gefühle der Güte füreinander zu erwecken, ebenso das Vertrauen zu Gott – dabei legte er immer wieder auch die Belohnungen dar, die denen, die ein aufrechtes und gottesfürchtiges Leben führten, versprochen waren. Er saß dabei im Eingang seines Hauses, umringt von seinen weiblichen und männlichen Dienern, die ihm ernst ins Gesicht schauten und sprach von der Güte des Schöpfers und dem ewigen Leben. Oft stieg das Gebet von seinen Lippen hinauf zum Himmel und war der einzige Klang, der die Einsamkeit dieses Ortes durchbrach.

In diesem Sommer wurde Sam durch und durch gläubig und sein Verstand beschäftigte sich intensiv mit dem Thema Religion. Seine Herrin gab ihm eine Bibel, die er auch zur Arbeit mitnahm. Selbst während der kleinsten Pause las er darin, obwohl er damit große Schwierigkeiten hatte. Ich las ihm oft vor, was er mir mit unendlichen Bezeugungen der Dankbarkeit belohnte. Sams Frömmigkeit fiel auch einigen Leuten auf, die zum Sägewerk kamen und die Bemerkung, die meist folgte war, dass ein Mann wie Ford, der seinen Sklaven erlaubte Bibeln zu haben, „nicht dafür gemacht war, Nigger zu halten.“

Ford hatte allerdings keinerlei Einschränkungen durch seine Güte. Nicht nur einmal habe ich beobachten können, dass diejenigen, die ihre Sklaven am anständigsten behandelten, mit der höchsten Arbeitskraft belohnt wurden. Ich weiß das aus meiner eigenen Erfahrung. Es war immer ein Quell der Freude, Mr. Ford mit mehr Ertrag zu überraschen, als eigentlich an einem Tag gefordert war. Unter einigen der auf ihn folgenden Herren war der einzige Ansporn die Peitsche des Aufsehers.

Der Wunsch nach Fords lobender Stimme brachte mich auf eine Idee, die ihm zu Gewinn gereichen sollte. Das Bauholz, das wir herstellten, war gemäß Vertrag zur Lieferung nach Lamourie bestimmt. Bisher war es über den Landweg transportiert worden, was sehr kostspielig war. Indian Creek, wo das Sägewerk stand, war ein schmaler, aber tiefer Wasserlauf, der sich in den Bayou Boeuf ergoss. An einigen Stellen war er nicht mal drei Meter breit und durch Baumstämme versperrt. Der Bayou Boeuf war mit dem Bayou Lamourie verbunden. Ich schätzte die Entfernung vom Sägewerk bis zu dem Punkt, wohin das Bauholz geliefert werden sollte, über Land nur um einige Meilen kürzer ein als über den Fluss. Vorausgesetzt, dass der kleine Fluss für Flöße geeignet war, schien mir eine große Einsparung bei den Transportkosten durchaus möglich.

Adam Taydem, ein kleiner, weißer Mann, der als Soldat in Florida gedient hatte und den der Zufall in diese entfernte Gegend verschlagen hatte, war Aufseher und Chef des Sägewerks. Er lehnte die Idee ab; als ich sie aber Ford präsentierte, war dieser sehr aufgeschlossen und erlaubte mir, das Experiment zu wagen.

Nachdem ich die Hindernisse im Fluss entfernt hatte, zimmerte ich ein schmales Floß, das aus zwölf einzelnen Trägern bestand. Ich war sehr geschickt dabei und hatte meine Erfahrungen, die ich Jahre zuvor auf dem Champlain Kanal gesammelt hatte, nicht vergessen. Ich arbeitete hart und war extrem darauf bedacht, erfolgreich zu sein. Nicht nur wollte ich meinem Herrn gefallen, sondern auch Adam Taydem beweisen, dass mein Vorhaben bei weitem nicht so visionär war, wie er gemeint hatte. Mit einer Hand konnte man drei Träger steuern. Also übernahm ich die vorderen drei und begann den Wasserlauf hinunter zu staken. Nach kurzer Zeit durchfuhren wir bereits das erste Bayou und erreichten schließlich unser Ziel in noch kürzerer Zeit als erwartet.

Die Ankunft des Floßes in Lamourie war eine Sensation und Mr. Ford war voll des Lobes. Überall hörte ich, wie man Fords Platt „den cleversten Nigger in Pine Woods" nannte – tatsächlich war ich der Fulton von Indian Creek. Ich sog das Lob, das mir zuteil wurde, gerne auf und genoss noch mehr den Triumph über Taydem, dessen fast boshafter Spott meinen Stolz verletzt hatte. Von diesem Tag an hatte ich die Verantwortung für den Transport des Bauholzes nach Lamourie, bis der Vertrag erfüllt war.

Der Indian Creek floss auf ganzer Länge durch einen bildschönen Wald. An seinen Ufern lebten noch Indianer, ein Rest der Chickasaws oder Chickopees, wenn ich mich recht erinnere. Sie lebten in einfachen, ungefähr drei oder vier Quadratmeter großen Hütten, die aus Kieferstangen gebaut und mit Rinde bedeckt waren. Sie ernährten sich hauptsächlich von Wild, Waschbären und dem Opossum – alles reichlich vorhanden in diesen Wäldern. Manchmal tauschten sie mit den Pflanzern des Bayous erlegtes Wild gegen Mais oder Whisky. Ihre gewöhnliche Kleidung bestand aus Kniehosen aus Hirschleder und in fantastischen Farben leuchtenden, aus Kattun gefertigten Jagdhemden, die vom Gürtel bis zum Kinn geknöpft waren. Sie trugen Messingringe an den Handgelenken und in ihren Ohren und Nasen. Die Kleidung der Squaws war sehr ähnlich. Sie liebten Hunde und Pferde – von letztgenannten besaßen sie viele Exemplare einer kleinen, zähen Rasse – und waren geschickte Reiter. Ihr Zaumzeug, ihre Gurte und Sättel waren aus roher Tierhaut gefertigt, die Steigbügel aus einer bestimmten Holzart. Während sie auf ihren Ponys saßen, Männer wie Frauen, rasten sie mit höchster Geschwindigkeit durch die angrenzenden Wälder, folgten engen Pfaden und wichen Bäumen aus in einer Art und Weise, die die höchste Kunst zivilisierter Reiterei ad absurdum führte. Sie teilten sich in alle Himmelsrichtungen auf, ließen den Wald das Echo ihrer Rufe verteilen und kamen mit derselben irrwitzigen Geschwindigkeit wieder zurück. Ihr Dorf war bekannt als Indian Castle und lag am Indian Creek, aber ihr Gebiet erstreckte sich bis zum Sabine River. Gelegentlich kam ein anderer Stamm aus Texas zu Besuch und dann gab es eine Art Karneval in den Great Pine Woods. Der Häuptling hieß Cascalla, der Zweite im Rang war sein Schwiegersohn John Baltese. Während meiner vielen Fahrten den Wasserlauf hinunter lernte ich sie beide, wie auch viele andere Stammesmitglieder kennen. Sam und ich haben sie oft besucht, wenn die Arbeit des Tages getan war. Sie gehorchten ihrem Anführer blind; Cascallas Wort war Gesetz. Sie waren ein ungehobeltes, aber harmloses Volk und genossen ihr wildes Leben. Sie hatten wenig übrig für das offene Land oder die gerodeten Gebiete am Bayou und zogen es vor, sich in den Wäldern zu verstecken. Sie huldigten dem Großen Geist, liebten den Whisky und waren sehr glücklich.

Einmal war ich Gast während eines Tanzes, der zu Ehren einer herumziehenden Gruppe aus Texas, die im Dorf ihr Lager aufgeschlagen hatte, stattfand. Der gesamte Rumpf eines Hirschs briet auf dem offenen Feuer, dessen Schein noch unter den Bäumen, unter denen sie sich versammelt hatten, zu sehen war. Als sie einen Kreis gebildet hatten, Frauen und Männer abwechselnd, spielte eine Art indianische Geige eine unbeschreibliche Melodie. Es war eine immer wiederkehrende, melancholische, magische Tonfolge mit nur ganz wenigen Variationen. Bei der ersten Note, falls es überhaupt mehr als eine in der ganzen Melodie gab, begannen sie sich im Kreis zu drehen und hintereinander herzulaufen. Dabei sangen sie mit gutturaler Stimme ein Lied, das für mich genauso nichtssagend war wie die Musik der Geige. Am Ende des dritten Durchgangs blieben sie plötzlich stehen, schrien, als ob ihnen die Lungen platzen müssten, und stellten sich in Paaren auf. Immer ein Mann und eine Frau sprangen dann rückwärts voneinander weg so weit es ging, dann wieder vorwärts – nachdem sie dies zwei oder dreimal getan hatten, bildeten sie erneut einen Kreis und begannen zu gehen. Es schien mir, als ob man denjenigen für den besten Tänzer hielt, der am lautesten und qualvollsten schreien und am weitesten springen konnte. Immer wieder verließen einige den Tanzkreis und gingen zum Feuer, um sich ein Stück des Hirschfleisches abzuschneiden. In einen umgestürzten Baumstamm hatten sie ein Loch geschnitten und in diesem zermahlten sie Mais mit Hilfe eines hölzernen Mörsers. Daraus wurde dann Kuchen gebacken. Sie tanzten und aßen abwechselnd. So wurden die Besucher aus Texas unterhalten von den Söhnen und Töchtern der Chicopees und so habe ich persönlich einen indianischen Ball in den Pine Woods von Avoyelles erlebt.

Im Herbst verließ ich das Sägewerk und fand auf der Lichtung Arbeit. Eines Tages drängte die Herrin Ford, einen Webstuhl zu kaufen, damit Sally beginnen konnte, Winterkleidung für die Sklaven herzustellen. Er hatte keine Ahnung, wo er einen finden sollte und ich schlug ihm vor, dass der einfachste Weg wäre, einen selbst zu fertigen. Ich stellte mich ihm als eine Art „Alleskönner" vor und sagte ihm, dass ich es mit seiner Erlaubnis versuchen würde. Er war sofort einverstanden und ich durfte sogar zu einem benachbarten Pflanzer gehen, um vor Beginn der Arbeiten ein Exemplar zu studieren. Nach einiger Zeit war der Webstuhl fertig und wurde von Sally nicht nur gut, sondern perfekt geheißen. Sie konnte leicht darauf die tägliche Menge von zwölf Metern Garn verarbeiten, die Kühe melken und hatte nebenbei sogar noch etwas Freizeit. Der Webstuhl funktionierte so gut, dass ich weitere herstellen musste, die dann an die Plantagen am Bayou verkauft wurden.

Zu dieser Zeit kam ein Zimmermann namens John M. Tibeats auf das Gelände und wollte etwas am Haus meines Herrn reparieren. Man befahl mir, mit den Webstühlen aufzuhören und ihm zu helfen. Wir arbeiteten vierzehn Tage zusammen und planten und konstruierten Bretter für eine

Täfelung, da verputzte Räume in der Pfarrei von Avoyelles sehr selten waren.

John M. Tibeats war in allen Belangen der krasse Gegensatz zu Mr. Ford. Er war ein kleiner, ständig nörgelnder, hitzköpfiger und gehässiger Mensch. Er hatte keinen festen Wohnsitz und wanderte von einer Plantage zur nächsten, je nachdem wo er gerade Arbeit finden konnte. Er hatte kein Ansehen in der Gemeinde, wurde von den Weißen nicht geschätzt und nicht mal von den Sklaven respektiert. Er war ignorant und obendrein rachsüchtig. Er hat die Pfarrei lange vor mir verlassen und ich weiß nicht mal, ob er noch lebt oder bereits tot ist. Sicher ist nur, dass es ein überaus unglücklicher Tag war, der uns zusammen brachte. Während meines Aufenthalts bei Master Ford hatte ich nur die sonnige Seite der Sklaverei kennengelernt. Er hatte nicht die eiserne Hand, mit der man uns sonst unterdrückte. Er zeigte gen Himmel und bezeichnete uns mit gütigen und aufmunternden Worten als Sterbliche, die genau wie er selbst nur dem Einen, dem Schöpfer, verantwortlich waren. Ich denke mit Warmherzigkeit an ihn und, mit meiner Familie um mich herum. wäre ich ihm gerne ohne Klagen bis ans Ende meiner Tage zu Diensten gewesen. Aber am Horizont zogen Wolken auf – die Vorboten eines gnadenlosen Sturms, der bald über mich hereinbrechen sollte. Ich war dazu verdammt, die gleichen Qualen zu erleiden, die sonst jeder Sklave kennt und nicht mehr das verhältnismäßig glückliche Leben in den Great Pine Woods zu führen.

KAPITEL 8

Dann geriet William Ford unglücklicherweise in eine finanzielle Schieflage. Nachdem sein Bruder Franklin, der oberhalb von Alexandria am Red River lebte, seinen finanziellen Verpflichtungen nicht mehr nachkommen konnte und William eine Bürgschaft für ihn übernommen hatte, wurde ihm ein schweres Urteil auferlegt. Unter anderem schuldete Franklin auch diesem John M. Tibeats eine beträchtliche Summe Geld. Dieser hatte für ihn ein Sägewerk am Indian Creek, eine Weberei, eine Maismühle und weitere, noch nicht vollendete Gebäude auf der Plantage am Bayou Boeuf errichtet. Um seinen Verpflichtungen nachzukommen, musste sich Ford von achtzehn Sklaven, darunter auch mir, trennen. Siebzehn, darunter auch Sam und Harry, wurden von Peter Compton, einem Pflanzer am Red River, erworben.

Mich verkaufte man, ohne Zweifel wegen meiner wenigen Kenntnisse als Zimmermann, an Tibeats. Das war im Winter 1842. Wie ich nach meiner Rückkehr in den Aufzeichnungen in New Orleans nachlesen konnte, fand mein Verkauf von Freeman an Ford am 23. Juni 1841 statt. Zum Zeitpunkt meines Verkaufs an Tibeats war mein Wert größer als die Schuld und Ford akzeptierte eine Mobiliarhypothek im Wert von 400 Dollar. Wie man später sehen wird, verdanke ich dieser Hypothek mein Leben.

Ich verabschiedete mich von meinen guten Freuden am Gehöft und ging mit meinem neuen Herrn Tibeats. Wir gingen hinunter zur Plantage am Bayou Boeuf, ungefähr siebenundzwanzig Meilen von den Pine Woods entfernt, um dort den unvollendeten Vertrag zu erfüllen. Das Bayou Boeuf ist tatsächlich hauptsächlich ein gemächlicher, sich schlängelnder Fluss, wie man ihn in dieser Gegend im Hinterland des Red River findet. Er erstreckt sich von einem Punkt nicht weit von Alexandria nach Südosten und sein gewundener Lauf misst etwa achtzig Kilometer. Große Baumwoll- und Zuckerplantagen reihen sich an seinen Ufern auf und reichen bis an die Grenze endloser Sümpfe. Im Fluss leben Alligatoren, was ihn unsicher macht für Schweine und sogar lebensgefährlich für unachtsame Sklavenkinder, die an seinen Böschungen spielen. An einer Biegung, nicht weit entfernt von Cheneyville, lag die Plantage von Mistress

Ford. Ihr Bruder, ein Großgrundbesitzer, lebte auf der gegenüberliegenden Seite.

Nach meiner Ankunft am Bayou Boeuf hatte ich das Vergnügen, Eliza wiederzutreffen. Ich hatte sie viele Monate nicht mehr gesehen, hatte sie doch Mistress Ford nicht mehr genügt. Sie war weitaus mehr damit beschäftigt über ihren Sorgen zu brüten, als ihren Geschäften nachzugehen. Als Konsequenz daraus hatte man sie auf die Felder dieser Plantage geschickt. Sie sah kraftlos und ausgemergelt aus und trauerte immer noch um ihre Kinder. Sie fragte mich, ob ich die Kinder vergessen hätte und wollte oft wissen, ob ich mich noch daran erinnere, wie hübsch Emily gewesen war – wie sehr Randall sie geliebt hatte – und fragte sich, ob ihre Lieblinge noch lebten und wo sie wohl waren. Die Last der Trauer hatte sie ans Ende ihrer Kräfte gelangen lassen. Ihr ermatteter Körper und ihre eingefallenen Wangen zeigten nur zu deutlich, dass sie bald das Ende ihres qualvollen Weges auf Erden erreichen würde.

Fords Aufseher und ausnahmsloser Verantwortlicher auf dieser Plantage war ein Mr. Chapin, ein freundlicher Mann und ein früherer Einwohner Pennsylvanias. Er hatte mit den anderen gemeinsam, dass er Mr. Tibeats für einen Nichtsnutz hielt – was, in Verbindung mit der Hypothek, sehr günstig für mich war.

Ich war nun gezwungen, sehr hart zu arbeiten. Vom frühesten Morgen bis spät in die Nacht war mir keine Pause erlaubt. Erschwerend kam hinzu, dass Tibeats niemals zufrieden war. Ewig war er am Fluchen und Beschweren. Er hatte nie ein freundliches Wort für mich. Ich war sein treuer Sklave, brachte ihm Tag für Tag hohe Löhne ein und wurde doch jeden Abend, als ich in meine Hütte kroch, mit Beschimpfungen und Beleidigungen bedacht.

Wir hatten die Maismühle und die Küche fertig gestellt und arbeiteten nun an der Weberei, als ich eine Tat beging, auf die in diesem Staat die Todesstrafe stand. Es war mein erster Kampf mit Tibeats. Die Weberei, die wir hoch zogen, stand im Obstgarten, nur ein paar Schritte entfernt von Chapins Domizil, das auch als „das große Haus" bezeichnet wurde. Eines Nachts, als ich gearbeitet hatte bis es zu dunkel dafür war, wurde mir von Tibeats befohlen, am nächsten Morgen sehr früh aufzustehen, ein Fass Nägel bei Chapin zu beschaffen und damit zu beginnen, die Dachschindeln anzubringen. Müde zum Umfallen zog ich mich in die Hütte zurück und unterhielt mich eine Weile mit Eliza, die zusammen mit Lawson, seiner Frau Mary und einem weiteren Sklaven namens Bristol ebenfalls dort wohnte. Ich kochte mir ein Abendbrot aus Bacon und Maisfladen, legte mich auf den Boden und hatte keine Ahnung, welche Leiden mich am nächsten Morgen erwarten sollten. Noch vor Tagesanbruch stand ich auf dem Vorplatz des „großen Hauses" und wartete auf das Erscheinen von Aufseher Chapin. Hätte ich ihn geweckt und ihm mein Begehren kundgetan, wäre dies ein unverzeihbarer Fehler gewesen. Endlich kam er heraus. Ich nahm meinen Hut ab und informierte ihn, dass Master Tibeats mich geschickt hatte, um ein Fass Nägel zu beschaffen. Wir gingen ins Lager, wo er mir eines zurollte und dabei bemerkte dass er versuchen würde, andere Nägel zu bekommen, sollten diese nicht von der Größe sein, die Tibeats brauchte. Solange könne ich es ja mit diesen hier versuchen. Dann bestieg er sein Pferd, das voll aufgezäumt vor der Tür stand und ritt auf die Felder, zu denen die Sklaven schon vorgegangen waren. Ich nahm das Fass auf meine Schulter und ging rüber zur Weberei, wo ich den Deckel aufbrach und mit den Schindeln begann.

Als der Tag anbrach kam Tibeats aus dem Haus und rüber zu mir, der ich hart arbeitete. Er schien an diesem Morgen noch missmutiger und übelgelaunter zu sein als üblich. Er war mein Herr und mein Fleisch und Blut gehörten von Gesetz wegen ihm. Er war befugt, mich auf jede auch noch so tyrannische Art und Weise zu beherrschen. Aber es gab kein Gesetz, das mich davon abhalten konnte, ihn geringschätzig anzusehen. Ich verachtete sowohl seine Veranlagung als auch seinen Intellekt. Ich war gerade zum Fass gegangen, um meinen Vorrat an Nägeln aufzufüllen, als er die Weberei erreichte.

„Ich dachte, ich hätte dir befohlen, heute morgen die Wetterschenkel anzubringen", bemerkte er.

„Ja, Master, das tue ich gerade", antwortete ich.

„Wo?", wollte er wissen.

„Auf der anderen Seite", war meine Erwiderung.

Er ging um das Gebäude herum und betrachtete meine Arbeit eine Weile, als wollte er unbedingt einen Fehler finden.

„Habe ich dir letzte Nacht nicht gesagt, du sollst ein Fass Nägel von Chapin besorgen?", brach es aus ihm heraus.

„Ja, Master, das habe ich getan; der Aufseher hat auch gesagt, dass er Ihnen eine andere Größe besorgen könne, sobald er von den Feldern zurück ist."

Tibeats ging rüber zum Fass, begutachtete den Inhalt einen Moment lang und trat dann mit voller Kraft dagegen. Wütend kam er auf mich zu und rief:

„Gottverdammter Idiot! Ich dachte, du hättest *Ahnung*!"

Ich gab zurück: „Ich tat, was sie gesagt haben, Master. Ich wollte nichts Böses tun. Der Aufseher sagte … „ - Aber er unterbrach mich mit einer ganzen Flut von Verwünschungen, so dass ich den Satz nicht zu Ende bringen konnte. Schließlich rannte er in Richtung des Hauses, ging zum Vorplatz und nahm dort eine der großen Peitschen des Aufsehers von der Wand. Die Peitsche hatte einen kurzen, hölzernen Griff, der mit Leder verziert war und war am stumpfen Ende beschwert. Die Geißel war etwa einen Meter lang und aus rohem Leder gefertigt.

Zunächst war ich erschrocken und mein erster Gedanke war zu rennen. Es war niemand in der Nähe, außer der Köchin Rachel und Chapins Frau – und keine von beiden war zu sehen. Alle anderen waren auf den Feldern. Ich wusste, dass er mich auspeitschen wollte, und das war das erste Mal seit meiner Ankunft in Avoyelles überhaupt. Außerdem wusste ich, dass ich seine Anweisungen befolgt hatte – dass ich keinerlei Unrecht begangen hatte und eher eine Belobigung als eine Bestrafung verdient hatte. Meine Angst wich dem Zorn und noch bevor er bei mir war, hatte ich mich schon entschieden, nicht ausgepeitscht zu werden, auf Leben oder Tod.

Tibeats wickelte die Peitsche um seine Hand, und nahm den Stock in die andere. Dann ging er auf mich zu und befahl mir mit heimtückischem Blick, mich auszuziehen.

„Master Tibeats", sagte ich und schaute ihm mutig ins Gesicht, „das werde ich *nicht* tun." Ich wollte gerade etwas zu meiner weiteren Rechtfertigung sagen, als er mich in seinem Rachedurst ansprang, meine Kehle mit einer Hand umklammerte und mit der anderen die Peitsche erhob, als ob er zuschlagen wolle. Bevor der Schlag aber sein Ziel finden konnte, hatte ich ihn am Kragen seiner Jacke gepackt und zu mir hin gezogen. Ich bückte mich, packte ihn am Fußgelenk und zog solange daran, bis er umfiel. Ich wand einen Arm um das Bein und zog es hoch an meine Brust, so dass nur sein Kopf und seine Schultern den Boden berührten. Dann stellte ich einen Fuß auf seinen Hals – er war mir vollständig ausgeliefert. Mein Blut pochte. Es schien meine Venen mit Feuer zu erfüllen. In einem Anflug von Wahnsinn entriss ich ihm die Peitsche. Er kämpfte mit aller Kraft gegen mich; schwor, dass ich keinen weiteren Tag erleben werde, und dass er mir mein Herz herausreißen würde. Aber all seine Versuche und Drohungen verpufften wirkungslos. Ich weiß nicht mehr, wie oft ich ihn geschlagen habe. Schlag um Schlag klatschte schnell und schwer auf seinen sich windenden Körper. Nach kurzer Zeit schrie er Zeter und Mordio und der blasphemische Tyrann bat tatsächlich Gott um Gnade. Aber wer selbst nie Gnade gezeigt hat, verdient auch keine. Ich schlug ihn, bis mein rechter Arm schmerzte.

Bis zu diesem Moment war ich zu beschäftigt, um mich umzuschauen. Als ich einen Moment aufhörte, sah ich Mistress Chapin aus einem Fenster schauen und Rachel in der Küchentür stehen. Ihre Haltung verriet mir ihre Aufregung und Angst. Seine Schreie hatte man auch auf den Feldern gehört. Chapin kam so schnell er reiten konnte. Ich versetzte ihm ein oder zwei Schläge mehr und drückte ihn dann mit einem so gut platzierten Tritt von mir weg, dass er sich am Boden überschlug.

Als er wieder auf seinen Beinen stand und sich den Dreck aus dem Haar strich, schaute er mich an, bleich vor Wut. Ich starrte ihm schweigend in die Augen. Kein Wort fiel bis Chapin zu uns galoppiert war.

„Was ist hier los?", schrie er.

„Master Tibeats wollte mich auspeitschen wegen der Nägel, die Ihr mir gegeben habt", erwiderte ich.

„Was stimmt nicht mit den Nägeln?", wollte er von Tibeats wissen.

Tibeats antwortete, sie seien zu groß, achtete aber nicht auf Tibeats Frage, sondern fixierte mich immer noch mit seinen schlangenartigen, böswilligen Augen.

„Ich bin der Aufseher hier", begann Chapin. „Ich habe Platt gesagt, er sollte sie nehmen und wenn sie nicht die richtige Größe hätten, würde ich nach meiner Rückkehr von den Feldern andere besorgen. Es ist nicht sein Fehler. Nebenbei gesagt werde ich Nägel besorgen, wie und wann ich das für richtig halte. Ich hoffe, Sie verstehen *das*, Mr. Tibeats."

Tibeats gab keine Antwort, schwor aber mit mahlenden Zähnen und einem Schütteln seiner Faust, dass er Genugtuung nehmen würde und dass dies noch nicht mal zur Hälfte vorbei sei. Daraufhin ging er, gefolgt vom Aufseher, in Richtung Haus. Letzterer redete die ganze Zeit mit unterdrückter Stimme und ernstem Gesicht mit Tibeats.

Ich blieb wo ich war und überlegte, ob es besser war zu fliehen oder das Ergebnis, wie immer das auch ausfallen sollte, abzuwarten. In dem Moment kam Tibeats aus dem Haus und sattelte sein Pferd, das einzige Eigentum, das er außer mir besaß. Dann ritt er los in Richtung der Straße nach Cheneyville.

Als er weg war, kam Chapin sichtlich erregt heraus und wies mich an, mich nicht zu rühren und keinesfalls die Plantage zu verlassen. Dann lief er zur Küche, rief Rachel heraus und unterhielt sich mit ihr eine Zeit lang. Nach seiner Rückkehr gab er mir nochmals zu verstehen, dass ich auf keinen Fall fliehen dürfe und dass mein Herr ein Schuft sei; dass er in böser Absicht gegangen sei und noch vor Einbruch der Nacht Ärger bevorstehe. Aber ich dürfte mich unter keinen Umständen, und darauf bestand er, bewegen.

Als ich da stand, übermannte mich mein Leid in nie gekanntem Ausmaß. Ich war mir bewusst, dass ich mich gerade unsagbarer Bestrafung verdient gemacht hatte. Die Reaktion auf meine gerade noch vorhandene, überschäumende Wut war ein schreckliches Gefühl des Bedauerns. Ein einzelner, hilfloser Sklave, der ich war – was konnte ich *tun*, was sollte ich *sagen*, um auch nur im Entferntesten die ruchlose Tat, die ich gerade begangen hatte, nämlich mich den Beschimpfungen und dem Spott eines Weißen zu widersetzen, zu rechtfertigen. Ich versuchte zu beten – versuchte meinen Himmlischen Vater anzuflehen, mich in meiner extremen Notlage zu unterstützen; aber meine Emotionen erstickten das Gebet und ich konnte nur noch meinen Kopf in meine Hände legen und weinen. Ich blieb ungefähr eine Stunde in dieser Lage und fand nur Trost in meinen Tränen. Als ich schließlich aufschaute, nahm ich Tibeats wahr. Er wurde von zwei anderen Reitern begleitet und kam das Bayou herunter. Sie ritten in den Hof, sprangen von ihren Pferden und kamen mit großen Peitschen auf mich zu. Einer trug sogar eine große Seilrolle.

„Kreuze deine Hände", kommandierte Tibeats und begleitete dies mit einem derart blasphemischen Fluch, dass ich ihn hier nicht widergeben kann.

„Ihr müsst mich nicht fesseln, Master Tibeats. Ich bin bereit, überall mit Ihnen hinzugehen", sagte ich.

Einer seiner Kumpane trat vor und schwor, dass er mir beim geringsten Widerstand den Kopf spalten würde – mir Arm um Arm ausreißen würde – meine schwarze Kehle durchschneiden und vieles mehr antun würde. Ich sah, dass jede Antwort hier fehl am Platz war, kreuzte meine Hände und ergab mich demütig in was auch immer sie mit mir vorhatten. Daraufhin band mir Tibeats die Handgelenke zusammen und zog das Seil mit allergrößter Kraft zu. Die Fußgelenke wurden in der gleichen Weise gefesselt. In der Zwischenzeit hatten die anderen zwei ein Seil hinter meine Ellbogen geführt und dieses am Rücken festgezurrt. Es war mir komplett unmöglich weder Hände noch Füße zu bewegen. Mit dem restlichen Seil fertigte Tibeats unbeholfen eine Schlinge und legte sie um meinen Hals.

„Gut", sagte einer von Tibeats' Kumpanen, „wo sollen wir den Nigger aufknüpfen?"

Einer schlug den Ast eines Pfirsichbaums vor, der nicht weit entfernt von uns stand. Sein Kamerad war dagegen und hatte Angst, dass der Ast brechen würde. Er schlug einen anderen vor, unter den sie dann die Leiter stellten.

Während der ganzen Unterredung und auch während der Zeit, in der sie mich gefesselt hatten, sprach ich kein einziges Wort. Aufseher Chapin sah dem Treiben vom Vorplatz aus zu und ging dort hektisch hin und her. Rachel stand weinend in der Küchentür und Mistress Chapin schaute immer noch aus dem Fenster. Die Hoffnung hatte mich verlassen. Meine Zeit war gekommen. Ich würde keinen weiteren Tag mehr erleben, nie wieder die Gesichter meiner Kinder sehen – die süße Erwartung, die mir soviel Kraft zum Leben gegeben hatte. Noch in dieser Stunde würde ich die schrecklichen Qualen des Todes erleiden! Niemand würde um mich trauern, niemand würde mich rächen. Bald würde mein Körper in diesem fremden Land vor sich hin modern oder gar den schleimigen Reptilien in den ruhenden Wassern des Bayous zum Fraße vorgeworfen werden! Tränen liefen meine Wangen hinunter und gaben meinen Henkern nur einen weiteren Grund, mich mit beleidigenden Kommentaren zu bedenken.

Nach kurzer Zeit, als sie mich in Richtung des Baums zogen, kam Chapin, der für kurze Zeit vom Vorplatz verschwunden war, aus dem Haus und uns entgegen. Er hatte in jeder Hand eine Pistole und sprach, so gut ich das noch in Erinnerung habe, mit fester, entschlossener Stimme die folgenden Sätze:

„Gentlemen, ich habe ein paar Worte zu sagen. Und ihr solltet mir gut zuhören. Wenn einer von euch diesen Sklaven auch nur einen Zentimeter weiter bewegt, ist er ein toter Mann. Erstens verdient er diese Behandlung nicht. Es ist eine Schande, ihn so ermorden zu wollen. Ich habe nie einen getreueren Jungen gesehen als Platt. Du, Tibeats, hast einen Fehler begangen. Du bist ein echter Gauner, das weiß ich, und hattest diese Tracht Prügel redlich verdient. Zweitens: ich bin nun seit sieben Jahren Aufseher auf dieser Plantage und, in Abwesenheit von William Ford, der Herr hier. Es ist meine Pflicht, seine Interessen zu wahren und das tue ich hiermit. Du bist nicht verantwortlich, du bist ein ehrloser Geselle. Ford hält eine Hypothek auf Platt in Höhe von vierhundert Dollar. Wenn ihr ihn hängt, ist diese Schuld wertlos. Bis diese nicht gelöscht ist, hast du kein Recht, ihm das Leben zu nehmen. Dazu hast du überhaupt kein Recht. Es gibt für Sklaven genau so Rechte wie für den weißen Mann. Du bist auch nicht besser als ein Mörder.

„Und ihr“, sprach er zu Cook und Ramsay, die Aufseher auf benachbarten Plantagen waren, „haut ab! Wenn ihr auch nur etwas auf euer Leben gebt, haut ab!“

Cook und Ramsay bestiegen ohne ein weiteres Wort ihre Pferde und ritten weg. Tibeats schlich wenige Minuten später wie der Feigling, der er war, hinterher, bestieg sein Pferd und folgte ihnen. Er war offensichtlich eingeschüchtert von Chapins entschlossenem Ton.

Ich blieb dort stehen wo ich war – immer noch gefesselt und den Strick um den Hals. Sobald sie weg waren, rief Chapin nach Rachel und befahl ihr, zu den Feldern zu laufen und Lawson ohne Verzug zum Haus zu bringen und auch das braune Maultier mitzunehmen – ein Tier, das für seine ungewöhnliche Schnelligkeit bekannt war. Der Junge erschien im nächsten Moment.

„Lawson“, sagte Chapin, „du musst nach Pine Woods reiten. Sag deinem Master Ford, dass er sofort herkommen muss – ohne jede Verzögerung. Sag ihm, dass man versucht, Platt umzubringen. Beeilung, Junge, Beeilung. Du kannst es bis Mittag schaffen, wenn du das Maultier antreibst.“

Chapin trat ins Haus und schrieb einen Pass. Als er zurückkam, stand Lawson auf dem Maultier sitzend vor der Tür. Er nahm den Pass und gab dem Maultier geschickt die Peitsche. So ritt er in schnellem Galopp den Hof hinaus und raus ins Bayou – er war in weniger Zeit verschwunden, als es mich gekostet hat, diese Szene zu schildern.

KAPITEL 9

Als die Sonne an diesem Tag den Zenit erreichte, wurde es unerträglich heiß. Ihre heißen Strahlen versengten den Boden. Die Erde verbrannte fast den Fuß, der sich auf ihr bewegte. Ich hatte weder Jacke noch Hut und war der brennenden Glut barhäuptig ausgesetzt. Große Schweißtropfen rollten mein Gesicht hinunter und tränkten die spärliche Kleidung, die ich anhatte. Am Zaun, nicht weit weg, warfen die Pfirsichbäume ihren köstlichen Schatten auf das Gras. Ich hätte nur zu gerne ein langes Jahr meiner Dienste für die Möglichkeit gegeben, den Glutofen, in dem ich stand, gegen einen kühlen Stuhl unter ihren Ästen zu tauschen. Aber ich war immer noch gefesselt, hatte den Strick um den Hals und stand exakt da, wo Tibeats und seine Kumpane mich verlassen hatten. Ich konnte mich keinen Zentimeter bewegen, so eng hatte man mich gebunden. Wenn ich mich wenigstens gegen die Weberei hätte lehnen können, wäre das schon ein Luxus gewesen. Aber das Gebäude war weit außerhalb meiner Reichweite und doch nur fünf oder sechs Meter weg. Der Boden war glühend heiß und ausgedörrt und machte meine Lage nicht gerade besser. Wenn ich meine Position nur etwas verändern hätte können, nur ein ganz kleines bisschen, wäre das schon einer unermesslichen Linderung gleich gekommen. Aber die heißen Strahlen der südlichen Sonne, die den ganzen langen Sommertag auf meinen Kopf brannten, waren nicht halb so schlimm wie die Schmerzen in meinen Gliedern. Meine Hand- und Fußgelenke und die Sehnen in meinen Beinen und Armen begannen anzuschwellen und gruben das Seil, das sie einschnürte, immer tiefer ins wunde Fleisch.

Chapin lief den ganzen Tag auf der Veranda hin und her, kam aber kein einziges Mal zu mir. Er war die Nervosität in Person und schaute ständig zu mir und dann wieder zur Straße, als ob er jeden Moment jemanden erwarten würde. Er ging nicht wieder auf die Felder, wie er es sonst tat. Sein Gebaren verhieß mir, dass er offensichtlich damit rechnete, dass Tibeats mit mehr und besser bewaffneter Unterstützung zurückkehren und den Kampf wieder aufnehmen würde; genau so klar war, dass er sich dazu entschlossen hatte, mein Leben zu verteidigen, koste es was es wolle. Warum er mich nicht erlöst hat, warum er mich dazu verdammte, den ganzen langen Tag diesen Qualen ausgesetzt zu sein, ich habe es nie erfahren. Sicher ging es ihm nicht um meine Sympathie. Vielleicht wollte er, dass Ford den Strick um meinen Hals und die brutale Art meiner Fesselung sah; vielleicht war die ihm nicht zustehende Einmischung in den Besitz eines anderen eine Gesetzesübertretung, für die er sich vor Gericht würde verantworten müssen. Auch warum Tibeats den Rest des Tages fernblieb war ein Mysterium, das sich mir nie erschlossen hat. Er wusste nur zu gut, dass Chapin ihn nicht verletzen würde, solange er nicht weiter darauf aus wäre, mich fertig zu machen. Lawson hat mir später erzählt, dass er die drei auf der Plantage von John David Cheney gesehen hat und dass sie sich umgedreht haben, als er vorbeigeprescht ist. Ich denke, dass Tibeats der Annahme war, dass Lawson von Aufseher Chapin ausgesandt worden war, um die benachbarten Pflanzer zu alarmieren und sie zu bitten, ihm zu Hilfe zu eilen. Daher hat er wohl nach dem Prinzip gehandelt, dass „Umsicht der bessere Teil des Mutes" sei, und ist uns ferngeblieben.

Aber welche Beweggründe den feigen und böswilligen Tyrannen geleitet haben, ist eigentlich ganz egal. Ich stand immer noch in der gleißenden Mittagsonne und stöhnte vor Schmerzen. Meine letzte Brotkrume hatte ich lange vor Tagesanbruch zu mir genommen. Langsam wurde mir schwindlig vor Schmerz, Durst und Hunger. Nur einmal am Tag, während der größten Hitze, wagte Rachel es, zu mir zu kommen und hielt mir einen Becher Wasser an die Lippen. Sie hatte wohl zu viel Angst, gegen die Wünsche des Aufsehers zu handeln. Das demütige Geschöpf hat die Segenswünsche, die ich für sie ob dieses Balsamtranks ausgesprochen habe, nie gehört – noch hätte sie sie verstanden. Sie sagte nur „Oh, Platt, du tust mir so leid", dann eilte sie zurück zu ihrer Küchenarbeit.

Noch nie hat die Sonne so lange auf ihrem Weg durch den Himmel gebraucht, nie hat sie so glühende und feurige Strahlen zur Erde geschickt als an diesem Tag. So kam es mir zumindest vor. Ich werde hier nicht versuchen zu beschreiben, worüber ich an diesem Tag sinnierte, was die unzähligen Gedanken, die mein gepeinigtes Hirn durchzogen, mir sagten. Es muss genügen, dass ich an diesem unseligen Tag nicht ein einziges Mal auf den Gedanken gekommen wäre, dass der Sklave des Südens, gefüttert, gekleidet, ausgepeitscht und beschützt von seinem Herrn, ein glücklicheres Leben führt als der freie farbige Bürger des Nordens. Zu diesem Schluss bin ich übrigens nie gelangt. Allerdings gibt es in den Nordstaaten durchaus viele wohlwollende und gut betuchte Bürger, die dies anders sehen und alle möglichen Argumente finden, um diese Vermutung zu unterstützen. Aber wehe ihnen! Sie haben nie aus dem bitteren Becher der Sklaverei getrunken, wie ich das getan habe.

Bei Sonnenuntergang machte mein Herz einen Satz vor unbändiger Freude: Ford kam in den Hof geprescht - sein Pferd hatte Schaum an den Lippen. Chapin erwartete ihn an der Tür und nach einer kurzen Unterhaltung kam er rüber zu mir.

„Armer Platt, du siehst schrecklich aus", war das einzige, was seinen Lippen entfleuchte.

„Gott sei Dank!", sagte ich, „Gott sei Dank, Master Ford, dass sie endlich da sind."

Er zog ein Messer aus seiner Tasche und schnitt voller Entrüstung das Seil von meinen Handgelenken, Armen und Knöcheln. Dann zog er die Schlingen von meinem Hals herunter. Ich versuchte zu gehen, schwankte aber wie ein Betrunkener und wäre fast hingefallen.

Ford kehrte sofort zum Haus zurück und ließ mich allein. Als er den Vorplatz erreichte, ritten Tibeats und seine beiden Kumpane in den Hof. Es folgte eine lange Konversation. Ich konnte den Klang ihrer Stimmen hören, Fords sanfte Töne und die bellenden Laute von Tibeats – aber ich konnte nicht wahrnehmen, wer was sagte. Dann trennten sich die drei und man sah sofort, dass sie alle nicht erfreut waren.

Ich versuchte, den Hammer zu heben und wollte Ford damit zeigen, wie willig ich war, weiterzuarbeiten. Aber er fiel aus meiner gefühllosen Hand. Bei Dunkelheit kroch ich in die Hütte und legte mich auf den Boden. Bald waren auch die Helfer von den Feldern zurück. Eliza und Mary brieten mir ein Stück Bacon, aber ich hatte keinen Appetit. Dann mörserten sie etwas Maismehl und setzten Kaffee auf. Alle versammelten sich um mich und stellten viele Fragen über meine Probleme mit Tibeats an diesem Morgen. Sie wollten genauestens wissen, was den Tag über passiert war. Dann kam Rachel herein und erzählte die Geschichte mit ihren einfachen Worten. Sie wiederholte und schwelgte besonders in dem Tritt, der Tibeats zu Boden gehen ließ – woraufhin ein großes Kichern unter den Zuhörern einsetzte. Dann beschrieb sie, wie Chapin mit den Pistolen herauskam und mich rettete und wie mir Master Ford voller Wut die Fesseln mit seinem Messer durchschnitt.

Zu dieser Zeit war auch Lawson wieder da. Er erzählte begeistert von seinem Ritt nach Pine Woods - wie das braune Maultier ihn so schnell wie ein Blitz getragen hatte – wie erstaunt alle waren, als er vorbeiflog – wie

Master Ford sofort aufbrach – wie er sagte, dass Platt ein guter Nigger sei und dass man ihn nicht umbringen dürfe. Er schloss seine Ausführungen mit der Andeutung, dass es wohl außer ihm kein anderes menschliches Wesen auf diesem Planeten geben dürfte, das in der Lage war, so viel Aufsehen auf der Straße zu erregen, wie er an diesem Tag auf seinem braunen Maultier.

Die liebevollen Geschöpfe überhäuften mich mit ihren mitfühlenden Worten und sagten, dass Tibeats ein harter, grausamer Mensch sei und dass sie hofften, dass mich „Massa Ford" wieder zurückkaufen könne. So verging die Zeit; immer aufs Neue diskutierte, plauderte oder ereiferte man sich über diesen aufregenden Tag – bis Chapin plötzlich an der Tür stand und mich rief.

„Platt", sagte er, „du wirst heute Nacht auf dem Boden im „großen Haus" schlafen; nimm deine Decke mit."

Ich stand auf so schnell es ging, nahm meine Decke und folgte ihm. Auf dem Weg meinte er, dass es ihn nicht wundern würde, wenn Tibeats noch vor dem Morgen wiederkäme – dass er mich töten wolle – und dass es ihm egal wäre, ob es Zeugen gab oder nicht. Selbst wenn er mir vor hundert Sklaven mitten ins Herz gestochen hätte, kein einziger der Anwesen hätte ihn gemäß den Gesetzen von Louisiana belasten können.

Ich legte mich im „großen Haus" auf den Boden und versuchte zu schlafen. Es war das erste und einzige Mal in meinen zwölf Jahren als Sklave, dass ich einen so prächtigen Schlafplatz hatte. Gegen Mitternacht schlug der Hund an und bellte. Chapin stand auf und schaute durchs Fenster, konnte aber nichts erkennen. Schließlich gab der Hund Ruhe. Als Chapin in sein Schlafzimmer zurückkehrte sagte er:

„Ich glaube, dass dieser Schurke irgendwo auf dem Gelände herumschleicht, Platt. Wenn der Hund nochmals anschlägt und ich es nicht höre, weck mich."

Ich versprach ihm das. Nach etwa einer Stunde begann der Hund erneut zu toben und rannte einige Male wild bellend zum Tor und wieder zurück.

Chapin war aufgestanden, ohne dass ich ihn rufen musste. Dieses Mal ging er hinaus auf den Vorplatz und blieb dort eine beträchtliche Zeit stehen. Es gab aber immer noch nichts zu sehen und auch der Hund war wieder zu seinem Zwinger marschiert. In dieser Nacht gab es keine weitere Ruhestörung. Meine unglaublichen Schmerzen und die Angst vor der aufziehenden Gefahr ließen mich aber keine Ruhe finden. Ob Tibeats in dieser Nacht wirklich versucht hat, mich in der Plantage zu finden und seinen Rachedurst an mir zu stillen, weiß nur er allein. Ich hatte damals den Eindruck, und glaube das heute noch, dass er da war. Er hatte sich immer als Meuchler gezeigt – vor den mutigen Worten eines Mannes einknickend, aber jederzeit bereit, seinem hilflosen oder unvorbereiteten Opfer in den Rücken zu schießen. Was sich später noch bewahrheiten sollte.

Bei Tagesanbruch stand ich auf, immer noch wund, erschöpft und ohne Schlaf. Nichtsdestotrotz ging ich nach dem Frühstück, das Mary und Eliza für mich in der Hütte bereitet hatten, rüber zur Weberei und nahm meine Arbeit wieder auf. Chapin hatte die Gewohnheit, wie viele andere Aufseher auch, gleich nach dem Aufstehen sein Pferd zu besteigen, das immer gesattelt und gezäumt vor der Tür stand, und raus zu reiten in die Felder. An diesem Morgen kam er hingegen zu mir in die Weberei und fragte mich, ob ich Tibeats schon gesehen hätte. Ich verneinte dies und er bemerkte, dass irgendetwas mit diesem Burschen nicht stimmte – dass er böses Blut in sich trug – und dass ich sehr auf der Hut sein müsse vor ihm, dass er mir nicht an dem Tag, an dem ich es am wenigsten erwarten würde, übel mitspielte.

Noch während er sprach ritt Tibeats herein, pflockte sein Pferd fest und ging ins Haus. Ich hatte keine Angst vor ihm, solange Chapin und Ford in der Nähe waren, aber das konnten sie ja nicht immer sein.

Oh! wie schwer die Last der Sklaverei doch auf mir lag. Ich musste jeden Tag hart arbeiten, Beschimpfungen, Hohn und Spott über mich ergehen lassen, auf dem harten Boden schlafen und die einfachste Kost essen; aber nicht nur das, ich lebte bei einem blutrünstigen Unhold, vor dem ich in Zukunft in ewiger Angst und Furcht sein musste. Warum war ich nicht schon in meiner Jugend gestorben, bevor Gott mir meine Kinder gab, für die ich lebte und die ich so liebte? Wie viel Unglück, Leid und Angst hätte vermieden werden können. Ich lechzte nach Freiheit; aber die Kette der Sklaverei war an mir festgemacht und ich konnte sie nicht abschütteln. Ich konnte nur sehnsüchtig meinen Blick nach Norden richten und an die Tausende Meilen denken, die zwischen mir und dem Reich der Freiheit lagen, dessen Grenzen kein *schwarzer* Mann jemals überqueren sollte.

Nach einer halben Stunde kam Tibeats rüber zur Weberei, schaute mich scharf an und kehrte ohne ein Wort zu sagen zurück ins Haus. Er saß fast den gesamten Morgen auf dem Vorplatz, las in der Zeitung und sprach mit Ford. Nach dem Mittagessen verließ Letztgenannter die Plantage und ritt zurück nach Pine Woods – was ich mit größtem Bedauern zur Kenntnis nahm.

Tibeats kam an diesem Tag noch ein einziges Mal zu mir, gab mir Befehle, und machte wieder kehrt.

Die Weberei wurde noch in dieser Woche fertig. Während der ganzen Zeit machte Tibeats keinerlei Anspielung bezüglich unseres Streits. Dann informierte man mich, dass ich an Peter Tanner verliehen worden sei und unter einem anderen Zimmermann namens Myers arbeiten sollte. Ich war dankbar für diese Ankündigung, schließlich war jeder Platz, der mich seiner verhassten Anwesenheit entziehen würde, besser als hier.

Wie ich dem Leser ja schon mitgeteilt habe, lebte Peter Tanner am anderen Flussufer und war der Bruder von Mistress Ford. Er gehörte zu den größten Pflanzern am Bayou Boeuf und besaß eine stattliche Anzahl Sklaven.

Frohen Herzens ging ich hinüber zu den Tanners. Er hatte von meinen Differenzen gehört – in der Tat durfte ich feststellen, dass Tibeats Abreibung schon überall ausposaunt worden war. Dieses Vorkommnis und das Experiment mit dem Floß hatten mich berühmt-berüchtigt gemacht. Ich habe nicht nur einmal gehört, wie man Platt Ford – mittlerweile Platt Tibeats, da der Nachname eines Sklaven mit dem Besitzer wechselt – als „teuflischen Nigger" bezeichnete. Doch ich sollte schon bald für noch viel mehr Aufregung in der kleinen Welt des Bayou Boeufs sorgen – wie wir gleich sehen werden.

Peter Tanner tat alles, um mir Strenge und Härte vorzugaukeln, aber ich konnte schon bald feststellen, dass der alte Kerl immer noch eine gute Portion Humor besaß.

„Du bist der Nigger", sagte er, als ich ankam, „du bist der Nigger, der seinen Herrn verprügelt hat, eh? Du bist der Nigger, der Zimmermann Tibeats am Bein festgehalten und ihn so richtig verdroschen hat, nicht wahr? Ich möchte sehen, wie du mich am Bein festhältst – wirklich. Hast'n guten Charakter – bist ein guter Nigger – ziemlich bemerkenswerter Nigger, nicht wahr? *Ich* würde dich peitschen – *ich* würde dir den Trotz austreiben. Nimm mein Bein, wenn du willst. Spiel hier keine Spielchen, Junge, *merk's* dir! Und jetzt an die Arbeit, du kleiner Ganove", schloss Peter Tanner und konnte ein Grinsen über seinen eigenen Witz und Sarkasmus nicht unterdrücken.

Nach dem ich dieser Begrüßung beigewohnt hatte, kümmerte sich Myers um mich und ich arbeitete unter seiner Führung einen Monat lang zur beiderseitigen Zufriedenheit.

Genau wie William Ford, sein Schwager, hatte auch Tanner die Angewohnheit, seinen Sklaven am Sabbat die Bibel vorzulesen, wenn auch in einem etwas anderen Geist. Er war ein begeisterter Kommentator des Neuen Testaments. Am ersten Sonntag nach meiner Ankunft rief er uns zusammen und begann aus dem zwölften Kapitel des Evangeliums nach Lukas zu lesen. Als er zum siebenundvierzigsten Vers kam, schaute er bedachtsam um sich und fuhr fort – „Der Knecht aber, der den Willen seines Herrn kennt" – und hier hielt er kurz inne, um uns noch intensiver anzuschauen. Dann fuhr er fort -, „der den Willen seines Herrn kennt, hat aber nichts vorbereitet" – eine weitere Pause - „hat aber nichts vorbereitet noch nach seinem Willen getan, der wird viel Schläge erleiden müssen."

„Habt ihr das gehört?", wollte Peter mit Nachdruck wissen. „Schläge", wiederholte er, langsam und pointiert, und nahm seine Brille ab, um ein paar Anmerkungen dazu zu machen.

„Der Nigger, der nicht aufpasst – seinem Herrn nicht gehorcht – das ist sein Master – seht ihr? – dieser Nigger soll mit Schlägen bestraft werden. Und „viel" bedeutet hier „*sehr viele*" – vierzig, hundert oder hundertfünfzig Hiebe. *So* steht es geschrieben!" Tanner setzte seine Erläuterungen, sehr zur Erbauung seiner dunkelhäutigen Zuhörerschaft, noch eine ganze Weile fort.

Als er seine Aufgabe beendet hatte, rief er drei seiner Sklaven auf - Warner, Will und Major - und rief mir zu –

„Hier Platt, du hast Tibeats am Bein festgehalten; nun werden wir sehen, ob du die drei Gauner hier genauso festhalten kannst, bis ich von meinem Treffen zurück bin."

Daraufhin beorderte er sie zu den Holzstöcken, die auf den Plantagen am Red River für gewöhnlich vorhanden waren. Ein Holzstock ist aus zwei Brettern gemacht. Das untere ist an zwei fest in den Boden getriebenen Pfosten befestigt. Im oberen Rand sind in gleichem Abstand zwei Halbkreise ausgespart worden. Das andere Brett ist mit einem Drehgelenk an einem der Pfosten befestigt, so dass man es ähnlich einem Taschenmesser öffnen und schließen kann. Am unteren Rand dieses Bretts waren ebenfalls halbkreisförmige Aussparungen die, wenn man die Bretter schloss, genug Platz für das Bein eines Negers boten, ihm aber nicht ermöglichten, dieses wieder herauszuziehen. Die andere Seite des oberen

Bretts war mit einem Schloss am Pfosten festgemacht. Der Sklave musste sich auf den Boden setzen und, sobald das obere Brett geöffnet war, seine Beine oberhalb der Knöchel in den Löchern platzieren. Dann wurde das Brett geschlossen und der Holzstock hielt ihn sicher und fest in Gewahrsam. Manchmal schlossen sich die Löcher auch um den Hals. Dann erwartete den Sklaven eine Auspeitschung.

Laut Tanner hatten Warner, Will und Major Melonen gestohlen und den Sabbat missachtet; er war nicht bereit, dies hinzunehmen und sah es als seine Pflicht an, sie in die Holzstöcke zu befehlen. Er gab mir die Schlüssel und stieg zusammen mit seiner Frau, Myers und den Kindern in die Kutsche und fuhr zur Kirche nach Cheneyville. Als sie gegangen waren, flehten mich die Knaben an, sie freizulassen. Sie taten mir leid, wie sie so auf dem heißen Boden sitzen mussten und ich erinnerte mich an meine eigenen Qualen in der Sonne. Nachdem sie mir versprochen hatten, sofort zu den Stöcken zurückzukehren, wenn ich ihnen so befohlen hätte, ließ ich sie frei. Dankbar für meine Nachsicht wollten sie mir diese sofort zurückzahlen und hatten nichts Besseres im Sinn, als mich zu dem Melonenfeld zu führen. Kurz vor Tanners Rückkehr waren sie wieder in den Stöcken. Als er hereinfuhr und die Jungen so sah, gluckste er, -

„Aha! Heute wart ihr auf jeden Fall nicht viel unterwegs. *Ich* werde euch Benehmen lehren. *Ich* werde es euch austreiben, am Tag des Herrn Wassermelonen zu essen, ihr sabbatbrechenden Nigger.“

Peter Tanner brüstete sich gerne mit seiner Gläubigkeit und war ein Diakon in der Kirche.

Aber ich habe jetzt einen Punkt in meinem Bericht erreicht, an dem es notwendig ist, dass wir uns von diesen beiläufigen Geschichten ab- und uns einem anderen, ernsteren und gewichtigeren Thema zuwenden – meinem zweiten Kampf mit Master Tibeats und der Flucht durch den großen Pacoudrie Sumpf.

KAPITEL 10

Nach Ablauf dieses Monats wurden meine Dienste bei Tanner nicht mehr benötigt und man schickte mich wieder durch das Bayou zurück zu meinem Herrn, der mit dem Bau der Baumwollpresse beschäftigt war. Diese wurde an einem entlegeneren Platz, in einiger Entfernung vom „großen Haus", gebaut. Ich begann, wieder in Gesellschaft von Tibeats zu arbeiten und war die meiste Zeit mit ihm allein. Ich erinnerte mich an Chapins Worte - seine Warnungen, sein Rat vorsichtig zu sein, und dass mich Tibeats in einem unaufmerksamen Moment erwischen könnte. Sie waren ständig in meinem Kopf, so dass ich die meiste Zeit in einem ruhelosen Zustand zwischen Besorgnis und Furcht war. Ein Auge hatte ich auf meiner Arbeit, das andere auf meinem Herrn. Ich war entschlossen, ihm keinen weiteren Grund für einen Übergriff zu liefern, wenn möglich noch genauer und fleißiger zu arbeiten als zuvor, jede Misshandlung mit Ausnahme von körperlicher Gewalt demütig und geduldig über mich ergehen zu lassen und hoffte, sein Verhalten mir gegenüber damit nachgiebiger zu machen bis zu dem gelobten Tag, an dem ich seinen Fängen für immer entrissen wurde.

Am dritten Tag nach meiner Rückkehr verließ Chapin die Plantage in Richtung Cheneyville und wurde erst gegen Abend zurückerwartet. Tibeats hatte an diesem Morgen einen der für ihn typischen und immer wiederkehrenden Anfälle von Missmut und Übellaunigkeit. Diese machten ihn noch ungemütlicher und giftiger, als er es eh schon war.

Es war gegen neun Uhr und ich war mit dem Hobel an einem der Kamine beschäftigt. Tibeats stand an der Werkbank und montierte einen Handgriff an den Meißel, mit dem er das Gewinde für eine Schraube schneiden wollte.

„Du machst das nicht eben genug", sagte er.

„Es ist genau eben mit dem Rest", erwiderte ich.

„Du bist ein gottverdammter Lügner", rief er wütend aus.

„Gut, Master", sagte ich sanftmütig, „ich werde es noch weiter ebnen, wenn sie das sagen", und begann gleichzeitig das zu tun, was er forderte. Bevor auch nur ein Span gehobelt war, schrie er schon wieder; dieses Mal behauptete er, ich hätte zu tief gehobelt und den Kamin komplett verhunzt. Darauf folgten Flüche und Verwünschungen. Ich hatte versucht, genau das zu tun, was er wollte, aber diesen unvernünftigen Menschen konnte einfach nichts zufriedenstellen. Schweigend und erstarrt vor Furcht stand ich am Kamin, den Hobel in der Hand und wusste nicht, was ich tun sollte – wollte aber auch nicht untätig rumstehen. Seine Raserei wurde wilder und wilder bis er schließlich einen so furchteinflößenden Fluch ließ, wie ihn nur Tibeats ausstoßen konnte. Er nahm ein Beil von der Werkbank, schoss auf mich zu und schwor, dass er mir den Kopf aufschneiden würde.

Es ging nun um Leben und Tod. Die scharfe, breite Klinge des Beils blinkte in der Sonne. Im nächsten Moment würde sie in mein Gehirn gegraben sein – und doch dachte ich in diesem Moment angestrengt nach; in einer Notlage wie dieser schießen die Gedanken nur so durch den Kopf: bleibe ich stehen ist mein Schicksal unvermeidlich; fliehe ich, wirft er die Axt und sie trifft mich mit tödlicher Sicherheit im Rücken. Es gab nur einen Ausweg. Ich sprang ihm mit aller Kraft entgegen und traf auf halbem Weg auf ihn. Bevor er seinen Schlag ausführen konnte, hatte ich ihn mit einer Faust an seinem erhobenen Arm, mit der anderen an der Kehle. So standen wir und schauten uns in die Augen. Ich sah Mordlust in seinen. Ich fühlte mich, als hätte ich eine Schlange am Hals, die sich bei der kleinsten Lockerung meines Griffs um meinen Körper winden und mich erdrücken und zu Tode stechen würde. Ich überlegte, laut zu schreien im Vertrauen, dass mich jemand hören würde – aber Chapin war weg, die Sklaven auf dem Feld und keine Menschenseele in Hörweite.

Der gute Geist, der mich in meinem bisherigen Leben vor Gewalt bewahrt hatte, sandte mir in diesem Moment eine glückliche Eingebung. Mit einem plötzlichen, energischen Tritt, der ihn keuchend auf die Knie zwang, lockerte ich meinen Griff an seiner Kehle, schnappte das Beil und warf es außer Reichweite.

Rasend vor Wut und nicht mehr Herr seiner Sinne, griff er einen gut über einen Meter langen und im Durchmesser gerade noch greifbaren Stock aus Eichenholz, der am Boden lag. Wieder schnellte er auf mich zu und ich hielt ihn auf, umklammerte seine Hüfte und brachte ihn zu Boden. Ich war der Stärkere von uns beiden. In dieser Position konnte ich den Stab ergreifen und diesen ebenfalls von uns wegwerfen.

Auch er war aufgestanden und rannte zur Werkbank, um die breite Axt zu holen. Glücklicherweise lag auf der Klinge der Axt ein schwerer Holzbalken und er konnte sie nicht herausziehen, bevor ich auf seinem

Rücken gelandet war. Ich drückte Tibeats mit aller Kraft auf den Balken und machte damit die Axt noch unerreichbarer. Es gelang mir aber nicht, seine Hände vom Griff der Axt zu lösen. In dieser Position verharrten wir einige Minuten.

Es gab in meinem Leben viele Augenblicke, in denen die Erwartung des Todes als das Ende irdischer Leiden oder das Grab als letzte Ruhestätte für den müden und ausgemergelten Körper etwas durchaus Erfreuliches an sich hatten. Aber solche Gedanken entschwinden in der Stunde tödlicher Gefahr. Kein Mensch, sei er noch so stark, steht unverzagt dem „König der Schrecken" gegenüber. Das Leben ist jedem Geschöpf wertvoll; selbst der Wurm, der am Boden kriecht, kämpft darum. Und in diesem Moment war es auch wertvoll für mich, versklavt und misshandelt oder nicht.

Da ich seine Hand nicht öffnen konnte, griff ich ihn wieder an der Kehle; dieses Mal aber war meine Umklammerung wie ein Schraubstock und ließ seinen Griff bald erlahmen. Seine Körperspannung ließ schnell nach und er wurde zunehmend benommener. Sein Gesicht, das vorher weiß vor Wut gewesen war, war mittlerweile blau vor Atemnot. Die kleinen Schlangenaugen, die so viel Gift spucken konnten, waren nun angsterfüllt – zwei große, weiße Kugeln, die mich aus ihren Höhlen anstarrten!

In meinem Herzen lauerte ein Teufel, der mir sagte, ich solle diesen menschlichen Bluthund auf der Stelle töten – den Griff an seiner verfluchten Kehle solange halten, bis der letzte Atemzug getan war! Ich wagte nicht, ihn zu töten und ich wagte nicht, ihn am Leben zu lassen. Wenn ich ihn tötete, würde mein eigenes Leben dafür die Buße sein – ließ ich ihn am Leben, würde mein Leben nur seinen Rachedurst stillen. Eine Stimme flüsterte mir zu, zu fliehen. Ein Wanderer in den Sümpfen zu sein, ein Flüchtling und Vagabund auf dem Gesicht der Erde, war dem Leben vorzuziehen, das ich sonst führen würde.

Mein Entschluss war schnell gefasst. Ich schleuderte ihn von der Werkbank zu Boden, sprang über einen nahe stehenden Zaun und eilte an den Sklaven auf den Baumwollfeldern vorbei durch die Plantage. Nach rund 500 Metern, für die ich nur wenig Zeit benötigte, hatte ich den Hutewald erreicht. Dort stieg ich auf einen hohen Zaun und konnte die Baumwollpresse, das „große Haus" und die dazwischen liegende Fläche sehen.

Es war eine auffällige Position, von der aus ich die gesamte Plantage überblicken konnte. Ich sah, wie Tibeats das Feld in Richtung Haus überquerte und hinein ging – dann kam er mit seinem Sattel wieder heraus, bestieg sein Pferd und war im nächsten Moment davon galoppiert.

Ich war untröstlich, aber dankbar. Dankbar dafür, dass mein Leben verschont geblieben war; untröstlich und entmutigt ob der Aussichten, die vor mir lagen. Was würde aus mir werden? Wer würde mir behilflich sein? Wohin sollte ich fliehen? Oh Gott! Du, der du mir Leben gabst und in meiner Brust die Liebe für das Leben verankert hast, der mein Herz mit den gleichen Gefühlen wie andere Menschen, deine Geschöpfe, gefüllt hast, lass mich nicht allein. Hab Mitleid mit dem armen Sklaven – lass mich nicht dahinscheiden. Wenn du mich nicht beschützest, bin ich verloren – verloren! Solche stillen und unausgesprochenen Bittgesuche sandte mein tiefstes Herz gen Himmel. Aber da war keine antwortende Stimme – kein süßer, tiefer Klang, der von ganz weit oben meiner Seele zuflüstert: „Ich bin es, hab keine Angst.“ Ich war von Gott verlassen worden, so schien es – der am meisten Verachtete und Gehasste unter allen Menschen!

Nach etwa fünfundvierzig Minuten schrien einige der Sklaven und gaben mir Zeichen, zu rennen. In diesem Moment sah ich Tibeats und zwei andere Reiter in schneller Gangart das Bayou heraufkommen. Hinter ihnen rannten schätzungsweise acht oder zehn Hunde. Obwohl ich weit weg war, erkannte ich sie. Sie gehörten zur benachbarten Plantage. Die Hunde, die am Bayou Boeuf zur Sklavenjagd benutzt wurden, waren Bluthunde, aber eine sehr viel bissigere Rasse als in den Nordstaaten. Sie griffen auf Geheiß ihres Herrn einen Neger an und verbissen sich in ihn, wie eine Bulldogge sich in einen Vierbeiner verbeißt. Man konnte oft ihr lautes Bellen in den Sümpfen hören. Dann wurde immer vermutet, an welchem Punkt der Flüchtling wohl eingeholt werden würde – genau wie in New York, wo die Jäger ihren Hunden beim Durchkämmen eines Waldes zusehen und dann darüber diskutieren, an welchem Punkt der Fuchs in der Falle sitzen wird. Ich habe nie erlebt, dass ein Sklave aus dem Bayou Boeuf lebend entkommen ist. Ein Grund dafür ist, dass Sklaven nicht die Kunst des Schwimmens erlernen dürfen und selbst den kleinsten Wasserlauf nicht durchqueren können. Auf der Flucht kommen sie bestenfalls bis zum nächsten Altwasser; dann haben sie die unvermeidbare Wahl zwischen Ertrinken und von den Hunden zerfleischt werden. Ich hingegen habe in meiner Jugend in den klaren Flüssen meiner Heimat viel geübt. Ich war ein exzellenter Schwimmer und fühlte mich wohl im nassen Element.

Ich stand auf dem Zaun bis die Hunde die Baumwollpresse erreicht hatten. Eine Sekunde später verkündete ihr wildes Gekläffe, dass sie meine Spur aufgenommen hatten. Ich sprang herunter und rannte zu den Sümpfen. Die Angst gab mir Kraft und ich rannte, so schnell ich konnte. Alle paar Sekunden hörte ich das Japsen der Hunde. Sie holten auf. Jedes Heulen war näher als das Vorherige. Ich erwartete, dass sie mir jeden Moment auf den Rücken springen würden, dass ihre langen Zähne in mein Fleisch sinken würden. Es waren so viele. Ich wusste, sie würden mich in Stücke reißen, zu Tode beißen. Ich schnappte nach Atem und schickte gleichzeitig ein halb ersticktes Gebet an den Allmächtigen; möge er mich retten, möge er mir die Kraft geben, ein großes und weites Sumpfgebiet zu erreichen, wo ich die Hunde abschütteln oder im Wasser verschwinden könnte. In diesem Moment erreichte ich einen großen Bestand mit Palmettopalmen. Sie knisterten laut, als ich die Flucht fortsetzte. Dennoch war das Geräusch nicht laut genug, um die Stimmen der Hunde zu übertönen.

Ich hielt weiter in Richtung Süden, so glaube ich wenigstens, und kam schließlich an seichtes Wasser. Die Hundemeute konnte höchstens noch fünfundzwanzig Meter hinter mir sein. Ich konnte hören, wie die Tiere durch die Palmettopalmen sprangen und stürzten und ihr lautes Gebell den ganzen Sumpf in Aufruhr versetzte. Als ich das Wasser sah, belebte sich auch meine Hoffnung. Wenn es nur ein bisschen tiefer wäre, würden sie meine Spur verlieren und mir so die Gelegenheit zur Flucht verschaffen. Glücklicherweise wurde das Wasser tiefer und tiefer je weiter ich hineinging. Irgendwann stand es über meinen Knöcheln, dann an den Knien und dann fast an der Hüfte – bis es schließlich wieder seichteren Regionen wich. Seit ich im Wasser war, hatten die Hunde nicht aufgeholt. Offensichtlich waren sie verwirrt. Ihre wilden Laute entfernten sich nun immer mehr und verrieten mir, dass sie mich verloren hatten.

Endlich konnte ich kurz anhalten, um zu lauschen, aber das langgezogene Heulen dröhnte sofort wieder durch die Luft und verriet mir, dass es noch nicht vorbei war. Auch wenn das Wasser sie behinderte, auf dem Moorboden konnten sie immer noch meine Schritte riechen und der Fährte folgen. Nach einiger Zeit kam ich zu meiner großen Freude an einen größeren Altarm. Ich sprang hinein und hatte das langsam fließende Wasser bald zur anderen Seite durchquert. Spätestens dort waren die

Hunde verloren – der Strom hatte jede Spur dieses mysteriösen Geruchs, der es dem schnüffelnden Hund ermöglicht, die Spur eines Flüchtigen zu verfolgen, mit sich genommen.

Nach dem ich diesen Altarm durchschwommen hatte, wurde das Wasser so tief, dass ich nicht mehr darin laufen konnte. Ich war nun im Großen Pacoudrie Sumpf, wie ich später erfuhr. Er steht voll mit riesigen Bäumen – Platanen, Eukalyptus und Zypressen – und reicht bis an die Ufer des Calcasieu River. Auf dreißig oder vierzig Meilen Länge gibt es keine Einwohner außer wilden Tieren wie Bären, Wildkatzen, Tiger und großen, schleimigen Reptilien, die überall herumkriechen. Schon lange bevor ich den Altarm erreicht hatte, von dem Moment, in dem ich auf das Wasser traf, bis zu meiner Rückkehr aus dem Sumpf, waren die Reptilien immer um mich herum. Ich sah hunderte Mokassinschlangen. Jeder Baumstamm, der Moorboden und die Baumstümpfe, über die ich klettern musste, waren übersät mit ihnen. Sie schlängelten sich vor mir in Sicherheit, aber manchmal setzte ich in meiner Eile fast einen Fuß oder eine meiner Hände auf sie. Sie gehören zu den Giftschlangen und ihr Biss ist tödlicher als der einer Klapperschlange. Nebenbei bemerkt hatte ich einen meiner Schuhe verloren. Die Sohle hatte sich komplett gelöst und nur noch das Oberteil hing an meinem Knöchel.

Ich sah auch viele große und kleine Alligatoren, die im Wasser oder auf dem Treibholz lagen. Der Lärm, den ich verursachte, schreckte sie auf und sie tauchten ins tiefere Wasser ab. Manchmal traf ich direkt auf eines dieser Monster, bevor ich dessen gewahr wurde. In so einem Fall drehte ich um, lief eine kurze Umgehung und vermied so den Kontakt. Im Vorwärtsgang können sie eine kleine Entfernung sehr schnell überbrücken, aber sie können sich nicht umdrehen. Im Zickzackkurs ist es kein Problem, ihnen auszuweichen.

Um zwei Uhr nachmittags hörte ich die Hunde das letzte Mal. Wahrscheinlich konnten sie den Altarm nicht überqueren. Nass und erschöpft, aber erleichtert, dass ich nicht mehr in unmittelbarer Gefahr war, ging ich weiter. Nun aber war ich sehr viel vorsichtiger und passte besser auf die Alligatoren und Schlangen auf als zu Anfang meiner Flucht. Wenn ich nun in einen der schlammigen Tümpel musste, klatschte ich vorher mit einem Stab auf das Wasser. Wenn sich das Wasser bewegte, ging ich außen herum, falls nicht mittendurch.

Schließlich ging die Sonne unter und nach und nach hüllte der Mantel der Nacht den großen Sumpf in Dunkelheit. Immer noch stolperte ich voran in ständiger Angst, dass mich im nächsten Moment der gefährliche Biss einer Mokassin oder die Kiefer eines aufgeschreckten Alligatoren erwischen würden. Die Angst vor den Tieren war nun fast so groß wie die vor den Bluthunden. Nach einiger Zeit stieg der Mond auf und ließ sein mildes Licht durch die über mir hängenden und mit langem Moos besetzten Äste kriechen.

Ich schleppte mich bis nach Mitternacht voran und hoffte inständig, bald in ein weniger trostloses und gefährlicheres Gebiet zu gelangen. Aber das Wasser wurde immer tiefer und das Gehen immer beschwerlicher. Ich erkannte, dass es fast unmöglich war weiterzugehen und wusste auch nicht in welche Hände ich fallen würde, sollte ich eine menschliche Behausung finden. Da ich keinen Pass bei mir hatte, war jeder weiße Mann dazu berechtigt, mich festzunehmen und ins Gefängnis zu sperren bis mein legitimer Herr „den Besitz anzeigen, die Gebühren bezahlen und mich mitnehmen würde". Ich war ein Entflohener und bei meinem Glück würde ich ganz sicher einem der gesetzestreuen Bürger Louisianas in die Hände laufen, dessen einzige Pflicht es war, seinem Nachbarn einen Gefallen zu tun und mir auf der Stelle eine Abreibung zu verpassen. Es war wirklich schwer festzustellen, was ich am meisten fürchten sollte – Hunde, Alligatoren oder Menschen!

Nach Mitternacht hielt ich an. Keine Vorstellungskraft der Welt reicht aus, um sich diese düstere Szene darzustellen. Der Sumpf vibrierte vom Quaken unzähliger Enten! Ich glaube nicht, dass seit der Schöpfung irgendjemand seinen Fuß soweit in diesen Sumpf gesetzt hatte wie ich. Er war bei weitem nicht so still – still im Sinne von bedrückend – wie am Tag, wenn die Sonne vom Himmel brannte. Mein nächtliches Eindringen hatte das Federvieh aufgescheucht, das diesen Sumpf anscheinend zu Hunderttausenden bewohnte. Ihre geschwätzigen Kehlen produzierten eine Vielzahl absurder Klänge und das Schlagen ihrer Flügel, als auch das Eintauchen ins Wasser rund um mich herum, machten mir Angst. Alle Bewohner der Lüfte und alle kriechenden Kreaturen der Erde schienen sich an diesem Platz versammelt zu haben mit dem einzigen Ziel, diesen Sklaven mit ihrem Gezeter in Panik zu versetzen. Das Leben spielt sich nicht nur in überfüllten Städten ab und wird auch nicht nur von Menschen gemacht. Sogar inmitten dieses schrecklichen Sumpfes hatte Gott ein Refugium und eine Heimat für Millionen lebender Tiere errichtet.

Der Mond stand schon hoch über den Bäumen, als ich mich einer neuen Aufgabe zuwandte. Bisher hatte ich versucht, so weit wie möglich nach Süden zu kommen. Nun drehte ich mich in nordwestliche Richtung mit dem Ziel, Pine Woods und die Nähe von Mr. Ford zu treffen. Einmal im Schatten seines Schutzes fühlte ich mich unvergleichlich sicher.

Meine Kleidung war zerfetzt und meine Hände und Füße mit Kratzern übersät, die ich mir durch die scharfen Äste gefallener Bäume oder das Klettern über das Unterholz oder Treibgut zugezogen hatte. Ich war mit Mist und Dreck verschmiert und der grüne Schleim, der das Wasser bedeckte, in dem ich manchmal bis zum Hals steckte, hing überall an mir. Stunde für Stunde folgte ich, ermüdet wie ich war, meiner nordwestlichen Route. Das Wasser wurde seichter und der Boden unter meinen Füßen fester. Schließlich erreichte ich Pacoudrie, den Altarm, den ich schon in der umgekehrten Richtung durchquert hatte. Ich schwamm erneut hindurch und hörte kurz darauf das Krähen eines Hahns. Ich hörte das Geräusch nur schwach und genau so gut hätte es eine Täuschung meiner Ohren sein können. Das Wasser wich nun vor meinen Schritten zurück und nun - nun hatte ich das Moor hinter mir gelassen – nun – nun war ich auf trockenem Boden – nun war ich irgendwo in den Great Pine Woods.

Als der Tag anbrach, kam ich zu einer kleinen Rodung, einer Art kleiner Plantage; aber eine, die ich noch nie vorher gesehen hatte. Am Waldrand traf ich auf zwei Männer, einen Sklaven und seinen jungen Herrn, die damit beschäftigt waren, Wildschweine zu jagen. Ich wusste, dass der weiße Mann meinen Pass verlangen und mich, da ich keinen besaß, anschließend in seinen Besitz überführen würde. Ich war zu erschöpft, um wieder zu rennen und zu verzweifelt, um gefangengenommen zu werden und entsann mich einer Kriegslist, die sich als erfolgreich erweisen sollte. Mit grimmigem Gesichtsausdruck ging ich direkt auf die beiden zu und schaute ihnen beständig ins Gesicht. Als ich näher kam, wich der Weiße, offensichtlich beunruhigt, zurück. Die Angst war ihm deutlich anzusehen – er sah mich an wie einen Abgesandten des Teufels, der gerade den Eingeweiden des Sumpfs entstiegen war!

„Wo lebt William Ford?", fragte ich in barschem Ton.

„Sieben Meilen von hier", war die Antwort.

„Wie komme ich dorthin?", fragte ich und versucht noch wilder zu schauen als zuvor.

„Siehst du diese Kiefern dort drüben?", fragte er und zeigte auf zwei Bäume, die in etwa einer Meile Entfernung all ihre Artgenossen überragten und den weiten Wald wie Wächter überblickten.

„Die sehe ich", war die Antwort.

„Am Fuß dieser Kiefern verläuft die Texas Road", fuhr er fort, „geh dort nach links und sie wird dich direkt zu Ford bringen."

Ohne weitere Verzögerung eilte ich weiter, so froh über diese Information wie mein Gesprächspartner über die Tatsache, dass ich mich schnell wieder entfernte. Ich traf auf die Texas Road, bog wie angegeben links ab und kam bald an einem großen Holzfeuer vorbei. Ich ging hin und wollte meine Kleidung trocknen; aber das graue Morgenlicht war schon fast verschwunden und ein weißer Mann hätte mich sehen können; nebenbei kam mit der Tageshitze auch das dringende Bedürfnis zu schlafen; ich konnte es mir nicht leisten, mich hier weiter aufzuhalten, und setzte meine Wanderung fort. Schließlich erreichte ich Master Fords Haus gegen acht Uhr.

Die Sklaven waren bereits alle an der Arbeit und ihre Quartiere standen leer. Ich ging direkt zum Vorplatz und klopfte an der Tür, die von Mistress Ford geöffnet wurde. Mein jammervoller Zustand hatte mein Aussehen so verändert, dass sie mich nicht erkannte. Ich erkundigte mich, ob Master Ford zuhause wäre und bevor ich die Frage beendet hatte, stand dieser auch schon vor mir. Ich erzählte ihm von meiner Flucht und allen damit verbundenen Ereignissen. Er hörte mir aufmerksam zu, sprach liebevoll und mitfühlend mit mir, und brachte mich zur Küche. Dort rief er John und befahl ihm, mir etwas zu essen zu machen. Ich hatte nichts mehr zu mir genommen seit dem letzten Morgen.

Als John mir mein Mahl bereitet hatte, kam die Hausherrin heraus mit einer Schüssel Milch und vielen kleinen Leckerbissen, wie sie nur ganz selten den Gaumen eines Sklaven kitzeln. Ich war hungrig und erschöpft, aber weder das Essen noch die Ruhe machten die gesegneten Stimmen der Fords wett, die mir voller Trost und Liebe zusprachen. Es war das Öl und der Wein des Guten Samariters der Pine Woods, das dieser in die verwundete Seele des armen Sklaven, der ohne Gewand und halb tot zu ihm kam, träufelte.

Sie ließen mich in der Hütte, so dass ich mich ausruhen konnte. Gesegnet sei der Schlaf! Er steigt hernieder wie der himmlische Tau und kommt zu allen und jedem, egal ob geknechtet oder frei. Bald hatte er auch meine Brust erfüllt und die Sorgen vertrieben, mit denen sie erfüllt war.

Er trug mich fort in das Schattenreich, in dem ich wieder die Gesichter meiner Kinder sah und ihren Stimmen lauschen konnte.

KAPITEL 11

Nach einem langen Schlaf wachte ich am Nachmittag auf. Ich fühlte mich erfrischt, aber immer noch wund und steif. Sally kam herein, um mit mir zu reden, während John das Mittagessen kochte. Sally war genau wie ich in großer Angst, denn eines ihrer Kinder war krank und sie fürchtete, dass es nicht überleben würde. Nach dem Mittagessen ging ich eine Weile auf dem Gelände hin und her und besuchte Sallys Hütte, um nach dem kranken Kind zu schauen. Dann schlenderte ich in den Garten der Herrin. Obwohl in dieser Jahreszeit die Stimmen der Vögel bereits schwiegen und die Bäume in den kälteren Klimazonen bereits ihrer Sommerpracht beraubt waren, blühte hier immer noch eine unglaubliche Vielfalt an Rosen und lange, üppige Reben rankten sich die Zäune empor. Die karminroten und goldenen Früchte hingen halb verborgen zwischen den jüngeren und älteren Pfirsichblüten, den Orangen, Pflaumen und Granatäpfeln; in dieser Region von fast gleichbleibender Wärme fallen die Blätter und blühen die Knospen das ganze Jahr über.

Ich empfang die allergrößte Dankbarkeit für Master und Mistress Ford und wünschte mir, dass ich ihre Großzügigkeit heimzahlen könnte; ich begann, die Reben zu schneiden und das Gras unter den Orangen- und Granatapfelbäumen zu jäten. Letzterer wird ungefähr drei Meter hoch und die Früchte haben den gleichen köstlichen Geschmack wie die Erdbeeren. Orangen, Pfirsiche und Pflaumen sind heimisch in den reichhaltigen, warmen Böden von Avoyelles; nur den Apfel, der in kälteren Breiten am meisten vorkommt, sieht man hier selten.

Mistress Ford kam sogleich heraus und sagte, dass meine Arbeit sehr lobenswert war, ich aber beim besten Willen nicht in der Verfassung dafür sei. Ich sollte mich in meiner Hütte weiter ausruhen, bis mein Herr ins Bayou Boeuf gehen würde, was sicher nicht heute und vermutlich auch nicht morgen wäre. Ich sagte ihr, dass ich mich sicherlich schlecht und steif fühle, und dass mir mein Fuß weh tat von den Dornen und Wurzeln, über die ich getaumelt war; aber ich dachte, es sei eine gute Übung, die mich nicht belasten und eine so gute Herrin erfreuen würde. Daraufhin kehrte sie ins Haus zurück und ich arbeitete drei Tage emsig im Garten. Ich reinigte die Wege, jätete die Beete und zog das Efeu, das meine sanftmütige und großzügige Schutzherrin als Bewuchs der Hauswand vorgesehen hatte, unter dem Nachtjasmin hervor.

Am vierten Morgen war ich vollkommen erfrischt und erholt und Master Ford befahl mir, mich bereit zu machen und ihn ins Bayou zu begleiten. Es gab nur ein gesatteltes Pferd auf dem Gelände, alle anderen und die Maultiere waren auf der Plantage. Ich sagte, dass ich laufen könne, verabschiedete mich von Sally und John und verließ das Gelände neben dem Pferd her trottend.

Das kleine Paradies in den Great Pine Woods war die Oase in der Wüste, an die sich mein Herz während der Jahre der Sklaverei immer wieder gern erinnerte. Ich ging nun mit dem Gefühl des Bedauerns und der Angst; als ob man mir verraten hätte, dass ich nie wieder hierher zurückkehren würde.

Master Ford drängte mich immer wieder, den Platz auf dem Pferd mit ihm zu tauschen und auszuruhen; aber ich lehnte ab und sagte, dass ich nicht müde sei und es besser wäre, wenn ich laufe statt ihm. Er sagte mir viele freundliche und aufmunternde Dinge während der Reise und ritt langsam, damit ich mit ihm Schritt halten konnte. Gottes Güte, erklärte er mir, hat sich während meiner wundersamen Flucht aus dem Sumpf offenbart. Genau wie Daniel unverletzt dem Löwenkäfig entstieg und Jonas im Bauch des Wales kein Leid geschah, genau so wurde ich durch den Allmächtigen vom Bösen erlöst. Er befragte mich in Bezug auf die verschiedenen Ängste und Gefühle, die ich während des Tags und der Nacht erfahren hatte, und ob ich zu irgendeiner Zeit das Bedürfnis verspürt habe, zu beten. Ich erklärte ihm, dass ich mich von der Welt verlassen fühlte und im Geist die ganze Zeit gebetet habe. In so schweren Zeiten, sagte er, wendet sich das Herz des Menschen instinktiv zu seinem Schöpfer. Wenn es ihm gut geht und es nichts gibt, was ihn verletzen oder ängstigen kann, erinnert er sich nicht an Ihn, ja verleugnet Ihn sogar; aber setze ihn einer großen Gefahr aus, beraube ihn jeder menschlichen Hilfe oder lass ihn in sein Grab blicken - dann, in der Zeit des Trübsals, wendet sich der Spötter und Ungläubige an Gott und fleht um Hilfe in der Gewissheit, dass es keine andere Hoffnung, Sicherheit oder Schutzort gibt als in seinen schützenden Armen.

So sprach dieser gütige Mann auf unserer gemeinsamen Reise die Straße zum Bayou Boeuf entlang von diesem Leben und dem Leben danach, von der Güte und Macht Gottes und von der Nichtigkeit irdischer Dinge.

Als wir etwa fünf Meilen von der Plantage entfernt waren, sahen wir in der Ferne einen Reiter, der uns entgegen galoppierte. Als er näher kam sah ich, dass es Tibeats war! Er schaute mich einen Moment an, sprach aber nicht mit mir. Dann wendete er sein Pferd und ritt an Fords Seite weiter. Ich trottete weiter neben dem Pferd her und hörte ihrer Unterhaltung zu. Ford erzählte ihm von meiner Ankunft in Pine Woods vor drei Tagen, von der Misere, in der ich war und den Schwierigkeiten und den Gefahren, denen ich ausgesetzt gewesen war.

„Nun", sagte Tibeats und vermied in Fords Gegenwart seine sonst übliche Flucherei, „ich habe noch nie jemanden so rennen sehen. Ich würde hundert Dollar darauf setzen, dass er jeden Nigger in Louisiana schlägt. Ich bot John David Cheney fünfundzwanzig Dollar, wenn er ihn erwischen würde, tot oder lebendig, aber er ist den Hunden in einem ehrlichen Rennen entkommen. Aber Cheneys Hunde sind auch Mist. Dunwoodies Hunde hätten ihn zur Strecke gebracht, noch bevor er die Palmettos erreicht hätte. Irgendwie haben die Hunde die Fährte verloren und wir mussten die Jagd aufgeben. Wir ritten soweit es ging und gingen dann zu Fuß, bis das Wasser einen Meter hoch stand. Die Jungs meinten er sei ersoffen, ganz sicher. Verdammt, ich wollte ihn so gerne vor das Gewehr kriegen. Die ganze Zeit bin ich das Bayou rauf und runter geritten, hatte aber immer weniger Hoffnung, ihn zu erwischen – dachte, er sei bestimmt tot. Oh, verflucht sei er, so rennen zu können – dieser Nigger ist verflucht!"

Tibeats redete in dieser Art fort und beschrieb immer wieder seine Suche im Sumpf und die irrwitzige Geschwindigkeit, mit der ich vor den Hunden geflohen war. Als er fertig war, erwiderte Master Ford, dass ich bei ihm immer sehr gewillt und treu gewesen war; dass es ihm leid tut, dass er soviel Ärger hatte; dass ich meinen Ausführungen nach unmenschlich behandelt wurde und dass Tibeats selbst schuld sei. Mit Beilen und Äxten auf Sklaven loszugehen war beschämend und sollte verboten sein, bemerkte er. „Dies ist keine Art, mit ihnen umzugehen, wenn sie in unserem Land sind. Es wird einen schädlichen Einfluss haben und sie alle zur Flucht veranlassen. Die Sümpfe werden voll von ihnen sein. Ein bisschen Freundlichkeit ist ein viel effektiveres Mittel der Zähmung und Anlass zu Gehorsam als der Einsatz tödlicher Waffen. Jeder Pflanzer im Bayou wird solche Unmenschlichkeit missbilligen. Es ist in unser aller Interesse, sich gut zu verhalten. Es ist augenscheinlich, Mr. Tibeats, dass sie und Platt nicht gemeinsam leben können. Sie verabscheuen ihn und würden nicht zögern, ihn zu töten; und da er das weiß, wird er vor Angst um sein Leben erneut weglaufen. Nun, Tibeats, ihr müsst ihn verkaufen oder zumindest ausleihen. Wenn ihr das nicht tut, werde ich Maßnahmen ergreifen, um ihn aus eurem Besitz auszulösen."

In diesem Sinn sprach Ford für den Rest des Weges. Ich sagte kein Wort. Als wir die Plantage erreichten betraten sie das „große Haus", während ich mich zu Elizas Hütte zurückzog. Die Sklaven, die vom Feld zurückkehrten, waren sehr erstaunt, mich zu sehen, glaubte man doch ich sei ertrunken. Auch in dieser Nacht versammelten sie sich in meiner Hütte, um von meinen Abenteuern zu erfahren. Sie sahen es als sicher an, dass man mich aufs Heftigste auspeitschen würde; die übliche Strafe für einen Fluchtversuch waren fünfhundert Hiebe.

„Armer Kerl", sagte Eliza und nahm mich bei der Hand, „es wäre besser für dich gewesen, wenn du ertrunken wärst. Du hast einen grausamen Herrn und ich glaube dass er dich doch noch töten wird."

Lawson meinte, dass es gut sein könnte, dass Aufseher Chapin ernannt werden würde, um die Strafe auszuführen. Dann würde es wohl nicht ganz so schlimm werden. Woraufhin Mary, Rachel, Bristol und ein paar anderen einfiel, dass es noch lieber Master Ford sein solle und dass es dann überhaupt keine Auspeitschung geben würde. Sie bedauerten mich und versuchten mir Trost zu spenden. Außer Kentucky John waren sie alle betrübt von den Aussichten, die mich erwarteten. Letzter lachte, als ob es kein Morgen gäbe; er hielt sich den Bauch aus Angst, dass er explodieren würde und fand es so lustig, wie ich den Hunden entkommen war. „Ich wusst', die würn ihn nicht fangen, als er über de Plantage rannt'. Wenn die Hund' da warn wo er war, war er scho' wieder weg – ha, ha, ha! Oh allmächt' Herr!" – und dann verfiel er wieder in einen seiner lauten Lachanfälle.

Früh am nächsten Morgen verließ Tibeats die Plantage. Im Lauf des Vormittags, während ich mich in der Nähe des Entkörnungshauses verweilte, kam ein großer, gutaussehender Mann zu mir und erkundigte sich, ob ich Tibeats' Junge war – ein Ausdruck, mit dem Sklaven willkürlich bezeichnet wurden, selbst wenn sie über vierzig waren. Ich nahm meinen Hut ab und bejahte die Frage.

„Wäre es dir recht, wenn du für mich arbeiten würdest?", fragte er.

„Oh, ja, sehr sogar", antwortete ich in der plötzlichen Hoffnung, von Tibeats wegzukommen.

„Du hast unter Myers bei Peter Tanner gearbeitet, nicht wahr?"

Ich beantwortete auch das mit „Ja" und fügte ein paar lobende Bemerkungen hinzu, die Tanner bezüglich meiner Arbeit gemacht hatte.

„Gut, Junge", sagte er, „ich habe dich nämlich bei deinem Herrn ausgeliehen, um für mich in der Big Cane Brake, ungefähr achtunddreißig Meilen von hier den Red River hinunter, zu arbeiten.

Der Mann war Mr. Eldret, der unterhalb von Ford auf der gleichen Seite des Bayous lebte. Ich begleitete ihn zu seiner Plantage und brach gleich am nächsten Morgen mit seinem Sklaven Sam, einer Wagenladung Vorräte und vier Maultieren zum Big Cane auf. Eldret und Myers waren bereits vorgeritten. Sam war in Charleston geboren, wo er Mutter, Bruder und Schwester hatte. Er „räumte ein" – ein sowohl bei Schwarzen als auch bei Weißen geläufiges Wort – dass Tibeats ein gemeiner Kerl war und hoffte wie ich, dass sein Herr mich kaufen würde.

Wir fuhren das südliche Ufer des Bayous hinunter und überquerten es bei Careys Plantage; von dort ging es nach Huff Power, wonach wir auf die Bayou Rouge Road trafen, die zum Red River führt. Nachdem wir bei Sonnenuntergang den Bayou Rouge Sumpf passiert hatten bogen wir vom Highway ab und in fuhren den Big Cane Brake. Wir folgten einem schlecht ausgebauten Weg, kaum groß genug um den Wagen durchzulassen. Das Schilfrohr *(Cane = Schilfrohr oder Binse, Anmerkung des Übersetzers)*, das man unter anderem für den Bau von Angeln braucht, stand hier dicht an dicht. Man hätte eine andere Person nicht mal einen Meter weit entfernt gesehen. Die Pfade wilder Tiere verliefen hier in jede mögliche Richtung. Bären und der amerikanische Tiger kamen in dieser Gegend sehr häufig vor und in jedem Wassertümpel wimmelte es vor Alligatoren.

Wir folgten unserem einsamen Weg durch den Big Cane mehrere Meilen und trafen auf eine Lichtung, die als Suttons Field bekannt war. Viele Jahre vor uns hatte ein Mann namens Sutton diese Wildnis durchbrochen und war zu diesem abgelegenen Platz gekommen. Es ist überliefert, dass er hierher geflohen ist, aber nicht aus einem Dienstverhältnis, sondern vor dem Gesetz. Hier lebte er allein - der Einsiedler des Sumpfs – und pflanzte mit seinen eigenen Händen die Saat ein und sammelte Nahrung im Wald. Eines Tages schlich sich eine Gruppe Indianer an sein Versteck an und nach einem blutigen Kampf überwältigten und massakrierten sie ihn. Viele Meilen im Umkreis, in den Quartieren der Sklaven wie auch auf den Vorplätzen der „großen Häuser", wo weiße Kinder den abergläubischen Erzählungen lauschen, geht das Gerücht, dass dieser Platz inmitten des Big Cane verwunschen ist. Mehr als ein Vierteljahrhundert hat kaum eine menschliche Stimme die Ruhe an diesem Ort gestört, falls überhaupt jemals. Schlingpflanzen und giftiges Unkraut hatten sich auf dem einst kultivierten Feld breit gemacht und Schlangen sonnten sich auf der Schwelle der verrotteten Hütte. Es war in der Tat ein furchteinflößendes Bild der Verwüstung.

Wir durchquerten Sutton's Field und folgten einer neu angelegten Straße etwa zwei Meilen weiter. Dann war Endstation. Wir hatten nun Mr. Eldrets wildes Land erreicht. Hier beabsichtigte er, das Gelände für eine sehr große Plantage zu roden. Am nächsten Morgen gingen wir mit unseren Macheten an die Arbeit und ebneten so eine Fläche, die ausreichend Platz für zwei Hütten bot – eine für Myers und Eldret, die andere für Sam, mich und die Sklaven, die uns nachfolgen würden. Wir waren nun inmitten von gigantischen Bäumen, deren weitläufigen Äste fast das Sonnenlicht ausschlossen, während der Raum zwischen zwei Baumstämmen von einer schier undurchdringlichen Masse Rohr gefüllt war. Nur hier und da sah man eine Palmetto.

Kastanien, Platanen, Eichen und Zypressen erreichen in diesen fruchtbaren Ebenen an den Ufern des Red River unvergleichliche Höhen. Von jedem Baum hängen lange, große Moosvorhänge, die bei Menschen, die so etwas noch nicht gesehen haben, einen beeindruckenden und einzigartigen Eindruck hinterlassen. Dieses Moos wird auch in großen Mengen nach Norden transportiert, wo es dann weiter verarbeitet wird.

Wir fällten Eichen, zerhackten diese in Balken und bauten daraus Übergangshütten. Die Dächer bedeckten wir mit breiten Palmettoblättern, die ein ausgezeichneter Ersatz für Schindeln sind – so lange sie halten.

Das größte Ärgernis hier draußen stellten aber die Fliegen, Schnaken und Moskitos dar. Sie schwärmten nur so in der Luft. Sie krochen in die Ohren, die Nase, die Augen und den Mund. Sie saugten sich bis unter die Haut. Es war unmöglich, sie wegzuwischen oder zu erschlagen. Es schien fast, als ob sie uns auffressen wollten, um uns Stück für Stück in ihren peinigenden Mäulern wegzutragen.

Es ist schwer, sich einen einsameren, oder auch unangenehmeren Ort als das Zentrum des Big Cane Brake vorzustellen; doch für mich war es das Paradies im Vergleich zu jedem anderen Platz, an dem ich mit Master Tibeats war. Ich arbeitete hart und war oft müde und erschöpft – und doch konnte ich abends in Frieden meine Ruhe finden und am Morgen ohne Angst aufstehen.

Innerhalb von vierzehn Tagen stießen vier schwarze Mädchen von Eldrets Plantage zu uns – Charlotte, Fanny, Cresia und Nelly. Sie waren alle sehr beleibt und gut gebaut. Man gab ihnen Äxte in die Hand und schickte sie mit Sam und mir zum Baumfällen. Sie waren exzellente Holzfäller! Selbst die größte Eiche oder Platane hatte keine Chance gegen ihre starken und gut gezielten Schläge. Im Schichten der Balken standen sie keinem Mann nach. In den Wäldern des Südens gibt es männliche und weibliche Holzfäller. In der Gegend um das Bayou Boeuf übernehmen sie tatsächlich alle Arbeiten, die auf einer Plantage anfallen. Sie pflügen, ziehen, fahren Gespanne, roden wilde Landstriche, arbeiten an den Straßen und mehr. Einige Pflanzer mit großen Baumwoll- oder Zuckerplantagen haben ausschließlich Sklavinnen für ihre Arbeiten. So zum Beispiel Jim Burns, der am Nordufer des Bayous lebt, gegenüber der Plantage von John Fogaman.

Bei unserer Ankunft hatte mir Eldret versprochen, dass ich in vier Wochen meine Freunde auf Fords Anwesen besuchen dürfe, wenn ich gut arbeitete. Am Samstagabend der fünften Woche erinnerte ich ihn an sein Versprechen und er sagte mir, dass ich so gut gearbeitet hätte, dass ich gehen dürfe. Ich hatte mich sehr auf diesen Moment gefreut und Eldrets Aussage ließ mein Herz hüpfen. Ich musste am Dienstagmorgen bei Arbeitsbeginn
zurück sein.

Während ich noch in der Aussicht schwelgte, meine alten Freunde schon bald wiederzusehen, erschien der verhasste Tibeats bei uns. Er wollte wissen, wie Myers und Platt miteinander auskommen und man bescheinigte ihm, dass dies sehr gut funktioniere und das Platt am nächsten Morgen für einen Besuch zu Fords Plantage gehen dürfe.

„Puh, puh", spottete Tibeats, „das ist es nicht wert. Der Nigger wird abhauen – er darf nicht gehen."

Aber Eldret bestand darauf, dass ich treu und gut gearbeitet und er mir sein Versprechen gegeben hatte - und er mich unter diesen Umständen keinesfalls enttäuschen wolle. Dann gingen sie, da es schon fast dunkel war, in eine der Hütten und ich in die andere. Ich wollte den Gedanken, gehen zu dürfen, nicht loslassen; es wäre eine herbe Enttäuschung gewesen. Noch vor dem Morgen hatte ich mich entschlossen, unter allen Umständen zu gehen, solange Eldret damit einverstanden war. Bei

Tagesanbruch stand ich vor seiner Tür, meine Decke zu einem Bündel geschnürt und einen Stock über der Schulter. Ich wartete auf einen Pass. Tibeats kam gerade schlecht gelaunt wie immer heraus, wusch sein Gesicht und ging zu einem Baumstumpf in der Nähe, auf dem er sich niederließ. Er schien in Gedanken versunken. Nachdem ich so eine Weile gestanden hatte, überkam mich ein plötzlicher Impuls der Ungeduld und ich ging los.

„Gehst du ohne einen Pass?", schrie er mich an.

„Ja, Master, das hatte ich vor", antwortete ich.

„Was glaubst du, wie weit du kommst?", hakte er nach.

„Weiß nicht", war alles, was mir dazu einfiel.

„Bevor du die Hälfte des Weges geschafft hättest, wärst du im Gefängnis, und da gehörst du auch hin", fügte er hinzu und verschwand in der Hütte. Er kam kurz danach mit einem Pass zurück, nannte mich einen „verfluchten Nigger, der hundert Peitschenhiebe verdient hätte", und warf den Pass vor mir auf den Boden. Ich hob ihn auf und eilte davon.

Ein Sklave, der außerhalb der Plantage seines Herrn ohne Pass aufgegriffen wird, darf von jedem Weißen gefangengenommen und ausgepeitscht werden. Auf meinem stand das Datum und folgender Satz:

„Platt hat die Erlaubnis zu Fords Plantage am Bayou Boeuf zu gehen und bis Dienstagmorgen zurückzukehren.
JOHN M. TIBEATS. "

Dies ist die übliche Form. Auf dem Weg wollten viele Leute den Pass sehen, lasen ihn und gingen weiter. Diejenigen, die die Ausstrahlung und das Auftreten eines Gentlemans hatten und deren Kleidung Wohlstand signalisierte, nahmen oft gar keine Notiz; aber die schmierigen Kerle, die offensichtlichen Faulenzer, ließen mich immer antreten und prüften und untersuchten mich so gründlich es ging. Das Einfangen entflohener Sklaven bringt manchmal viel Geld ein. Wenn sich kein rechtmäßiger Eigentümer auftreiben ließ – selbstverständlich nachdem man den „Fund" ordentlich angezeigt hatte – durften Sklaven an den höchsten Bieter verkauft werden; selbst wenn der Sklave von seinem Eigentümer eingefordert wurde, war dem Finder ein beträchtlicher Finderlohn sicher. „Ein lumpiger Weißer", der Name, den man gerne den schmierigen Kerlen gab, sah daher das Treffen eines unbekannten Negers ohne Pass als göttliche Fügung an.

In diesem Teil des Staats gibt es entlang der Highways keine Gaststätten. Auf meiner Wanderung vom Big Cane zu den Pine Woods hatte ich weder Geld noch Vorräte bei mir; nichtsdestotrotz muss ein Sklave mit einem ordnungsgemäßen Pass in Händen weder Hunger noch Durst leiden. Er musste ihn nur einem Herrn oder Aufseher einer Plantage zeigen und seine Wünsche äußern, dann wurde er zur Küche geschickt und mit Nahrung oder auch Unterkunft versorgt, je nachdem. Der Reisende hielt einfach bei einem Haus und verlangte eine Mahlzeit, genau wie in einem Lokal. Dies ist Brauch in diesem Land. Wo auch immer sie sonst ihre Fehler hatten, ganz sicher waren die Einwohner entlang des Red River und in den Bayous Louisianas nicht ungastlich.

Ich gelangte zu Fords Plantage gegen Ende des Nachmittags und verbrachte den Abend in Elizas Hütte zusammen mit Lawson, Rachel und anderen Bekannten. Als wir Washington verlassen hatten, war Eliza rund und plump. Sie war aufrecht gestanden und wirkte mit ihren seidenen Gewändern und Juwelen stark und elegant. Nun war sie gerade noch ein ausgemergelter Schatten ihrer Selbst. Ihr Gesicht war eingefallen und ihr einst gerader und schöner Körper war gebeugt, als ob er das Gewicht von hundert Jahren tragen müsste. Der alte Elisha Berry hätte die Mutter seines Kindes, die gekleidet in den schäbigen Gewändern eines Sklaven hier auf dem Hüttenboden lag, nicht mehr erkannt. Ich habe sie hinterher nie wieder gesehen. Nachdem sie im Baumwollfeld nichts mehr zuwege brachte, hat man sie für eine Kleinigkeit an einen Mann, der in der Nähe von Peter Compton wohnte, getauscht. Die Trauer hatte ihr Herz unerbittlich aufgefressen, bis ihre Stärke verschwunden war; und dafür hat sie ihr letzter Herr, so sagt man, gnadenlos ausgepeitscht und misshandelt. Aber auch er konnte weder die aus ihr gefahrene Lebenskraft der Jugend zurückpeitschen, noch diesen gekrümmten Körper wieder zu voller Größe aufrichten – so, wie er war, als ihre Kinder noch bei ihr waren und das Licht der Freiheit auf ihre Wege schien.

Ich habe die Details ihrer Erlösung von dieser Welt von einem von Comptons Sklaven erfahren, der über den Red River zum Bayou gekommen war, um Mistress Tanner während der „Hauptsaison" zu helfen. Eliza wurde mit der Zeit, so erzählte er, völlig hilflos, lag nur noch auf dem Boden einer verfallenen Hütte und war auf die Gnade der anderen Sklaven für einen gelegentlichen Schluck Wasser und ein Stückchen Brot angewiesen. Ihr Herr hatte ihr nicht „ins Genick geschlagen", wie man es manchmal mit einem leidenden Tier macht, um es zu erlösen – er ließ sie ohne Hilfe und Schutz und wartete einfach, bis ihr Elend und ihre Schmerzen ein natürliches Ende fanden. Als die Sklaven eines Tages von den Feldern zurück kamen, fanden sie sie tot vor! Während dieses Tages war der Engel des Herrn, der unsichtbar über die Erde wandert und die verstorbenen Seelen einsammelt, still in ihre Hütte gekommen und hatte sie hinfort genommen. Endlich war sie *frei*!

Am nächsten Tag rollte ich meine Decke zusammen und machte mich an die Rückkehr zum Big Cane. Nach fünf Meilen, nahe des Orts Huff Power, traf ich den allgegenwärtigen Tibeats auf der Straße. Er wollte wissen, warum ich so früh aufgebrochen sei und ich sagte ihm, dass ich darauf bedacht wäre, ja rechtzeitig zurück zu sein. Daraufhin eröffnete er mir, dass er mich an diesem Tag an Edwin Epps verkauft hatte und ich nur noch bis zur nächsten Plantage gehen müsste. Wir gingen zusammen dorthin und trafen den letztgenannten Gentleman. Dieser untersuchte mich und stellte mir die unter Sklavenhaltern üblichen Fragen. Nachdem ich ordentlich übergeben worden war, musste ich zu den Hütten gehen und wurde gleichzeitig angewiesen, mir eine Hacke und einen Axtstiel herzustellen.

Ich war nun nicht mehr länger im Besitz von Tibeats – sein Hund, sein Vieh, das Tag und Nacht in Angst war vor seinem Zorn und seiner Grausamkeit; und wer immer oder wie immer mein neuer Herr auch war, ich würde diese Veränderung sicher nie bereuen. Es waren also gute Nachrichten, die mich erreichten, und mit einem Seufzer der Erleichterung setzte ich mich das erste Mal in meiner neuen Behausung hin.

Bald danach verschwand Tibeats aus dieser Gegend. Nur noch einmal sah ich ihn hinterher. Aber das war viele Meilen vom Bayou Boeuf entfernt. Er saß auf der Schwelle eines heruntergekommenen Schnapsladens, während ich Teil eines Sklavenzugs in die Pfarrei St. Mary's war.

KAPITEL 12

Edwin Epps, von dem hier noch viel die Rede sein wird, war ein breiter, beleibter, schwerer Mann mit schütterem Haar, hohen Wangenknochen und einer römischen Nase von gewaltigem Ausmaß. Seine Augen waren blau und er maß fast 1.90 Meter. Er hatte diesen scharfen, wissbegierigen Ausdruck eines Jockeys, sein Benehmen war grob und abstoßend und seine Ausdrucksweise ließ schnell und unmissverständlich darauf schließen, dass er nie die Vorteile einer guten Bildung genossen hatte. Eine seiner herausragenden Fähigkeiten war die Kunst der Provokation, und darin überragte er sogar den alten Peter Tanner. Zu der Zeit, als ich in seinen Besitz überging, hing Edwin Epps an der Flasche und seine exzessiven Trinkgelage dauerten manchmal ganze zwei Wochen. Später änderte er seine Gewohnheiten und als ich ihn verließ, war er wohl das abstinenteste Exemplar Mensch im ganzen Bayou Boeuf. Wenn er wieder zu tief ins Glas geschaut hatte, war Master Epps ein lärmender, polternder und lauter Kerl, dessen größte Freude es war, seine Nigger tanzen zu lassen und sie mit der langen Peitsche um seinen Hof zu treiben – einfach nur, um sie Kreischen und Schreien zu hören, wenn sich die langen Striemen auf ihrem Rücken formten. Wenn er nüchtern war, agierte er eher ruhig, reserviert und gerissen. Er schlug uns nicht willkürlich, wie in betrunkenem Zustand; dafür konnte man sicher sein, dass das Ende seiner Geißel ganz genau den wunden Punkt eines zu langsam arbeitenden Sklaven traf – eine Fertigkeit, die ihn auszeichnete.

In jüngeren Jahren war er Sklaventreiber und Aufseher gewesen. Nun verfügte er über eine Plantage am Bayou Huff Power, zweieinhalb Meilen von Holmesville, achtzehn von Marksville und zwölf von Cheneyville gelegen. Sie gehörte Joseph B. Roberts, dem Onkel seiner Frau und war an Epps verpachtet. Sein Hauptgeschäft war das Pflanzen von Baumwolle und da viele Leser noch nie ein Baumwollfeld gesehen haben dürften, ist es nun wohl angebracht, etwas über deren Anbau und Kultivierung zu erzählen.

Der Boden wird vorbereitet, indem man mit dem Pflug Sohlen und Erhöhungen schafft – man nennt dies „den Boden furchen". Dazu benutzt man Ochsen und Maultiere, hauptsächlich jedoch die letzteren. Diese Arbeit wird von Frauen wie von Männern verrichtet. Sie füttern, striegeln und kümmern sich um die Tiere und erledigen genau die gleiche Feld- und Stallarbeit wie die Pflugburschen im Norden.

Die Sohlen und Erhöhungen sind jeweils von Wasserfurche zu Wasserfurche knapp zwei Meter breit. Dann zieht ein Maultier einen Pflug über die Spitze der Erhöhung oder die Mitte der Sohle und bohrt die Löcher, in die ein Mädchen anschließend die Saat ausbringt. Diese trägt sie wiederum in einer Tasche, die um ihren Hals hängt. Ihr nach folgt erneut ein Pflug mit einer Egge, die die Saat in den Löchern zuschüttet. Man braucht also zwei Maultiere, drei Sklaven und einen Pflug mit einer Egge für eine Reihe Baumwolle. Dies wird in den Monaten März und April erledigt. Mais wird im Februar ausgebracht. Wenn es keinen kalten Regen gibt, sieht man die ersten Anzeichen der Baumwolle innerhalb einer Woche. Acht oder zehn Tage darauf folgt das erste Hacken. Auch diese Arbeit wird, zumindest teilweise, mit Hilfe von Pflug und Maultier durchgeführt. Der Pflug fährt so nah wie möglich an der Baumwolle vorbei und wirft die Furchen auf. Es folgen Sklaven mit ihren Hacken und trennen das Gras von der Baumwolle. Sie hinterlassen Hügel, die etwa siebzig Zentimeter auseinander liegen. Diesen Prozess nennt man „Baumwolle kratzen". Zwei Wochen später erfolgt das nächste Hacken. Dieses Mal wird die Furche in Richtung der Baumwolle aufgeworfen. Nur der stärkste Halm bleibt auf dem Hügel stehen. Wiederum vierzehn Tage später erfolgt das dritte Hacken und wieder wird die Furche in Richtung Baumwolle aufgeworfen und erstickt damit das ganze Gras zwischen den Reihen. Um den ersten Juli herum wird das vierte und letzte Mal gehackt. Nun ist der gesamte Raum zwischen den Reihen gepflügt und in der Mitte jeweils eine tiefe Wasserfurche zu sehen. Während der gesamten Arbeiten folgt der Aufseher den Sklaven hoch zu Ross und mit einer Peitsche in der Hand. Der schnellste Hacker übernimmt die Führung. Er arbeitet normalerweise ungefähr fünf Meter vor seinen Gefährten. Wenn ein anderer schneller arbeitet und ihn überholt, wird er gepeitscht. Tatsächlich fliegt die Peitsche den ganzen Tag, vom Morgen bis in die Nacht. Die Hacksaison dauert also von April bis in den Juli und kaum ist ein Feld beendet, fängt es auch schon wieder von vorne an.

In der zweiten Augusthälfte wird die Baumwolle gepflückt. Nun erhält jeder Sklave einen Sack. Dieser hat einen Gurt, der so um den Hals gelegt wird, dass sich die Öffnung des Sacks etwa auf Brusthöhe befindet und der Boden fast die Erde berührt. Zusätzlich bekommt jeder auch einen Korb, der fast 300 Liter groß ist. Darin füllt man die Baumwolle sobald der Sack voll ist. Die Körbe werden zum Feld gefahren und an den Anfang der Reihen gestellt.

Wenn ein neuer Erntehelfer, der diese Arbeit noch nie verrichtet hat, das erste Mal ins Feld geht, wird er ordentlich ausgepeitscht, damit er an diesem Tag so viel pflückt wie er kann. Nachts wird seine Ernte gewogen und man weiß, wie gut seine Fähigkeiten sind. Er muss jede darauf folgende Nacht die gleiche Menge hereinbringen. Wenn er weniger erntet, wird das als Zeichen der Faulheit gewertet und er wird erneut ausgepeitscht.

An einem normalen Tag sollten siebzig bis achtzig Kilo geerntet werden. Ein Sklave, der an diese Arbeit bereits gewöhnt ist, wird bestraft, wenn er diese Menge nicht schafft. Es gibt große Unterschiede, was diese Art Arbeit angeht. Manche haben den Dreh raus oder sind schlicht behände genug und verrichten diese Arbeit mit hoher Geschwindigkeit und beiden Händen, während andere selbst nach größter Anstrengung und Übung nicht mal den üblichen Standard schaffen. Solche Kräfte werden vom Feld genommen und anderen Arbeiten zugeführt. Patsey, von der ich noch mehr erzählen werde, war die bemerkenswerteste Bauwollpflückerin am Bayou Boeuf. Sie pflückte mit beiden Händen und solcher Schnelligkeit, dass 150 Kilogramm keine Seltenheit für sie waren.

Jeder wird also nach seinen Fähigkeiten eingesetzt, aber keiner darf weniger als sechzig Kilogramm einbringen. Da ich ungelernt war in diesem „Geschäft", hätte ich meinen Herrn sicher mit der Mindestmenge zufriedengestellt, während Patsey mit Sicherheit geschlagen worden wäre, wenn sie nicht das Doppelte geschafft hätte.

Baumwolle wird 1.50 Meter bis 2.20 Meter groß. Jeder Halm hat enorm viele Äste, die sich über den Wasserfurchen treffen.

Es gibt wenig schönere Dinge für das Auge als ein großes Baumwollfeld in voller Blüte. Es erweckt einen Anschein von Reinheit, wie eine unberührte, makellose Lichtweite oder frisch gefallener Schnee.

Manchmal pflückt der Sklave die eine Seite einer Reihe rauf und die andere wieder herunter. Meistens aber arbeitet einer an jeder Seite und sammelt alles ein, was blüht. Die ungeöffneten Knospen lässt er den folgenden Pflückern. Wenn der Sack voll ist, wird er in den Korb entleert und der Inhalt hinunter getreten. Wenn man das erste Mal durch das Feld geht, muss man extrem vorsichtig sein, keine Äste von den Halmen zu brechen. Auf einem gebrochenen Ast wächst keine Baumwolle mehr. Epps ließ es sich nicht nehmen, einem seiner Diener, der unabsichtlich oder unvermeidlich sich auch nur im Geringsten diesbezüglich schuldig gemacht hatte, die größtmögliche Bestrafung zuteilwerden zu lassen.

Die Erntehelfer müssen im Baumwollfeld sein, sobald es hell wird und es ist ihnen, mit Ausnahme von zehn oder fünfzehn Minuten, in denen sie mittags ihre Ration kalten Bacon hinunterschlingen dürfen, nicht erlaubt auch nur einen Moment Pause zu machen, bis es zu dunkel ist, um etwas zu sehen; und wenn der Mond voll ist, dauert die Arbeit oft bis Mitternacht oder länger. Sie wagen es nicht mal zur Abendbrotzeit innezuhalten oder, wie spät es auch ist, in die Quartiere zurückzugehen, bis der Sklaventreiber diese Anordnung gibt.

Nachdem die tägliche Arbeit im Feld getan ist, werden die Körbe zur Wiegestelle transportiert und die Baumwolle gewogen. Egal, wie müde und erschöpft er sein mag, egal, wie sehr er sich nach Schlaf und Ruhe sehnt – ein Sklave nähert sich der Wiegestelle niemals ohne Angst. Wenn das Gewicht seines Korbes zu niedrig ist – wenn er die ihm gestellte Aufgabe nicht erfüllt hat weiß er, dass er leiden muss. Und wenn er fünf oder mehr Kilogramm darüber liegt, darf er sich sicher sein, dass sein Herr das Ziel für den nächsten Tag entsprechend erhöhen wird. Egal also, ob er zu viel oder zu wenig gesammelt hat, er wird die Wiegestelle immer zitternd und voller Furcht betreten. Meistens haben sie zu wenig, deswegen sind sie darauf bedacht, das Feld nicht zu früh zu verlassen. Auf das Wiegen folgen die Auspeitschungen; danach werden die Körbe zum Baumwollhaus transportiert, wo man den Inhalt wie Heu lagert und alle Erntehelfer diesen herunter trampeln müssen. Wenn die Baumwolle noch nicht trocken ist, wird sie nicht zur Wiegestelle gebracht, sondern auf etwa einen halben Meter hohen und mit Brettern oder Bohlen beschlagenen Plattformen gelagert, die mit kleinen Stegen miteinander verbunden sind.

Dies ist aber noch nicht das Ende der täglichen Arbeit, keinesfalls. Jeder muss nun seinen sonstigen Pflichten nachkommen. Einer füttert die Maultiere, ein anderer die Schweine, ein Dritter hackt Holz, und so weiter. Zu später Stunde erreichen die Sklaven schließlich ihre Quartiere, müde und erledigt von der Schufterei des Tages. Dann muss ein Feuer in der Hütte entfacht, der Mais in einer kleinen Handmühle gemahlen und das Essen für den nächsten Tag im Feld vorbereitet werden. Man gestattet ihnen nur Mais und Bacon; das eine wird vor der Scheune, das andere vor der Räucherkammer verteilt – und das pünktlich jeden Sonntagmorgen. Jeder erhält pro Woche ein Kilo Bacon und genug Mais, um sich davon einigermaßen zu ernähren. Das ist alles – kein Tee, Kaffee oder Zucker;

die einzige Ausnahme ist hier und da eine Prise Salz. Nach zehn Jahren Aufenthalt bei Master Epps darf ich sagen, dass keiner seiner Sklaven jemals an der Gicht erkranken wird, die von übermäßiger Völlerei verursacht wird.

Master Epps Schweine wurden mit geschältem Mais gefüttert – seinen Niggern wurde er in der Ähre vorgeworfen. Die Schweine sollten schneller Fett ansetzen, wenn man den Mais schälte und in Wasser tränkte – die Nigger würden aber mit der gleichen Nahrung zu fett werden und nicht mehr gut arbeiten. Master Epps war ein gewiefter Rechner und wusste seine Tiere zu behandeln, betrunken oder nüchtern.

Die Maismühle steht im Hof unter einer Überdachung. Sie sieht aus wie eine gewöhnliche Kaffeemühle mit einem Trichter, der etwa einen Liter fasst. Es gab ein Privileg, das Master Epps jedem Sklaven zugestand. Dieser durfte seinen Mais entweder des Nachts in den Mengen mahlen, die er für den nächsten Tag benötigte, oder aber sonntags die gesamte ihm zustehende Menge – ganz wie er es wünschte. Was für ein großzügiger Mann Master Epps doch war!

Ich bewahrte meinen Mais in einer kleinen hölzernen Schachtel auf, das Mahl in einer Kalebasse; und diese ist, nebenbei bemerkt, eines der angenehmsten und am meisten benötigten Utensilien auf der Plantage. Sie dient als Ersatz für alle möglichen Arten von Geschirr in einer Sklavenhütte und wird auch dafür benutzt, Wasser auf die Felder zu tragen. Eine weitere beinhaltet das Mittagessen. Damit war auch der Einsatz von Eimern, Kellen, Wasserbehältern und allem möglichen anderen überflüssigem Zeug hinfällig.

Wenn der Mais gemahlen und das Feuer entfacht ist, wird vom Bacon, der an einem Nagel hängt, ein Stück abgeschnitten und auf die Kohlen zum Braten gelegt. Die Mehrheit der Sklaven hatte kein Messer, geschweige denn eine Gabel. Sie schneiden den Bacon mit der Axt aus dem Holzblock. Das Maismehl wird mit etwas Wasser vermischt, ins Feuer gelegt und gebacken. Wenn es „gut braun" ist wird die Asche abgekratzt; dann darf der Bewohner der Hütte endlich auf den Boden sitzen und sein Abendmahl einnehmen. Üblicherweise ist es nun Mitternacht. Die gleiche Angst, die ihn vor der Wiegestelle ergriffen hat, packt ihn auch jetzt, da er sich zur kurzen Ruhe bettet. Es ist die Angst davor, am Morgen zu verschlafen. Solch ein Vergehen wurde mit mindestens zwanzig Peitschenhieben bestraft. Mit einem Gebet, dass er beim ersten Klang der Fanfare auf seinen Füßen und hellwach wäre, sinkt er in seinen nächtlichen Schlummer.

Die weichen Sofas, die es sonst überall gibt, wird man in der Holzhütte eines Sklaven nicht finden. Mein Sofa, auf dem ich mich Jahr für Jahr zur Ruhe begab, war eine Holzbohle von ungefähr dreißig Zentimetern Breite und drei Metern Länge. Mein Kissen war ein Holzstock und mein Bettzeug bestand aus einer groben Decke – sonst gab es keinen Fetzen oder Lappen Stoff. Man konnte Moos benutzen, aber darin hätten sofort Schwärme von Fliegen gebrütet.

Die Hütte ist aus Holzbalken gefertigt und es gibt weder Boden noch Fenster. Letztere waren sowieso unnötig, denn die Hälse zwischen den Balken ließen genug Licht herein. Wenn es stürmt, treibt der Wind dort auch den Regen herein, was außerordentlich trostlos und lästig ist.

Die grob gezimmerte Tür hängt an großen, hölzernen Scharnieren. In einer Ecke der Hütte war eine unförmige Feuerstelle.

Eine Stunde vor Sonnenaufgang ertönt die Fanfare. Dann stehen die Sklaven auf, bereiten ihr Frühstück zu, füllen eine Kalebasse mit Wasser und eine andere mit kaltem Bacon und Maisfladen und eilen erneut zu den Feldern. Wenn man nach Tagesanbruch in den Quartieren aufgegriffen wird, folgt diesem Verstoß eine ordentliche Tracht Prügel. Dann beginnen die Ängste und Mühen eines neuen Tages; und bis zu seinem Ende gibt es keine Rast. Er fürchtet sich davor, während des Tages beim Bummeln erwischt zu werden; er fürchtet sich davor, die Wiegestelle mit zu wenig Baumwolle im Korb zu erreichen; er fürchtet sich davor, sich hinzulegen und am nächsten Morgen zu verschlafen. Dies ist eine wahrheitsgetreue, genaue und nicht übertriebene Schilderung des täglichen Lebens eines Sklaven während der Baumwollernte am Bayou Boeuf.

Im Januar ist normalerweise das vierte und letzte Pflücken abgeschlossen. Dann beginnt die Maisernte. Dieser wird als sekundäres Getreide angesehen und erhält weit weniger Augenmerk als die Baumwolle. Er wird, wie schon erwähnt, im Februar gepflanzt. Mais wird in dieser Gegend nur dafür angepflanzt, Schweine zu mästen und Sklaven satt zu kriegen; sehr wenig davon wird auf dem Markt verkauft, wenn überhaupt. Er wird hier über drei Meter groß und hat riesige Ähren. Im August werden die Blätter entfernt, in der Sonne getrocknet, gebündelt und als Trockenfutter für die Ochsen und Maultiere verwendet. Danach gehen die Sklaven durchs Feld und biegen die Ähre nach unten, um so das Getreide vor dem Regen zu schützen. In diesem Zustand bleibt das Feld, bis die Baumwollernte früher oder später vorbei ist. Dann werden die

Ähren vom Halm getrennt und mit der Schale in der Scheune gelagert; ohne Schale wäre die Ernte ein gefundenes Fressen für den Kornkäfer. Die Halme bleiben einfach auf dem Feld stehen.

Auch die Süßkartoffel, in diesen Regionen „Carolina" genannt, wird angebaut. Sie wird aber nicht an Schweine oder das Vieh verfüttert und hat nur wenig Bedeutung. Sie wird gelagert, indem man sie einfach auf den Boden legt und mit etwas Erde oder Getreidehalmen bedeckt. Es gibt im Bayou Boeuf keine Keller. Es liegt so niedrig, dass jeder unterirdische Bau sofort mit Wasser voll laufen würde. Kartoffeln werden für einen oder eineinhalb Schilling pro hundert Liter gehandelt. Dasselbe gilt für Mais, außer da, wo er ungewöhnlich selten vorkommt.

Sobald die Baumwolle und die Maisähren gelagert sind, werden die Halme gezogen, auf große Haufen geworfen und verbrannt. Zur gleichen Zeit fahren die Pflüge wieder, werfen die Furchen auf und bereiten damit die nächste Aussaat vor. Die Erde in den Pfarreien Rapides und Avoyelles, und soweit ich das beurteilen kann auch im Rest dieser Region, ist überaus reichhaltig und fruchtbar. Es ist eine Art Mergel von brauner oder roter Färbung. Man braucht hier nicht diese kräftigenden Komposterden wie in den Ödlande und ein und dasselbe Feld kann jahrelang das gleiche Getreide tragen.

Pflügen, säen, Baumwolle ernten, den Mais einsammeln und das Ziehen und Verbrennen der Halme nehmen alle vier Jahreszeiten in Anspruch. Holz fällen und hacken, Baumwolle pressen und Schweine mästen und töten läuft nebenbei her.

Im September und Oktober werden die Schweine von den Bluthunden aus den Sümpfen getrieben und in Ställe gepfercht. An einem kalten Morgen, typischerweise um Neujahr, werden sie geschlachtet. Jeder Rumpf wird in sechs Teile gehackt und in Salz in der Räucherkammer gestapelt, einer über dem anderen. So verbleibt das Fleisch für ungefähr vierzehn Tage. Dann wird es aufgehängt, ein Feuer darunter entzündet und für fast ein halbes Jahr immer wieder geräuchert. Dieses gründliche Räuchern ist nötig, damit sich das Fleisch nicht mit Würmern infiziert. In solch warmen Klimazonen ist es sehr schwer, es zu konservieren und meine Gefährten und ich haben nicht nur einmal unsere wöchentliche Ration voll mit diesem ekligen Gewürm erhalten.

Obwohl die Sümpfe nur so wimmeln vor Vieh, ist dieses doch keine Geschäftsquelle, zumindest keine bedeutende. Der Pflanzer schneidet seine Markierung ins Ohr oder brandmarkt das Tier auf der Seite und treibt es wieder in die Sümpfe. Dort können die Herden in diesen fast grenzenlosen Gegenden herum streifen. Das Vieh ist von der spanischen Rasse, klein und mit spitzen Hörnern. Ich habe erfahren, dass auch Herden aus dem Bayou Boeuf verkauft worden sind, aber dies geschieht wirklich nur sehr selten. Eine Kuh ist etwa fünf Dollar wert. Zwei Liter Milch pro Melken ist schon ein überdurchschnittlich großer Ertrag. Sie produzieren nur ein wenig Talg und der ist weich und von minderer Qualität. Und obwohl sich enorme Mengen von Kühen in den Sümpfen herumtreiben, sind die Pflanzer dem Norden für ihren Käse und ihre Butter zu Dank verpflichtet. Diese Erzeugnisse kann man in New Orleans auf dem Markt kaufen. Gesalzenes Rindfleisch wird weder in den „großen Häusern", noch in den Hütten der Sklaven verzehrt.

Master Epps besuchte üblicherweise Schießwettbewerbe, um dort seinen Bedarf an frischem Rindfleisch zu decken. Diese Wettbewerbe fanden jede Woche im Nachbarort Holmesville statt. Dort werden fette Rinder getrieben und zu einem vorher festgelegten Preis erschossen. Der glückliche Schütze verteilt das Fleisch unter seinen Kameraden und auf diese Weise werden alle dort weilenden Pflanzer versorgt.

Die große Anzahl zahmen und wilden Viehs in den Wäldern und Sümpfen des Bayou Boeufs hat die Franzosen vermutlich zur Namensgebung desselben angeregt. Das Wort bedeutet, aus dem Französischen übersetzt, „Fluss (oder Bach) des wilden Ochsen".

Gartenprodukte, wie Kohl oder Rüben, werden ausschließlich für den Herrn und dessen Familie angebaut. Diese verfügen über Gemüse und Grünpflanzen zu jeder Jahreszeit. „Das Grass verwitteret und die Blume verblühet" vor den zerstörenden Winden der kalten nördlichen Breitengrade, aber in den warmen Ebenen des Bayou Boeufs gibt es selbst mitten im Winter Grün und blühende Blumen.

Es gibt keine Wiesen, die für den Anbau von Gras bestimmt sind. Die Maisblätter sind mehr als ausreichend für eine gute Ernährung des Arbeitsviehs. Der Rest findet sein Fressen im Überfluss auf den immergrünen Weiden im Bayou.

Es gibt viele Besonderheiten in Bezug auf Klima, Gewohnheiten, Bräuchen und der Lebens- und Arbeitsweise im Süden, aber das nunmehr beschriebene gibt dem Leser zumindest einen Einblick und eine ungefähre Ahnung vom Leben auf einer Baumwollplantage in Louisiana. Der Anbau von Rohrzucker und der Vorgang der Zuckergewinnung soll an anderer Stelle beschrieben werden.

KAPITEL 13

Nach meiner Ankunft bei Master Epps befolgte ich seine Anweisung und fertigte mir einen Axtstiel. Die Stiele, die hier verwendet wurden, bestehen einfach aus einem runden, geraden Stock. Ich machte mir einen gebogenen Stiel, so wie ich es aus dem Norden gewohnt war. Als ich fertig war und ihn Master Epps zeigte, war dieser so erstaunt, dass er völlig ahnungslos war, was ich ihm da zeigte. Er hatte noch nie so einen Stiel gesehen und, als ich ihm seine Vorteile erklärte, war schier überwältigt von dieser grandiosen Idee. Er behielt ihn sehr lange in seinem Haus und zeigte ihn seinen Freunden als Objekt der Schaulust.

Es war die Saison des Hackens. Ich wurde zuerst ins Maisfeld beordert und musste hinterher Baumwolle kratzen. Diese Arbeit blieb mir erhalten, bis die Zeit des Hackens fast beendet war. Dann spürte ich, wie ich krank wurde. Immer wieder bekam ich Schüttelfrostattacken, auf die Fieber folgte. Ich wurde schwach und ausgemergelt und oft war mir so schwindlig, dass ich taumelte und schwankte wie ein Betrunkener. Nichtsdestotrotz musste ich weiterarbeiten. Als ich gesund war, hatte ich keine Schwierigkeiten, das Tempo meiner Gefährten mitzugehen – aber jetzt war das ganz und gar unmöglich. Oft fiel ich zurück und bekam die Peitsche des Treibers auf meinem Rücken zu spüren, meinem kranken Körper zumindest kurzzeitig Energie einflößend. Ich wurde immer schwächer und irgendwann hatte auch die Peitsche keine Wirkung mehr. Der schärfste Stich des Leders konnte mich nicht mehr anstacheln. Im September schließlich, als die geschäftige Saison der Baumwollernte vor der Tür stand, konnte ich meine Hütte nicht mehr verlassen. Bis zu dieser Zeit hatte ich weder Medikamente, noch die Beachtung durch meinen Herrn oder meine Herrin erhalten. Der alte Koch besuchte mich manchmal und machte mir Maiskaffee oder briet mir ein Stück Bacon, wenn ich zu schwach dazu war.

Als man sagte, dass ich sterben werde und Master Epps nicht gewillt war, den Tod eines Tieres, für das er tausend Dollar bezahlt hatte, in Kauf zu nehmen, beschloss er die Ausgaben für einen Besuch von Dr. Hines aus Holmesville auf sich zu nehmen. Dieser erklärte Epps, dass meine Krankheit auf das Klima zurückzuführen sei und es durchaus möglich wäre, dass er mich verliert. Ich wurde angewiesen, kein Fleisch zu essen und nicht mehr Nahrung zu mir zu nehmen als die, die zur Lebenserhaltung absolut notwendig sei. Es vergingen mehrere Wochen, während denen ich mit Hilfe der kärglichen Diät, die ich zu mir nehmen musste, teilweise gesundete. Eines Morgens, lange bevor ich in einer akzeptablen Arbeitsverfassung war, erschien Epps in meiner Hütte und brachte mir einen Sack, mit dem ich aufs Baumwollfeld sollte. Zu diesem Zeitpunkt hatte ich keinerlei Erfahrung mit dem Pflücken von Baumwolle. Es war ein schwieriges Unterfangen, meine Güte. Während andere mit beiden Händen und mit einer mir unverständlichen Präzision und Fingerfertigkeit die Baumwolle rupften und in ihrem Sack deponierten, musste ich die Samenkapsel mit einer Hand festhalten und mit der anderen bedachtsam die weiße, herausquellende Blüte sammeln.

Die Baumwolle im Sack zu verstauen war außerdem eine Schwierigkeit, die eine gehörige Koordination von Hand und Auge verlangte. Ich musste sie mindestens genau so oft vom Boden aufheben, wo sie hingefallen war, wie vom Halm pflücken, wo sie gewachsen ist. Ich richtete auch unter den mit noch geschlossenen Samenkapseln behängten Zweigen große Verwüstung an; der hinderliche Sack schwang auf meinem Rücken in einer Art und Weise hin und her, die im Baumwollfeld überhaupt nicht geht. Nach einem sehr beschwerlichen Tag kam ich mit meiner Ladung an der Wiegestelle an. Als die Waage nicht mal vierzig Kilogramm anzeigte, nicht mal die Hälfte der Menge, die auch der schlechteste Pflücker bringen musste, drohte mir Epps die härteste Auspeitschung an – beschloss aber dann, mich zu begnadigen, da ich ja noch „eine ungelernte Kraft" war. Auch am nächsten Tag und noch viele Tage darauf kam ich des Abends mit gleichbleibendem Ergebnis zur Wiegestelle. Offensichtlich war ich für diese Art Arbeit nicht geeignet. Ich hatte nicht das Talent, nicht die wieselflinken Finger und die schnellen Bewegungen, mit denen Patsey sozusagen im Vorbeiflug und mit irrem Tempo die reine und flauschige weiße Baumwollpracht erntete. Jedes Üben und auch die Peitsche waren vergeblich und Epps, dem es irgendwann reichte, fluchte, dass ich eine Schande sei – dass mich nichts mit den Fähigkeiten eines „Baumwollniggers" verbinden würde – dass ich an einem Tag nicht mal soviel pflücken würde, um das Wiegen bezahlen zu können und dass er mich nicht mehr aufs Baumwollfeld schicken würde. Nun durfte ich Holz schlagen und schleppen, die Baumwolle vom Feld zur Wiegestelle ziehen oder andere Arbeiten verrichten. Es versteht sich von selbst, dass ich nie untätig sein durfte.

Selten ging ein Tag zur Neige, ohne dass ein oder mehr Sklaven ausgepeitscht wurden. Dies geschah meist beim Wiegen der Baumwolle. Der Delinquent, der zu wenig eingesammelt hatte, wurde herausgebracht, ausgezogen und musste mit dem Gesicht nach unten auf den Boden liegen. Dann erhielt er eine dem Vergehen angemessene Strafe. Es ist die ungeschminkte und reine Wahrheit, dass man während der Baumwollernte auf Epps Plantage das Singen der Peitsche und das Kreischen der Sklaven den ganzen Tag, von morgens bis abends, hören konnte.

Die Anzahl der Peitschenhiebe errechnet sich aus der Schwere des Vergehens. Fünfundzwanzig sind so gut wie nichts und werden schon verhängt, wenn ein trockenes Blatt oder eine Samenkapsel in der Baumwolle gefunden wird, oder wenn ein Zweig abgebrochen worden ist; fünfzig ist die normale Menge für alle Vergehen darüberhinaus; hundert zu bekommen ist eine ernste Angelegenheit – die erhält man, wenn man untätig im Feld herumsteht. Hundertundfünfzig bis zweihundert bekommt der, der mit seinen Hüttengenossen streitet und fünfhundert sollen dem Flüchtling wochenlange Schmerzen und Qualen bereiten.

Während seiner zwei Jahre auf der Plantage am Bayou Huff Power hatte Epps die Angewohnheit, mindestens einmal in vierzehn Tagen betrunken aus Holmesville zurückzukehren. Die Schießwettbewerbe resultierten fast immer in einem Saufgelage. Dann war er unbändig und fast wahnsinnig. Oft zerstörte er Geschirr, Stühle oder was immer ihm in die Hände fiel. Nachdem er sich im Haus amüsiert hatte, holte er die Peitsche und ging in den Hof. Dann mussten die Sklaven sehr vorsichtig und wachsam sein. Der Erste, der in seiner Nähe auftauchte, bekam die Peitsche zu spüren. Manchmal ließ er sie stundenlang zwischen den Hütten herumrennen. Wenn er einen unachtsamen Sklaven erwischte und diesem einen vollen Schlag versetzen konnte, erfreute ihn das zutiefst. Gerade die jüngeren Kinder und die alten Leute mussten darunter leiden. Und immer wenn die Verwirrung am Größten war, stellte er sich listig hinter eine Hütte und wartete mit erhobener Peitsche, bis er sie in das erste schwarze Gesicht, das um die Ecke lugte, herunterfahren lassen konnte.

Ab und zu war seine Laune auch etwas besser, wenn er heimkam. Dann war Frohsinn angesagt. Alle mussten zu seiner Melodie tanzen. Dann wollte Master Epps seine melodiösen Ohren mit dem Klang einer

Geige verwöhnen lassen. Dann wurde er heiter und „trippelte auf Zehenspitzen" lustig auf dem Vorplatz herum und durchs ganze Haus.

Als Tibeats mich verkaufte, informierte er Epps auch über meine Fähigkeiten als Geigenspieler. Dies wiederum hatte er von Ford erfahren. Das beharrliche Bedrängen seiner Frau hat Master Epps schließlich während eines Besuchs in New Orleans dazu verleitet, mich zu kaufen. Hin und wieder rief er mich ins Haus, um vor der Familie zu spielen und seine Frau war ein besonders leidenschaftlicher Freund der Musik.

Wann immer Epps von einer Sauftour heimkehrte und in Tanzlaune war, mussten wir uns alle im größten Raum des Hauses versammeln. Egal wie müde und erschöpft wir waren, jeder musste tanzen. Als alle ordentlich aufgestellt waren, begann ich eine Melodie anzustimmen.

„Tanzt, ihr verdammten Nigger, tanzt", schrie Epps dann.

Dann durfte man nicht mehr zögerlich sein und es galten keine langsamen oder matten Bewegungen mehr; alles musste lebhaft, munter und rege vor sich gehen. „Rauf und runter, Ferse und Zehen, und los geht's", war das Motto der Stunde. Epps' beleibter Körper mischte sich unter den seiner dunklen Sklaven und alles bewegte sich schnell durch das Labyrinth des Tanzes.

Für gewöhnlich trug Epps auch hier die Peitsche in der Hand, bereit sie dem vermessenen Leibeigenen, der kurz nach Atem rang oder gar eine Pause einlegte, um die Ohren zu jagen.

Wenn er müde war, gab es eine kurze Pause; aber nur eine sehr kurze. Mit einem Schnalzer der Peitsche schrie er wieder „Tanzt, Nigger, tanzt"; dann fing alles von vorne an. Ich saß derweil in einer Ecke und entlockte meiner Geige, angespornt durch eine gelegentliche Berührung mit der Peitsche, eine schnelle Melodie nach der anderen. Die Herrin rügte ihn oft und drohte, sie würde in das Haus ihres Vaters nach Cheneyville zurückkehren; nichtsdestotrotz konnte sie manchmal, wenn er wieder einen seiner Späße trieb, einen Lachanfall nicht vermeiden. Manchmal wurden wir so bis in den frühen Morgen festgehalten. Gezeichnet von der harten Arbeit, nach nichts anderem verlangend als einer erfrischenden Ruhepause, den Wunsch im Kopf, sich auf den Boden zu werfen und zu weinen – Edwin Epps' unglückliche Sklaven verbrachten so manche Nacht tanzend und jauchzend in seinem Haus.

Ungeachtet dieses Schlafentzugs, um die Launen eines unvernünftigen Herrn zu befriedigen, mussten wir dennoch bei Sonnenaufgang auf dem Feld sein und unsere angestammten Tätigkeiten wieder aufnehmen. Auch wurde diese Entbehrung nicht als Strafmilderungsgrund akzeptiert, wenn jemand zu wenig Baumwolle im Korb hatte oder im Maisfeld nicht mit der üblichen Geschwindigkeit hackte. Die Auspeitschungen waren genauso schmerzhaft wie nach einer kräftigenden und belebenden Nachtruhe. Im Gegenteil, Epps war nach solchen wilden Ausschweifungen oft noch unbarmherziger als sonst. Er bestrafte für weit geringere Taten und schlug die Peitsche noch rachsüchtiger und intensiver.

Ich plackte zehn Jahre für diesen Mann, ohne jede Belohnung. Zehn Jahre meiner beständigen Arbeit haben seinen Wohlstand wachsen lassen. Zehn Jahre musste ich ihn mit nach unten geneigten Augen und unbedecktem Kopf anreden – mit der Haltung und in der Sprache eines Sklaven. Ich schulde ihm nichts, außer vielleicht unverdiente Misshandlungen und Striemen.

Außerhalb der Reichweite dieses unmenschlichen Bastards und heute, da ich Gott sei Dank auf dem Boden des freien Staats stehe, in dem ich geboren worden bin, kann ich meinen Kopf wieder unter Menschen erheben. Ich kann mit offenen Augen von dem Unrecht, das mir widerfahren ist und denen, die es mir angetan haben, erzählen. Aber ich habe kein Verlangen von ihm, oder jedem anderen, unwahr zu reden. Von Edwin Epps wahrheitsgemäß zu berichten, wäre zu sagen – dass er ein Mensch ist, in dessen Herz die Eigenschaften von Gerechtigkeit und Güte komplett fehlen. Eine raue, grobe Energie, in Verbindung mit einem unkultivierten und habgierigen Geist, ist das, was ihn am meisten auszeichnet. Er ist, ob seiner Fähigkeiten jeden noch so unwilligen Sklaven zu unterwerfen, als der „Niggerbrecher" bekannt; und er brüstet sich mit diesem Ruf genau wie es ein Jockey tut, dessen Geschicklichkeit es vermag, ein widerspenstiges Pferd zu zähmen. Er betrachtete einen farbigen Mann nicht als menschliches Wesen, das nur seinem Schöpfer gegenüber verantwortlich ist, sondern als „Viehbesitz", als lebendiges Eigentum, das nicht besser ist als sein Maultier oder ein Hund. Als man ihm den unwiderlegbaren und klaren Beweis vorlegte, dass ich ein freier Mann war und genau das gleiche Recht auf Freiheit hatte, wie er selbst – als er an dem Tag, als ich gehen durfte, erfuhr, dass ich eine Frau und Kinder hatte, die mir genau so lieb waren wie ihm seine eigenen, tobte und fluchte er nur. Er verunglimpfte das Gesetz, das mich ihm entzog und erklärte, dass er alles Geld aufbieten werde, um den zu finden und zu töten, der meinen Aufenthaltsort verraten hatte. Er dachte an nichts anderes als seinen Verlust und verfluchte mich dafür, dass ich frei geboren worden war. Er hätte unbewegt dabei zugesehen, wie man seinen armen Sklaven die Zungen herausriss, sie über prasselndem Feuer verbrannte oder Hunde sie zerfleischten – wenn es ihm nur Gewinn brachte. Solch ein harter, grausamer und ungerechter Mann war Edwin Epps.

Es gab am Bayou Boeuf nur noch einen, der ihn an Grausamkeit übertraf. Wie schon berichtet, wurde die Plantage von Jim Burns ausschließlich von Frauen bewirtschaftet. Der Barbar hielt ihre Rücken in einem so wunden und offenen Zustand, dass sie die tägliche Sklavenarbeit nicht mehr verrichten konnten. Er prahlte mit seiner Grausamkeit und wurde im ganzen Umland als noch kompromissloser und energischer als Epps angesehen. Da er selbst ein Vieh war, hatte er nicht einen Funken Gnade für das ihm untergebene Vieh und peitsche sich selbst, ein Narr der er war, die Kraft der Sklaven, von der sein Gewinn abhing, weg.

Epps blieb zwei Jahre auf Huff Power. Nachdem er dort genug Geld verdient hatte, kaufte er die Plantage am Ostufer des Bayou Boeufs, auf der er heute noch residiert. Er kaufte diese 1845. Neun seiner Sklaven nahm er mit dorthin. Mit Ausnahme von mir und Susan, die gestorben ist, leben alle noch dort. Er hat seither keinen Sklaven mehr zugekauft und acht Jahre lang waren die folgenden Namen meine Gefährten dort: Abram, Wiley, Phebe, Bob, Henry, Edward und Patsey. Er hatte sie alle, mit Ausnahme von Edward, der da noch nicht geboren war, nach seiner Zeit als Aufseher bei Archy B. Williams erworben. Dessen Plantage liegt am Ufer des Red River, nicht weit von Alexandria.

Abram war riesig, gut einen Kopf größer als der durchschnittliche Mann. Er ist jetzt sechzig und stammt aus Tennessee. Mit vierzig wurde er von einem Händler gekauft, nach South Carolina gebracht und dort an James Buford im Williamsburg County weiter gehandelt. In seiner Jugend war er bekannt für seine große Stärke, aber die unaufhörliche Plackerei hat seine mächtige Erscheinung mittlerweile schwinden und ihn geistesschwach werden lassen.

Wiley ist achtundvierzig. Er wurde auf dem Anwesen von William Tassle geboren und war viele Jahre für dessen Fähre über den Big Black River in South Carolina verantwortlich.

Phebe war Sklavin bei Buford, einem Nachbarn von Tassle und nachdem sie Wiley geheiratet hatte drängte sie Buford, auch diesen zu kaufen. Buford war ein zuvorkommender Mensch, damals noch Sheriff des Countys und ein reicher Mann.

Bob und Henry sind die Kinder Phebes und ihres ersten Mannes, den sie für Wiley verlassen hatte. Der verführerische junge Mann hatte sich Phebes Liebe erschlichen und die treulose Ehefrau setzte daraufhin tatsächlich ihren ersten Gatten vor die Tür. Edward war ihnen am Bayou Huff Power geboren worden.

Patsey ist dreiundzwanzig und stammt ebenfalls von Bufords Plantage. Sie besitzt keinerlei Verbindung zu den anderen aber genießt es, dass sie ein Abkömmling eines „Guinea Niggers" ist, der mit einem Schiff aus Kuba hergebracht und später an Buford verkauft wurde, welcher wiederum Besitzer ihrer Mutter war.

Dies ist der genealogische Abriss der Sklaven meines Herrn, so wie ich ihn selbst erfahren habe. Sie waren viele Jahre zusammen. Oft kamen ihnen Erinnerungen an bessere Tage in den Sinn und sie trauerten ihrem Dasein in Carolina nach. Ihr Master Buford kam in Schwierigkeiten, was in Folge noch viel größere Schwierigkeiten für sie bedeutete. Er verschuldete sich mehr und mehr und konnte das ihn verlassende Glück nicht aufhalten; irgendwann musste er die oben genannten und noch mehr Sklaven verkaufen. In Fußketten wurden sie an den Mississippi zur Plantage von Archy B. Williams getrieben. Edwin Epps, der viele Jahre sein Sklaventreiber und Aufseher gewesen war und zu dieser Zeit selbst ins Geschäft einsteigen wollte, akzeptierte sie als Lohn.

Der alte Abram war ein gutmütiger Kerl – eine Art Patriarch unter uns, dem es Spaß machte, die Jugend mit traurigen und ernsten Reden zu unterhalten. Er war sehr versiert in der Philosophie, die in den Sklavenhütten verbreitet wird; sein größtes Hobby aber war General Jackson, dem sein junger Herr in Tennessee in den Krieg gefolgt ist. Er liebte es, seine Gedanken zurückwandern zu lassen an den Ort, wo er geboren wurde und die Szenen seiner Jugend während der Jahre, in denen das Land unter Waffen stand, zu erzählen. Er war mal sehr athletisch und kühner und kräftiger als die meisten seiner Rasse, aber nun war sein Auge trüb geworden und seine Kraft war dahin geschwunden. Wenn er gerade wieder darüber diskutierte, wie man am besten Maisfladen backt oder die Taten Jacksons ausführlich beleuchtete, vergaß er sehr oft, wo er gerade seinen Hut, seine Hacke oder seinen Korb gelassen hatte; und dann wurde der alte Mann ausgelacht, wenn Epps abwesend war und ausgepeitscht, wenn er da war. Er wurde immer verwirrter und seufzte darüber, dass er alt wurde und langsam vertrottelte. Die Philosophie, Jackson und die Vergesslichkeit hatten ihm übel mitgespielt und es war klar, dass alles zusammen die grauen Haare von Onkel Abram bald unter die Erde bringen würde.

Tante Phebe war ein sehr guter Erntehelfer gewesen, wurde aber zuletzt in der Küche eingesetzt, wo sie dann auch blieb. Sie war ein durchtriebenes, altes Weib und, wenn ihr Herr oder ihre Herrin nicht in der Nähe waren, äußerst geschwätzig.

Wiley dagegen war sehr still. Er erledigte seine Aufgabe ohne Murren oder Beschwerden und leistete sich nur selten den Luxus des Redens – außer, um immer wieder den Wunsch zu äußern, dass er gerne weg wäre von Epps und zurück in South Carolina.

Bob und Henry waren zwanzig, beziehungsweise dreiundzwanzig Jahre alt und hatten nichts Außergewöhnliches an sich. Edward, ein Junge von dreizehn Jahren, war noch nicht im Mais zu gebrauchen und blieb im „großen Haus" und wartete dort auf die kleinen Eppses.

Patsey war schlank und gerade. Sie stand so aufrecht, wie es ein menschlicher Körper nur kann. Sie hatte immer eine Aura der Erhabenheit um sich, die weder Arbeit, noch Erschöpfung oder Bestrafung zerstören konnten. Patsey war ein glänzendes Exemplar unserer Rasse und wäre, hätte die Gefangenschaft nicht ihren Intellekt mit ewiger Dunkelheit verhüllt, ein Häuptling über Zehntausende unseres Volkes gewesen. Sie konnte über die höchsten Zäune springen und nur ein Hund auf der Flucht hätte sie beim Rennen überholen können. Kein Pferd hat sie jemals abgeworfen. Sie war ein geschickter Mannschaftsführer. Sie machte so gute Furchen wie kaum ein anderer und beim Spalten der Halme übertraf sie niemand. Wenn des Nachts der Befehl kam, die Arbeit zu beenden, hatte sie ihre Maultiere schneller bei der Scheune, abgezäumt, gefüttert und gestriegelt als Onkel Abram seinen Hut fand. Aber für keine dieser Eigenschaften war sie berühmt. Nur während der Baumwollernte machten sie die blitzartigen Bewegungen ihrer Finger, die niemand anders imitieren konnte, zur Königin des Feldes.

Sie hatte eine angenehme und freundliche Natur und war treu und ergeben. Sie war von Natur aus ein fröhliches Geschöpf, ein lachendes und unbeschwertes Mädchen, das sich schon an seiner Existenz erfreute. Und doch weinte Patsey öfter und litt mehr als ihre Gefährten. Sie war regelrecht gehäutet worden. Ihr Rücken trug die Narben von tausend Schlägen; nicht, weil sie mit der Arbeit hinterherhinkte oder aufrührerisch oder gedankenlos war; nur weil es ihr Schicksal war, in die Hände eines zügellosen Herrn und dessen eifersüchtiger Frau zu fallen. Sie stahl sich vor dem lustvollen Auge des einen davon und musste vor der anderen sogar um ihr Leben zittern – und zwischen den beiden war sie wirklich verflucht. Im „großen Haus" hörte man tagelang wütendes und lautes Geschrei, die Bewohner entfremdeten sich und schmollten und sie war der unschuldige Grund dafür. Nichts erfreute ihre Herrin so sehr, wie sie leiden zu sehen und mehr als einmal, nachdem Epps sich geweigert hatte, sie zu verkaufen, wollte sie mich bestechen, Patsey heimlich umzubringen und ihre Leiche an einem einsamen Ort im Sumpf verschwinden zu lassen. Wenn es in ihrer Macht gestanden wäre, hätte Patsey diese unnachgiebige Person nur zu gerne beruhigt. Sie wagte es aber nicht, wie Josef in der Bibel, zu fliehen und wandelte von da an unter einem Schatten. Wenn sie auch nur ein Wort gegen den Willen ihres Herrn äußerte, wurde sofort die Peitsche geschwungen, um sie zur Räson zu bringen; wenn sie in ihrer Hütte oder im Hof nicht wachsam war, traf sie ein hölzerner Knüppel oder ein abgeschlagener Flaschenhals aus der Hand ihrer Herrin unerwartet im Gesicht. Patsey war das versklavte Opfer zwischen Lust und Hass und hatte keinen Spaß am Leben.

Dies waren meine Freunde und Gefährten, mit denen ich aufs Feld getrieben wurde und mit denen ich zehn Jahre in den Holzhütten von Edwin Epps leben musste. Wenn sie noch leben sollten, malochen sie heute noch an den Ufern des Bayou Boeuf und werden niemals, wie ich heute, die gesegnete Luft der Freiheit atmen oder die schweren Fesseln ihrer Gefangenschaft abschütteln – bis sie eines Tages dort im Staub begraben sein werden.

KAPITEL 14

Im ersten Jahr von Epps' Residenz am Bayou, das war 1845, vernichteten Raupen fast die gesamte Baumwollernte in der Region. Es gab wenig zu tun und die Sklaven waren die meiste Zeit untätig. Dann schwappte das Gerücht ins Bayou, dass es auf den Zuckerplantagen in der Pfarrei St. Mary's eine große Nachfrage nach Arbeitern und gute Löhne gab. Die Pfarrei liegt direkt am Golf von Mexiko, ungefähr hunderundvierzig Meilen von Avoyelles entfernt. Ein großer Strom namens Rio Teche durchfließt St. Mary's auf seinem Weg zum Golf.

Nach Erhalt dieser Nachricht beschlossen die Pflanzer, einen Sklavenzug zusammenzustellen und diesen nach Tuckapaw in St. Mary's zu schicken, wo die Sklaven dann in die Zuckerrohrfelder verliehen werden sollten. Im September waren dann entsprechend einhundert siebenundvierzig Sklaven in Holmesville versammelt, darunter auch Abram, Bob und ich. Etwa die Hälfte waren Frauen. Epps, Alonson Pierce, Henry Toler und Addison Roberts waren die Weißen, die ausgewählt wurden, den Zug zu begleiten. Sie hatten eine zweispännige Kutsche und zwei gesattelte Pferde zu ihrer Verfügung. Ein großer Planwagen, der von vier Pferden gezogen und von John gelenkt wurde, transportierte die Decken und Vorräte.

Nach dem Essen, gegen zwei Uhr nachmittags, wurden die Vorbereitungen für die Abreise getroffen. Meine Aufgabe war es, auf die Decken und Vorräte aufzupassen und dafür zu sorgen, dass nichts verloren ging. Die Kutsche fuhr voran, dann folgten der Planwagen und dahinter die Sklaven. Zwei Reiter stellten die Nachhut und so verließ die Prozession Holmesville.

In dieser Nacht erreichten wir die etwa zehn oder fünfzehn Meilen entfernte Plantage eines Mr. McCrow. Dort stoppten wir und bauten große Lagerfeuer. Jeder breitete seine Decke aus und legte sich darauf. Die Weißen nächtigten im „großen Haus". Eine Stunde vor Tagesanbruch wurden wir von den Treibern, die ihre Peitschen schwangen und uns aufzustehen befahlen, geweckt. Die Decken wurden eingerollt, bei mir abgeliefert und im Wagen verstaut. Dann setzte sich der Zug wieder in Gang.

In der folgenden Nacht regnete es heftig. Wir waren alle vollkommen durchnässt und unsere Kleidung mit Matsch und Wasser getränkt. Wir kamen zu einer offenen Scheune, die früher als Wiegestelle gedient haben musste, und fanden darin soviel Schutz wie möglich. Es gab nicht für alle Platz zum Liegen. Dort lagen wir aneinander gekauert die Nacht über und setzten unseren Marsch, wie gewohnt, am nächsten Morgen fort. Während der Reise bekamen wir zwei Mahlzeiten am Tag und kochten den Bacon und backten die Maisfladen genau wie in unseren Hütten. Wir kamen durch Lafayetteville, Mountsville und Newtown nach Centreville, wo Bob und Onkel Abram verliehen wurden. Unsere Anzahl verringerte sich ständig, da jede Zuckerplantage auf dem Weg einen oder mehrere von uns brauchte.

Auf dem Weg passierten wir die Grand Coteau, eine Prärie gigantischen Ausmaßes. Dies ist eine monotone Gegend ohne Bäume, mit Ausnahme von ganz wenigen, die man neben irgendwelche zerstörten Gebäude gesetzt hatte. Die Grand Coteau war einst gut bevölkert und man trieb Ackerbau; aber aus einem unbestimmten Grund hat man sie aufgegeben. Die wenigen verbliebenen Einwohner, die noch dort wohnen, leben von der Viehzucht. Riesige Herden grasten entlang unseres Zugs. In der Mitte dieser Prärie fühlt man sich, als ob man auf dem Meer wäre ohne jede Sicht auf Land. So weit das Auge reicht, gibt es nur abgewirtschaftetes und verlassenes Ödland.

Ich wurde an Judge Turner, einen angesehenen Großpflanzer, verliehen. Sein enormes Anwesen liegt am Bayou Salle nur ein paar Meilen von der Golfküste entfernt. Bayou Salle ist ein kleiner Fluss, der in die Bucht von Atchafalaya mündet. Einige Tage war ich damit beschäftigt, Turners Lagerhaus zu reparieren. Dann drückte man mir ein Rohrmesser in die Hand und ich wurde mit dreißig oder vierzig anderen in die Felder geschickt. Das Schneiden des Zuckerrohrs bereitete mir lange nicht soviel Schwierigkeiten wie die Baumwollernte. Ich begriff instinktiv und innerhalb kurzer Zeit hielt ich mit dem schnellsten Messer mit. Bevor die ganze Arbeit dort getan war, holte mich Judge Tanner vom Feld zurück ins Lagerhaus, um dort als Treiber zu fungieren. Wenn der Prozess der Zuckerfertigung einmal begonnen hat, wird Tag und Nacht gemahlen und gekocht. Ich bekam eine Peitsche und die Anweisung, sie jedem zu geben, der untätig herum stand. Sollte ich dies nicht beherzigen, gab es eine zweite, die für meinen Rücken bestimmt war. Zusätzlich bekam ich die Aufgabe, die verschiedenen Gruppen zur rechten Zeit an- und abrücken zu lassen. Ich hatte keine geregelten Pausen und konnte immer nur ein paar Momente schlafen.

In Louisiana, und ich glaube auch in anderen Sklavenstaaten, ist es Brauch, dass ein Sklave, der an einem Sonntag arbeitet, die dafür erhaltene Entlohnung – was immer dies auch war – behalten durfte. Nur so ist es möglich, sich ab und zu ein kleines Stückchen Luxus oder Bequemlichkeit zu verschaffen. Wenn ein Sklave, ob gekauft oder im Norden gekidnapped, zu einer Hütte am Bayou Boeuf transportiert wird, bekommt er weder Messer, Gabel, Teller, Kessel oder irgendetwas anderes, was man als Geschirr oder Möbelstück bezeichnen hätte können. Er erhält vor seiner Ankunft dort eine Decke, in die er sich einwickeln kann und dann entweder stehen bleibt, sich auf den Boden oder auf ein Brett legt, wenn es sein Herr nicht benötigt. Weiterhin darf er sich eine Kalebasse für seine Mahlzeiten beschaffen oder seinen Mais direkt vom Kolben essen, ganz wie ihm beliebt. Die Frage nach einem Messer, einer Pfanne oder sonst etwas Brauchbarem würde sein Herr mit einem Tritt oder einer Lachsalve beantworten. Jeder Gegenstand dieser Art, den man in einer Hütte findet, ist mit Sonntagsgeld bezahlt worden. Wenn es auch der Moral abträglich ist, das Brechen des Sabbats ist für die körperliche Verfassung jedes Sklaven eine Wohltat. Anders wäre es ihm nicht möglich, sich die Utensilien zu beschaffen, die für jeden, der sein eigener Koch ist, unverzichtbar sind.

Während der Hauptsaison gibt es auf den Zuckerrohrplantagen keine Unterscheidung der Wochentage. Es versteht sich von selbst, dass alle Erntehelfer auch am Sabbat arbeiten und genauso selbstverständlich ist es, dass speziell die ausgeliehenen Sklaven, so wie ich bei Judge Tanner, dafür entlohnt werden. Während der Hochzeit der Baumwollernte läuft dies übrigens genau so. Diese Geldquelle erlaubt Sklaven normalerweise, soviel zu verdienen, dass sie sich ein Messer, einen Kessel, Tabak oder ähnliches leisten können. Die weiblichen Sklaven, die zumeist nicht rauchten, legten das Geld lieber in farbenprächtigen Bändern an, die sie in der Weihnachtszeit in ihren Haaren trugen.

Ich blieb in St. Mary's bis zum ersten Januar und hatte in dieser Zeit zehn Dollar Sonntagsgeld verdient. Dazu hatte ich noch das Glück, das mir meine Geige verschaffte - mein ständiger Begleiter, meine Geldquelle und mein Seelentröster während der Sklavenjahre. Bei Mr. Yarney in Centreville, einem kleinen Flecken in der Nähe von Turners Plantage, fand eine große Party der Weißen statt. Ich musste für sie spielen und mein

Auftritt hatte die Festgäste derart beeindruckt, dass sie eine Spende zu meinen Gunsten einsammelten. Und dies waren stattliche siebzehn Dollar.

Mit dieser Summe in meinem Besitz betrachteten mich meine Gefährten als Millionär. Ich hatte viel Freude dabei, das Geld zu betrachten, es Tag für Tag wieder und wieder zu zählen. Bilder von Möbeln für meine Hütte, Wassereimern, Taschenmessern, neuen Schuhen, Hüten und Jacken zogen durch meine Tagträume; und über allem stand die Vorstellung, dass ich nun der reichste Nigger am Bayou Boeuf war.

Auf dem Rio Teche fahren Schiffe hinauf nach Centreville. Als ich eines Tages dort war, nahm ich meinen Mut zusammen und stellte mich dem Kapitän eines Dampfers vor mit der Bitte, mich unter der Fracht zu verstecken. Ich hatte diesen Schritt nur gewagt, weil ich eine Unterhaltung mithörte, in der er sagte, dass er aus dem Norden käme. Ich erzählte ihm nicht alle Details meiner Geschichte, aber gab dem inbrünstigen Verlangen Ausdruck, der Sklaverei zu entkommen und in einen freien Staat zu fliehen. Er bedauerte mich und sagte, dass es unmöglich wäre, die umsichtigen Zollbeamten in New Orleans zu täuschen. Meine Entdeckung würde zwangsläufig zu einer Strafe für ihn selbst und zur Konfiszierung seines Schiffs führen. Mein Flehen erregte ganz offensichtlich sein Mitgefühl und ohne Zweifel hätte er es erhört, wenn er dies mit einiger Sicherheit gekonnt hätte. Ich war gezwungen, die Flamme der Befreiung, die sich kurz in meiner Brust entfacht hatte, zu ersticken und meinen Rückweg in die Dunkelheit der Verzweiflung anzutreten.

Nur kurz nach diesem Ereignis sammelte sich der Zug in Centreville, nachdem einige der Eigentümer angekommen waren und das Geld für unsere Dienste eingesammelt hatten. Dann trieb man uns zurück nach Bayou Boeuf. Es war während dieser Rückreise auf unserem Marsch durch ein kleines Dorf, dass ich Tibeats das letzte Mal sah. Er saß auf der Schwelle eines dreckigen Schnapsladens und sah heruntergekommen und schäbig aus. Ich bin sicher, dass ihn seine Leidenschaft für schlechten Whisky kurz danach unter die Erde gebracht hat.

Während unserer Abwesenheit, das erfuhr ich von Tante Phebe und Patsey, hatte sich Letztgenannte in immer mehr Schwierigkeiten gebracht. Das arme Mädchen war wirklich bemitleidenswert. „Old Hogjaw“, wie wir Sklaven den alten Epps nannten, wenn dieser nicht zugegen war, hatte sie noch öfter und schlimmer geschlagen als jemals zuvor. So sicher, wie er aus Holmesville vom Alkohol beschwingt zurückkam – was sehr oft vorkam in diesen Tagen – so sicher war, dass er sie auspeitschen würde, um der Herrin gefällig zu sein; dass er sie in einem Ausmaß bestrafen würde, das kaum ein Mensch aushält und für ein Vergehen, für das er selbst der einzige und unwiderstehliche Grund war. Wenn er nüchtern war, setzte er sich dem unersättlichen Durst seiner Frau nach Rache gegenüber leichter durch.

Patsey loszuwerden – sie in den letzten Jahren außer Sicht- und Reichweite zu bekommen, durch Verkauf, Tod oder wie auch immer, schien der beherrschende Gedanke und die einzige Leidenschaft der Herrin zu sein. Patsey war als Kind überall ein Liebling, selbst im „großen Haus". Sie wurde verhätschelt und bewundert für ihre ungewöhnliche Munterkeit und ihr gutes Aussehen. Es mangelte ihr nie an Nahrung, sagte Onkel Abram, sie erhielt sogar Kekse und Milch, wenn sie die Herrin in deren jüngeren Jahren immer mal wieder auf den Vorplatz rief und sie behandelte, als sei sie ein junges Kätzchen. Aber das Herz der Frau durchlief nach und nach eine traurige Verwandlung. Heute ist es nur noch schwarz und wütend und böse Geister beherrschen es derart, dass sie Patsey nur noch mit konzentrierter Gehässigkeit anschauen kann.

Mistress Epps war nicht von Natur aus eine so böse Frau. Sie war von einem Teufel mit Namen Eifersucht besessen, das ist wahr; aber davon abgesehen gab es auch viel Bewundernswertes in ihrem Charakter. Ihr Vater, Mr. Roberts, wohnte in Cheneyville und war dort ein einflussreicher und ehrenwerter Mann, der im ganzen Distrikt respektiert wurde wie kaum ein anderer Bürger. Sie hatte eine gute Bildung an einer Schule diesseits des Mississippi genossen; war schön, kultiviert und hatte normalerweise einen guten Sinn für Humor. Sie war nett zu uns allen, nur nicht zu Patsey – manchmal schickte sie uns, in der Abwesenheit ihres Mannes, eine kleine Köstlichkeit vom eigenen Tisch. In einer anderen Situation – in einer anderen Gesellschaft als der, die an den Ufern des Bayou Boeufs existiert, hätte man sie eine elegante und faszinierende Frau genannt. Es war ein böser Wind, der sie in die Arme von Epps geweht hat.

Er respektierte und liebte seine Frau so, wie ein grobschlächtiger Mensch wie er eben dazu fähig ist - aber sein überragender Egoismus übertraf immer seine eheliche Warmherzigkeit.

„Er liebte so gut seine niedrige Natur kann,
aber ein böses Herz war in dem Mann."
Bereitwillig erfüllte er ihr jede Marotte – erfüllte ihr jeden Wunsch, solange es nicht zu viel Geld kostete. Patsey arbeitete für zwei seiner anderen Sklaven im Baumwollfeld. Er konnte sie für das gleiche Geld, das

sie erwirtschaftete, nicht ersetzen. Deswegen ging es nicht an, dass er sie loswerden sollte. Die Herrin wiederum sah Patsey nicht unter diesem Gesichtspunkt. Der Stolz der hochmütigen Frau war verletzt; das Blut der feurigen Südstaatlerin kochte bei Patseys Anblick und nichts würde sie mehr befriedigen, als das Leben aus dem Körper der Leibeigenen heraus zu trampeln.

Manchmal wandte sich ihr Zorn der Person zu, die sie mit Fug und Recht hassen durfte – ihrem Mann Epps. Aber der Sturm der wütenden Worte ebbte immer nach einer Zeit ab und es folgte die Windstille. Wenn dies geschah, zitterte Patsey vor Furcht und weinte, als ob ihr Herz brechen würde – sie wusste aus schmerzhafter Erfahrung nur zu gut, dass wenn Mistress Epps' Zorn den roten Bereich erreichte, ihr Mann sie nur mit dem Verbrechen beschwichtigen konnte, Patsey auszupeitschen. Ein Versprechen, das er immer hielt. So führten Stolz, Eifersucht und Rachedurst im Haus meines Herrn Krieg mit Habgier und Brutalität und füllten es alltäglich mit Tumult und Zank. So war es kein Wunder, dass sich die Kraft dieser häusliche Gewitter irgendwann über dem Kopf von Patsey entluden, der einfachen Sklavin, in deren Herz Gott die Saat der Tugend gepflanzt hatte.

Während des Sommers, der auf meine Rückkehr aus der Pfarrei St. Mary's folgte, ersann ich einen Plan, wie ich mich mit Nahrung versorgen könnte – und der funktionierte, obwohl einfach, besser als erwartet. Er wurde von vielen anderen in meiner Lage am Bayou aufgenommen und war ihnen so nützlich, dass ich mich fast schon als Wohltäter bezeichnen muss. In diesem Sommer krochen die Würmer in den Bacon. Nur unser Heißhunger konnte uns dazu bewegen, ihn zu schlucken. Die wöchentliche Nahrungsration reichte kaum aus, uns zufriedenzustellen. Es war Brauch bei uns, wie auch sonst überall in dieser Region, dass wir in den Sümpfen nach Waschbär und Opossum jagen durften, wenn die Vorräte vor Samstag erschöpft oder in einem ekelerregenden Zustand waren. Dies musste natürlich nachts erledigt werden, wenn die tägliche Arbeit getan war. Es gibt Pflanzer, deren Sklaven monatelang kein anderes Fleisch haben als das auf diese Art erbeutete. Es gibt keine Einwände gegen das Jagen, zudem es den Leerlauf in der Räucherkammer mindert und jeder erlegte Waschbär sich definitiv nicht mehr am Mais vergehen kann. Sie werden mit Hunden und Schlägern gejagt, da Sklaven das Tragen von Waffen nicht erlaubt ist.

Das Fleisch des Waschbären ist essbar, aber wahrlich gibt es unter den Fleischsorten nichts Köstlicheres als gegrilltes Opossum. Dies sind füllige, kleine Tiere mit einem langgezogenen Körper, einer Nase wie ein Schwein und einem Schwanz, der dem einer Ratte ähnelt. Sie verbergen sich unter den Wurzeln und in den Höhlen des Gummibaums und sind eher behäbig und tollpatschig. Aber sie sind gut im Täuschen und sehr listig. Wenn man sie mit einem Stock auch nur berührt, legen sie sich auf den Rücken und täuschen ihren Tod vor. Wenn der Jäger das Opossum so liegen lässt, ohne ihm das Genick zu brechen, einem anderen Tier nachstellt und dann zurückkehrt, um das erste zu holen, muss er sich nicht wundern, wenn es weg ist. Das kleine Tier hat den Jäger ausgetrickst – „Opossum mit ihm gespielt". Aber nach einem langen und arbeitsreichen Tag haben viele Sklaven keine Lust, in die Sümpfe zu gehen und Tiere zu jagen und legen sich lieber hungrig auf den Boden ihrer Hütte und schlafen. Es ist im Interesse des Herrn, dass der Sklave weder aus gesundheitlichen Gründen Hunger leidet, noch dass er fettleibig wird durch zu viel Nahrung. In der Beurteilung des Pflanzers ist ein Sklave in seinem Idealzustand, wenn er schlank und drahtig ist, genau wie ein Rennpferd, das kurz vor einem Rennen steht. Und in diesem Zustand sind die meisten Sklaven auf den Baumwoll- und Zuckerplantagen entlang des Red River.

Meine Hütte lag nur ein paar Meter hinter den Ufern des Bayou und die Notwendigkeit der Nahrungsaufnahme wurde mir tatsächlich zur Mutter der Erfindung. Ich dachte lange nach, wie ich mir die nötige Portion Nahrung beschaffen könnte, ohne bei Nacht der ermüdenden Jagd in den Sümpfen nachgehen zu müssen. Also konstruierte ich eine Fischfalle. In meinem Gehirn hatte ich schon den Plan dafür entworfen und beschloss, diesen am nächsten Sonntag in die Tat umzusetzen. Es wäre hier unmöglich, dem Leser eine detaillierte und vollständige Beschreibung dieser Falle zu geben, also versuche ich, sie grob zu skizzieren:

Zunächst fertigt man einen Rahmen von ungefähr einem Quadratmeter und, je nach Wassertiefe, einer entsprechenden Höhe. Auf drei der Seiten werden kleine Brettchen oder Leisten genagelt, mit etwas Abstand, damit das Wasser noch zirkulieren kann. An der vierten Seite wird eine Tür befestigt, und zwar so, dass sie sich leicht in den dafür vorgesehenen Nuten in den Pfosten hoch und runter bewegen kann. Dann wird ein beweglicher Boden befestigt, den man ohne Probleme bis zur Decke der Falle bewegen kann. In die Mitte dieses Bodens bohrt man ein Loch, und dadurch führt man einen Griff oder einen runden Stab, den man unter dem Boden fixiert – aber so locker, dass man ihn noch drehen kann. Der Stab reicht bis zur Decke des Käfigs, oder auch weiter, wenn dies gewünscht ist. Überall in diesem Stab sind viele kleine Bohrungen, in die man kleinere Stäbchen steckt, die in alle möglichen Richtungen zeigen. Es müssen so viele Stäbchen sein, dass ein Fisch ab einer bestimmten Größe nicht hindurch schwimmen kann, ohne sie zu berühren. Dann kommt der Käfig ins Wasser und wird dort befestigt.

Die Falle wird „scharf gemacht", indem man die Tür aufschiebt und einen weiteren Stab als Sicherung einführt. Ein Ende dieses Stabes ruht in einer Nut auf der Innenseite, das andere in einer Nut in dem Stab, der von dem beweglichen Boden zur Decke führt. Den benötigten Köder stellt man her, indem man eine Handvoll nasses Essen und Baumwolle rollt, bis das Endprodukt hart wird. Dann deponiert man es im hinteren Teil des Käfigs. Ein Fisch, der sich durch die geöffnete Tür in Richtung Köder bewegt, stößt zwangsläufig an eines der kleinen Stäbchen, welches wiederum den großen Stab in der Mitte in Bewegung versetzt. Die Sicherung der Tür rutscht weg, die Tür fällt herunter und der Fisch sitzt sprichwörtlich in der Falle. Wenn man nun den Stab, und damit den beweglichen Boden, nach oben an die Wasseroberfläche zieht, kann man den Fisch herausnehmen. Vielleicht gab es schon vorher Fallen dieser Art, aber wenn, habe ich nie eine zu Gesicht bekommen. Im Bayou Boeuf gibt es Unmengen Fische von exzellenter Qualität und nach dieser Zeit kam ich nie mehr in die Verlegenheit, keine Nahrung für mich oder meine Kameraden zu haben. Ich hatte eine neue Mine geöffnet – eine neue Hilfsquelle gefunden, an die die versklavten Kinder Afrikas, die an den Ufern dieses langsamen, aber überaus reichen Stroms arbeiteten und hungern mussten, bisher nicht gedacht hatten.

Ungefähr zu der Zeit, über die ich gerade schreibe, geschah in unserer unmittelbaren Nachbarschaft ein Vorfall, der mich tief beeindruckte und sowohl den Zustand der Gesellschaft dort, als auch die Art und Weise, in der Beleidigungen gerächt wurden, aufzeigte. Unserem Quartier genau gegenüber, auf der anderen Seite des Bayou, lag die Plantage von Mr. Marshall. Er gehörte einer der reichsten und adligsten Familien dieser Gegend an. Ein Gentleman aus Natchez hatte mit ihm über den Verkauf seiner Plantage verhandelt. Eines Tages kam ein Bote zu unserer Plantage und erzählte, dass es auf Marshalls Besitz ein grausames Blutbad gebe und dass man die Kombattanten sofort trennen müsse, wenn das Resultat nicht absolut verheerend sein sollte.

Nachdem man sich zu Marshalls Haus begeben hatte, bot sich ein Bild, das man kaum beschreiben kann. Auf dem Flur eines der Räume im Haus lag die grauenhaft entstellte Leiche des Mannes aus Natchez, während Marshall, vollkommen aufgebracht und übersät mit Wunden und Blut, dort auf und ab stolzierte. Im Verlauf der Verhandlungen waren Schwierigkeiten aufgetaucht; es folgten scharfe Worte und als man die Waffen zog auch die tödliche Jagd, die so unglücklich endete. Marshall wurde nie deswegen eingesperrt. Es gab eine Art Untersuchung oder Prozess in Marksville, wo er aber freigesprochen wurde. Ich hatte das Gefühl, dass er nach der Rückkehr auf seine Plantage noch weit mehr respektiert wurde als vorher – hatte er doch noch das Blut eines Mitmenschen an seinen Händen.

Epps interessierte sich sehr für seine Belange und begleitete ihn nach Marksville, wo er ihn bei jeder Gelegenheit laut rechtfertigte. All seine Anstrengungen haben allerdings hinterher einen Verwandten des besagten Marshall nicht daran gehindert, ihm seinen Tod anzudrohen. An einem Spieltisch gab es eine Auseinandersetzung der beiden, die in einer tödlichen Fehde endete. Eines Tages ritt Marshall, bewaffnet mit Pistolen und einem Bowiemesser, zu seinem Haus und forderte ihn auf, herauszukommen und den Streit endgültig zu beenden; andernfalls würde er ihn als Feigling bezeichnen und ihn bei der ersten Gelegenheit wie einen räudigen Hund erschießen. Meiner Meinung nach war es weder Feigheit, noch Gewissensbisse, die Epps an diesem Tag davon abhielten, diese Herausforderung anzunehmen. Es war der Einfluss seiner Frau. Hinterher gab es dann eine Aussöhnung und seit dieser Zeit sind die beiden wieder beste Freunde.

Solche Vorfälle, die in den Nordstaaten mit einer wohlverdienten und angemessenen Bestrafung der beteiligten Parteien enden würden, sind in den Bayous keine Seltenheit und werden normalerweise ohne jeden Kommentar hingenommen. Jeder Mann trägt ein Bowiemesser und sollte dieses mal nicht ausreichen, tritt und schlägt man nach dem anderen in der Art, wie es eher wilde als zivilisierte Geschöpfe tun würden.

Die Existenz der Sklaverei in ihrer übelsten Form überlagert nach und nach die feinsinnigeren und humanen Gefühlszüge eines Menschen und macht ihn brutal. Wenn man jeden Tag sieht, wie Menschen leiden – die qualvollen Schreie der Sklaven hört – das Winseln unter der gnadenlosen Peitsche – von Hunden gebissen und gequält – der Tod ohne jede

Fürsorge und das Begräbnis ohne Leichentuch oder Sarg – kann man es nicht anders erwarten, als dass sie verrohen und die Achtung vor menschlichem Leben verlieren. Es stimmt, dass es in der Pfarrei Avoyelles viele großherzige und gute Männer gibt – wie zum Beispiel William Ford – , die voller Mitleid auf die Pein eines Sklaven schauen; genau so, wie es überall auf der Welt gefühlvolle und mitfühlende Seelen gibt, die nicht teilnahmslos den Qualen eines von Gott mit Leben ausgestatteten Geschöpfs zusehen können. Es ist nicht der Fehler des Sklavenbesitzers, dass er grausam ist, vielmehr ist das System, das sein Leben bestimmt, dafür verantwortlich. Er kann sich den Einflüssen der Gewohnheiten und der Gesellschaft um ihn herum nicht entziehen. Ihm wird von Kindertagen an eingeimpft, dass der Stock auf den Rücken eines Sklaven gehört, und diese Einstellung kann er auch in seinen erwachsenen Jahren nicht ändern.

Es mag menschliche Herren geben, genauso wie es unmenschliche gibt; es mag gut gekleidete, gut genährte und glückliche Sklaven geben, genau wie in Lumpen gewandete, halb verhungerte und elende; die Organe und Institutionen, die solches Unrecht und Unmenschlichkeit, wie ich sie erlebt habe, dulden, sind barbarisch, ungerecht und grausam. Menschen mögen Romane über dieses niedrige Leben schreiben, wie es ist, oder wie es nicht ist – mögen mit eulenhafter Geduld die Seligkeit der geistig Armen ausführen – und aus ihren bequemen Sesseln heraus lange und oberflächlich über die Freuden eines Sklavenlebens sinnieren; aber lass sie mit dem Sklaven im Feld placken – mit ihm in der Hütte schlafen – mit ihm die Spreu des Getreides essen; lasst sie Zeuge werden, wie er gegeißelt, gejagt und auf ihm herum getrampelt wird – dann werden sie eine andere Geschichte erzählen. Lasst sie ins *Herz* eines armen Sklaven schauen – seine geheimsten Gedanken lesen – Gedanken, die er im Beisein des weißen Mannes nicht wagen würde auszusprechen; lasst sie neben ihm sitzen in den stillen Nachtstunden – mit ihm in echtem Vertrauen über „Leben, Freiheit und das Streben nach Glück" reden – sie werden herausfinden, dass neunundneunzig von hundert Sklaven intelligent genug sind, ihre Lage zu beurteilen und in ihrem Busen dieselbe Freiheitsliebe wohnt, wie in ihnen selbst.

KAPITEL 15

Da ich immer noch nicht gelernt hatte, vernünftig Baumwolle zu pflücken, machte Epps es zur Gewohnheit, mich in der Zuckersaison auszuleihen. Er bekam für meine Dienste einen Dollar pro Tag und stellte mit diesem Geld meinen Platz auf der Baumwollplantage sicher. Das Schneiden des Zuckerrohrs war eine Arbeit, die mir sehr lag und ich war drei Jahre lang der Anführer von fünfzig bis hundert Erntehelfern bei Hawkins.

In einem der vorigen Kapitel habe ich davon berichtet, wie man Baumwolle anbaut. Dies scheint mir der richtige Platz für eine Exkursion in den Zuckerrohranbau zu sein.

Der Boden wird mit Furchen durchzogen, genau wie man es für Baumwolle macht; nur dass man sie für den Zucker tiefer pflügt. Auch die Löcher werden genauso gesetzt. Das Pflanzen beginnt im Januar und dauert bis in den April. Man braucht ein Zuckerfeld nur alle drei Jahre zu beackern. Bevor die Saat oder Pflanze ausgereizt ist, kann man drei Ernten einfahren.

Bei der Pflanzung werden drei Gruppen eingesetzt. Eine nimmt das Zuckerrohr vom Stapel und schneidet die Spitzen ab, so dass nur der brauchbare Rest bleibt. Jeder Knoten des Zuckerrohrs hat ein Auge, genau wie bei der Kartoffel. Dieses Auge entwickelt den Keimling, wenn man es in der Erde vergräbt. Eine andere Gruppe platziert das Zuckerrohr so in der Furche, dass immer zwei Stängel Seite an Seite liegen und so alle zehn oder fünfzehn Zentimeter Keimlinge entstehen können. Die dritte Gruppe folgt mit den Hacken und schiebt Erde auf die Stängel, so dass diese ungefähr sieben Zentimeter hoch bedeckt sind.

Nach vier Wochen höchstens schieben sich die Keimlinge durch den Boden und wachsen von da an mit enormer Schnelligkeit. Ein Zuckerfeld wird, wie die Baumwolle, dreimal gehackt – mit der Ausnahme, dass eine größere Menge Erde auf die Wurzeln geschoben wird. Anfang August ist das Hacken vorbei. Mitte September wird das, was für die neue Saat gebraucht wird, geschnitten. Im Oktober ist das Zuckerrohr schließlich reif für die Mühle oder das Lagerhaus und die große Ernte beginnt. Die Klinge eines Zuckermessers ist fast vierzig Zentimeter lang und läuft nach vorne wie auch zum Griff hin spitz zu. Sie ist sehr dünn und muss immer sehr scharf sein, um Nutzen zu bringen. Jeder dritte Erntehelfer übernimmt die Führung zweier anderer, die an seiner Seite arbeiten. Der erste Erntehelfer spaltet mit einem Schlag seines Messers das hölzerne Äußere von der Pflanze. Dann schneidet er das Grüne von der Spitze ab. Er muss aufpassen, dass er alles erwischt, da sonst der Saft den Sirup des reifen Teils sauer und damit ungenießbar werden lässt. Dann trennt er den Stängel von der Wurzel und legt ihn hinter sich ab. Seine linken und rechten Helfer legen ihre Stängel, die sie genauso behandelt haben, auf seinen. Hinter jeder Dreiergruppe ziehen jüngere Sklaven eine Karre, werfen die geschnittenen Stängel darauf und ziehen sie schließlich zum Lagerhaus.

Wenn der Pflanzer Frost erwartet wird das Zuckerrohr „geschwadet". Beim „Schwaden" werden die Stängel schon sehr früh geschnitten und längs so in eine Wasserfurche geworfen, dass die Spitzen die Enden der Stängel schützen. In diesem Zustand bleiben sie drei oder vier Wochen ohne sauer oder vom Frost beschädigt zu werden. Wenn die richtige Zeit gekommen ist, werden sie heraus genommen, behandelt und zum Lagerhaus gefahren.

Im Januar kommen die Sklaven erneut aufs Feld und bereiten es für die neue Ernte vor. Der Boden ist nun übersät mit den Spitzen und dem Holz des letztjährigen Zuckerrohrs. An einem trockenen Tag wird dieser brennbare Abfall angezündet; das Feuer erfasst schließlich das ganze Feld und hinterlässt eine saubere, nackte Fläche, die für die Hacken bereit ist. Dort, wo die alten Stoppeln aus dem Boden ragen, wird die Erde aufgelockert und bald entspringt der Saat des letzten Jahres eine neue Knospe. Im nächsten Jahr passiert das Gleiche, aber danach hat die Saat ausgedient und das ganze Feld muss gepflügt und neu bepflanzt werden. Das Zuckerrohr des zweiten Jahres ist süßer als das des vorigen und das des dritten Jahres süßer als das des zweiten.

Während der drei Jahre, die ich auf Hawkins' Plantage arbeitete, wurde ich eine beträchtliche Zeit in der Fabrikation eingesetzt. Hawkins gilt als der Produzent der größten Zuckervielfalt. Hier folgt nun eine Beschreibung seines Lagerhauses und der Herstellung:

Die Mühle ist ein riesiges Ziegelgebäude am Ufer des Bayou. Vom Gebäude weg erstreckt sich eine offene Scheune, die mindestens dreißig Meter lang und zwölf oder fünfzehn Meter breit ist. Der Boiler, in dem der Dampf bereitet wird, steht außerhalb des Gebäudes; die Maschinen und

Motoren ruhen fast fünf Meter über dem Boden des Gebäudes auf Ziegelpfeilern. Die Maschinerie bewegt zwei große Eisenwalzen von jeweils einem Meter Durchmesser und über zwei Metern Länge. Sie arbeiten oberhalb der Ziegelpfeiler und laufen aufeinander zu. Eine Art Fließband aus Ketten und Holz, ähnlich den ledernen Bändern in kleinen Mühlen, läuft vom Hauptgebäude heraus in die offene Scheune. Die Karren, auf denen das Zuckerrohr vom Feld gebracht wird, werden auf einer Seite der Scheune entladen. Auf ganzer Länge des Bandes sind Sklavenkinder verteilt, die das Rohr auf das Band werfen. Dann fährt es durch die Scheune ins Hauptgebäude, wo es unter den Walzen zerdrückt wird. Von dort fällt es auf ein anderes Band, das in die entgegengesetzte Richtung läuft. Dieses führt das Rohr der Verbrennung in einem Kamin zu, unter dem ein Feuer brennt. Es ist notwendig, dass man auf diese Weise verfährt, denn sonst würde das Rohr bald die gesamte Scheune ausfüllen, sauer werden und Krankheiten hervorrufen. Der Saft des Zuckers läuft in einen Ableiter unterhalb der Walzen und wird einem Behälter zugeführt. Von dort bringen Leitungen den Saft zu fünf Filteranlagen, von denen jede viele hundert Liter fasst. Die Filteranlagen sind mit Spodium gefüllt, einer Substanz, die aussieht wie Brennstaub. Sie wird aus Knochen gewonnen, die in nahegelegenen Behältern kalziniert werden, und dafür benutzt, den Zuckersaft durch Filtrierung vor dem Kochen zu entfärben. Der Saft durchläuft alle fünf Filteranlagen und dann in einen riesigen Behälter unter dem Boden. Von dort wird er mit Hilfe einer Dampfpumpe in Klärfässer aus Eisenblech verfrachtet und dort mit Dampf zum Kochen gebracht. Vom ersten Klärfass wird er mittels Leitungen zum zweiten und zum dritten Fass befördert und landet dann in geschlossenen Eisenwannen, durch die mit Dampf gefüllte Leitungen verlaufen. In kochendem Zustand fließt er durch drei aufeinanderfolgende Wannen und wird schließlich durch andere Leitungen in unterirdische Kühler gepumpt. Diese Kühler sind hölzerne Kisten mit Siebböden aus bestem Draht. Sobald der Sirup in die Kühler läuft und Luft bekommt, beginnt er zu körnen und fällt durch das Sieb in eine Zisterne. Der Zucker ist nun von bester Qualität – klar, rein und weiß wie Schnee. Nach der Abkühlung kann man ihn herausnehmen, in Fässer füllen und auf dem Markt verkaufen. Die Melasse selbst wird wieder nach oben gepumpt und mit einem weiteren Arbeitsgang in braunen Zucker verwandelt.

Es gibt größere Mühlen und auch welche, die anders gebaut sind, als die gerade von mir flüchtig beschriebene. Aber diese hier ist eine der besten am gesamten Bayou Boeuf. Lambert aus New Orleans ist ein Partner von Hawkins. Mir wurde gesagt, dass er sehr reich sei und Anteile an über vierzig verschiedenen Zuckerplantagen in Louisiana hält.

Die einzige Atempause, die einem Sklaven während des Jahresverlaufs gegönnt wird, ist die Weihnachtszeit. Epps gewährte uns drei freie Tage, andere gaben vier, fünf oder gar sechs, je nachdem wie großzügig sie waren. Es ist die einzige Zeit, auf die man sich wirklich freuen konnte. Man war froh, wenn die Nacht anbrach – nicht nur, weil man Erholung fand, sondern auch, weil sie die Zeit bis Weihnachten erneut verkürzte. Das Fest wird gleichermaßen von den Alten wie den Jungen in Ehren gehalten; sogar Onkel Abram hörte damit auf, General Jackson zu verherrlichen und Patsey vergaß ihren Kummer in der allgemeinen Heiterkeit der Festtage. Es ist die Zeit des Feierns, Frohlockens und des Geigenspiels – es ist die Karnevalszeit der geknechteten Kinder. Es gibt nur wenige Tage, an denen man ihnen etwas eingeschränkte Freiheit gewährte, und diese genossen sie in vollen Zügen.

Es ist Brauch im Bayou, dass immer ein Pflanzer ein Weihnachtsessen ausrichtet und die Leibeigenen der Nachbarplantagen dazu einlädt, den seinen Gesellschaft zu leisten; ein Jahr wird es, zum Beispiel, von Epps ausgerichtet, im nächsten Jahr von Hawkins, dann von Marshall, etc. Üblicherweise sind dann drei- bis fünfhundert Neger versammelt, die zu Fuß, auf Karren, hoch zu Ross oder auf Maultieren, zu zweit und zu dritt, Junge und Mädchen, ein Mädchen mit zwei Jungs oder ein Junge, ein Mädchen und eine alte Frau, zueinanderfinden. Onkel Abram mit Tante Phebe und Patsey gemeinsam auf einem Maultier wäre am Bayou Boeuf kein außergewöhnlicher Anblick gewesen.

Zur Weihnachtszeit zieht man sich natürlich auch das beste Gewand an. Die Baumwolljacke war frisch gewaschen, die Schuhe mit einem Kerzenstumpf blank poliert und wer so glücklich war, einen randlosen Hut sein eigen zu nennen, zog diesen auf. Aber auch, wenn man ohne Hut und barfuß erschien, war man zur Feier herzlich willkommen. Die Frauen trugen normalerweise Taschentücher um ihre Haarpracht; hatte ihnen aber eine glückliche Fügung ein feuerrotes Haarband oder eine getragene Haube der Großmutter ihrer Herrin beschert, durfte man sicher sein, dass auch diese getragen wurden. Rot – das dunkle Rot des Blutes – war ganz klar die Lieblingsfarbe der versklavten Jungfern, die ich kennenlernen durfte. Wenn nicht ein rotes Band den Hals verdeckte, band man das dunkle Wuschelhaar eben mit roten Schnüren oder Litzen zusammen.

Der Tisch wird im Freien aufgeschlagen und mit allen erdenkbaren Fleischsorten und Bergen von Gemüse gedeckt. Bei solchen Gelegenheiten gibt es weder Maisfladen noch Bacon. Manchmal wird in der Küche der Plantage gekocht, manchmal aber auch unter den ausladenden Ästen großer Bäume. Im letzteren Fall wird dort eine große Mulde ausgehoben und darin so viel Holz verbrannt, dass sie bald mit glühender Kohle gefüllt ist. Darüber werden Hühner, Enten, Truthähne, Schweine und nicht selten auch ein kompletter Ochse gegrillt. Die Sklaven erhalten auch Mehl, aus denen Kekse, oft gefüllt mit Pfirsichen oder anderem Eingemachtem, Obstkuchen und alle möglichen anderen Kuchen gemacht werden. Nur ein Sklave, der jahrelang von seiner täglichen Ration Maisfladen und Bacon leben musste, kann solch ein Mahl genug schätzen. Auch viele weiße Leute versammeln sich, um das gastronomische Spektakel zu beobachten.

Man setzt sich an den rustikalen Tisch – die Männer auf einer Seite, die Frauen auf der anderen. Ein Paar, das vielleicht schon die eine oder andere Zärtlichkeit getauscht hatte, sitzt sich unvermeidlich gegenüber; die Pfeile des allgegenwärtigen Amor kennen keinen Unterschied zwischen weiß und schwarz und treffen auch das Herz des Sklaven. Ungetrübte und überschwängliche Freude leuchtet aus den schwarzen Gesichtern. Am ganzen Tisch sieht man, wie die elfenbeinfarbenen Zähne, die in starkem Kontrast zu dem sonst dunklen Äußeren stehen, in weißen, langen Streifen aufleuchten. Hunderte Augenpaare blicken verzückt auf den überreich gefüllten Tisch. Das Kichern und Klappern der Bestecke und des Geschirrs übertönt schnell den Rest. Cuffees Ellbogen fährt in die Seite seines Nachbarn; Nelly bedeutet mit ihrem Finger etwas an Sambo und lacht dabei, sie weiß selbst nicht warum. Und so gehen Belustigung und Spaß immer weiter.

Nachdem die Lebensmittel verschwunden und die hungrigen Mäuler der Kinder der Arbeit gestillt sind, ist die Zeit für den Weihnachtstanz gekommen. Es war immer meine Aufgabe an diesen Feiertagen, die Geige zu spielen. Die afrikanische Rasse liebt die Musik, sprichwörtlich; und es gab unter meinen Gefährten nicht wenige, deren Stimmbänder unglaublich entwickelt waren und die das Banjo mit großer Fingerfertigkeit bearbeiteten; aber auch, wenn man mich jetzt für großspurig halten wird, muss ich betonen, dass ich immer der Ole Bill am Bayou Boeuf war. Mein Herr bekam oft Briefe, manchmal noch aus einer Entfernung von zehn Meilen und mehr, die mich anforderten für eine Veranstaltung oder einen

Ball der Weißen. Er bekam dafür eine Entschädigung und meistens kehrte auch ich mit ein paar Münzen zurück, die in meiner Tasche klingelten – die zusätzliche Spende derer, denen mein Spiel überaus gut gefallen hatte. So wurde ich den Bayou hinauf und hinunter bekannt, weit mehr, als mir das sonst gelungen wäre. Die jungen Männer und Fräuleins in Holmesville wussten immer, wenn Platt Epps mit der Geige in der Hand durch die Straßen ging, dass es irgendwo was zu feiern gab. „Wohin gehst du, Platt?“ und „Was spielst du heute Nacht, Platt?“ waren die Fragen, die mir von jeder Tür und jedem Fenster entgegen schallten; und wenn er nicht gerade in großer Eile war, gab Platt dem großen Drängen nach, zog seinen Bogen und spielte auf seinem Maultier sitzend für eine Menge hocherfreuter Kinder, die sich in der Straße um ihn herum versammelt hatten.

Ach! hätte ich meine geliebte Geige nicht bei mir gehabt, wie hätte ich die Jahre der Knechtschaft überleben sollen? Sie hat mich in viele „große Häuser“ gebracht, mich von den Schmerzen vieler Tage im Feld befreit, mir zu Komfort für meine Hütte verholfen, zu Pfeife und Tabak und einem extra Paar Schuhe. Und sie hat mich entführt aus der Gegenwart meines grausamen Herrn und mich viele ausgelassene und fröhliche Festivitäten erleben lassen. Sie war mein Gefährte – der Freund, der laut triumphierte, wenn in meiner Brust Fröhlichkeit herrschte und der im nächsten Moment mit sanften, melodiösen Klängen meiner Traurigkeit Ausdruck gab.

Meine Geige sang mir oft zur Mitternacht, wenn der Schlaf erschrocken meine Hütte verlassen hatte, ein Lied des Friedens, in dem meine über mein Schicksal beunruhigte Seele Trost fand. An den Tagen des heiligen Sabbats, wenn eine oder zwei Stunden Freizeit erlaubt waren, begleitete sie mich an die Böschung des Bayou und erhob dort ihre schöne und freudige Stimme. Sie verkündete meinen Namen im gesamten Umland – verschaffte mir Freunde, die mich sonst nicht einmal angeschaut hätten und einen Ehrenplatz bei den alljährlichen Feiern ebenso wie das lauteste und herzlichste Willkommen beim Weihnachtstanz. Der Weihnachtstanz! Oh, ihr Freude suchenden Söhne und Töchter des Müßiggangs, die ihr mit maßvollem Schritt, teilnahmslos und schlangengleich durch den langsamen Figurentanz schreitet: wenn ihr die Geschwindigkeit, falls nicht sogar die „Poesie der Bewegung“ zu sehen wünscht – echte Fröhlichkeit, ungezügelt und uferlos – dann kommt nach Louisiana und seht den Sklaven beim Tanz unter den Sternen der Weihnachtsnacht zu.

An diesem speziellen Weihnachten, das ich nun im Sinn habe und das als Beschreibung aller anderen Weihnachtstage dienen soll, begannen Miss Lively, die Stewart gehörte, und Mr. Sam, der Eigentum von Roberts war, den Tanz. Es war wohl bekannt, dass sich Sam leidenschaftlich in Lively verliebt hatte, genau wie einer von Marshalls und einer von Careys Jungs; denn Lively, und das bedeutet ihr Name, war wirklich lebhaft, und eine kokette Herzensbrecherin obendrein. Sam Roberts durfte sich siegreich schätzen, als sie ihm nach dem Mahl die Hand für den ersten Tanz reichte und damit alle Rivalen ausstach. Deren gute Laune war natürlich verflogen und sie schüttelten ärgerlich ihre Köpfe und sahen so aus, als ob sie jeden Moment über Sam herfallen und ihn verletzen wollten. Aber nicht ein Zornesstrahl erreichte Samuels mit Stolz erfüllter Brust, als seine Beine an der Seite seiner betörenden Partnerin wie Trommelstöcke durch die Luft flogen. Die ganze Gesellschaft feuerte sie lautstark an und, angeregt vom Applaus, „tanzten sie alles nieder“, selbst nachdem alle anderen erschöpft angehalten hatten und nach Luft schnappen mussten. Sams übermenschliche Anstrengungen forderten schließlich ihren Tribut und er musste Lively, die sich immer noch wie ein Kreisel drehte, alleine lassen. Daraufhin sprang einer von Sams Rivalen, Pete Marshall, sofort ein und tanzte und sprang und warf sich in jede nur vorstellbare Position, als ob er entschlossen zeigen wollte, dass Sam Roberts überhaupt nicht zählte.

Petes Hingabe war allerdings bedeutend größer als seine Kondition. Die anstrengenden Übungen hatten ihm bald die Luft genommen und er fiel um wie ein leerer Sack. Jetzt war die Zeit für Harry Carey gekommen; aber Lively hatte auch ihn bald unter viel Hurra und Geschrei erschöpft und damit ihren wohlverdienten Ruf als „schnellste Maid“ am Bayou voll untermauert.

Ist jemand erschöpft, übernimmt ein anderer seinen Platz; und der - oder die - am längsten auf dem Tanzboden bleibt, erhält die meisten Anfeuerungen. So wird getanzt bis ins helle Tageslicht. Wenn der Klang der Geige aufhört, ist das Fest noch lange nicht zu Ende; dann beginnt die den Sklaven eigene, ganz besondere Musik. Sie entsteht durch „Klopfen“, das begleitet wird von einem dieser unbedeutenden Lieder, die eher dafür gemacht worden sind, sich einer bestimmten Melodie anzupassen, als irgendetwas auszusagen. Das „Klopfen“ entsteht so: zuerst schlagen die Hände auf die Knie, dann schlagen sie zusammen, dann schlägt die rechte auf die linke Schulter und die andere auf die rechte. Dann beginnt das Ganze von vorn, während die Füße die ganze Zeit über den Takt halten.

Während der restlichen Feiertage, die auf Weihnachten folgen, bekommen die Sklaven Pässe und dürfen sich innerhalb festgelegter Grenzen frei bewegen – oder auf der Plantage bleiben und arbeiten, wofür sie dann aber bezahlt werden. Ganz selten zieht jemand diese Alternative vor. Man sieht sie in alle Himmelsrichtungen ausströmen, die glücklichsten Erdenbürger, die man zu dieser Zeit finden wird. Sie sind schlicht andere Menschen als auf dem Feld; die kurze Entspannung und die temporäre Erlösung von der Angst und der Peitsche lösen eine vollständige Verwandlung ihres Benehmens und ihres Auftretens aus. Die Zeit vergeht, indem man Besuche abstattet, reitet, alte Freundschaften auffrischt oder eine Liaison wiederaufleben lässt – oder einfach das tut, zu was man gerade Lust verspürt. So ist das „wahre Leben im Süden" an drei Tagen im Jahr - während die anderen 362 Tage von Erschöpfung, Angst, Leiden und unbarmherziger Arbeit erfüllt sind.

Oft finden während der Feiertage auch eine oder mehrere Hochzeiten statt, wenn man diese Institution unter Sklaven überhaupt so nennen darf. Die einzige Zeremonie, die erforderlich ist, um in diesen „heiligen Stand" einzutreten, ist die Erlaubnis der Eigentümer. Üblicherweise wird die Heirat von den Herren weiblicher Sklaven unterstützt. Jeder Partner darf so viele Frauen oder Ehemänner haben, wie es der Besitzer zulässt, und jeder darf den anderen auch wieder verlassen, wie und wann er es wünscht. Die Gesetze bezüglich Scheidung oder Bigamie gelten natürlich nicht für Besitztümer. Wenn die Frau nicht auf derselben Plantage lebt wie der Ehemann, darf dieser sie Samstagabends besuchen, wenn die Entfernung nicht zu groß ist. Die Frau von Onkel Abram lebte sieben Meilen entfernt am Bayou Huff Power. Er hatte die Erlaubnis, sie alle vierzehn Tage zu besuchen. Wie ich schon erzählt habe, ist er aber alt geworden und hatte sie, ehrlich gesagt, schon fast vergessen. Onkel Abram hatte keine Zeit, außer für seine Reden über General Jackson – eheliche Pflichten waren etwas für die Jungen und Gedankenlosen, die niemals so ein grandioser und feierlicher Philosoph werden würden wie er selbst.

KAPITEL 16

Mit Ausnahme meiner Reise in die Pfarrei St. Mary's und meiner Abwesenheit während der Zuckersaison war ich ständig auf der Plantage von Master Epps beschäftigt. Er wurde eher als kleiner Pflanzer angesehen und hatte so wenig Sklaven, dass er keinen Aufseher benötigte – diese Aufgabe erfüllte er gleich selbst. Da er seine Mannschaft nicht mit Käufen vergrößern konnte, lieh er sich Kräfte für die Hochzeit der Baumwollernte.

Auf größeren Plantagen mit fünfzig, hundert oder gar zweihundert Sklaven war ein Aufseher unabdingbar. Diese Gentlemen reiten - mit einer mir bekannten Ausnahme - auf das Feld, sind mit Pistolen, Bowiemesser und Peitsche bewaffnet und werden von mehreren Hunden begleitet. Sie reiten hinter den Sklaven her und haben sie stets im Auge. Die besten Qualifikationen für einen Aufseher sind absolute Herzlosigkeit, Brutalität und Grausamkeit. Seine Aufgabe ist die Einbringung großer Ernten, und dies muss er erreichen, egal wie viel Leiden es kosten mag. Die Anwesenheit der Hunde ist notwendig, um flüchtende Sklaven einholen zu können. Ein Fluchtversuch findet meistens dann statt, wenn ein Erntehelfer so schwach oder krank ist, dass er seine Reihe nicht halten kann oder die Peitsche nicht aushält. Die Pistolen waren ernsthaften Zwischenfällen vorbehalten, welche es durchaus schon gegeben hat. Manchmal wendet sich selbst ein Sklave gegen seinen Unterdrücker, wenn er lange genug gereizt wird und die Wut die Oberhand gewinnt. Die Galgen standen in Marksville und letzten Januar wurde dort ein Sklave exekutiert, der seinen Aufseher getötet hatte. Das war nur ein paar Meilen von Epps' Plantage passiert. Im Verlauf des Tages hatte ihm der Aufseher einen Botengang aufgetragen, der so viel Zeit benötigte, dass er seine sonstige Aufgabe nicht erfüllen konnte. Am nächsten Tag musste er sich rechtfertigen, aber die durch den Botengang verlorene Zeit wurde nicht als Entschuldigung akzeptiert und er sollte sich hinknien und seinen Rücken für die Peitsche entblößen. Sie waren allein im Wald, außerhalb jeder Hörweite oder Sicht. Der Junge ließ es geschehen, bis ihn die Wut über so viel Ungerechtigkeit überkam. Verrückt vor Schmerz sprang er auf, nahm eine Axt und schlug den Aufseher – wörtlich genommen – in Stücke. Er machte keinerlei Anstrengungen, die Tat zu vertuschen, sondern eilte zu seinem Herrn, erzählte den Vorgang und erklärte sich bereit, das Unrecht durch das Opfer seines eigenen Lebens zu tilgen. Er wurde zum Schafott geleitet und noch während der Strick um seinen Hals lag, behielt er eine unbeeindruckte und furchtlose Haltung und rechtfertigte die Tat noch mit seinen letzten Worten.

Unter dem Aufseher arbeiten Treiber, deren Anzahl sich nach der Menge der Sklaven richtet. Die Treiber sind Schwarze, die zusätzlich zu ihren angestammten Aufgaben das Anpeitschen der einzelnen Gruppen übernehmen müssen. Um ihre Hälse hängen Peitschen, und wenn sie diese nicht richtig einsetzten, wurden sie selbst ausgepeitscht. Sie haben allerdings auch ein paar Privilegien; so dürfen die normalen Erntehelfer zum Beispiel beim Schneiden des Zuckerrohrs ihr Abendessen nicht im Sitzen zu sich nehmen. Zu Mittag werden Karren mit in der Küche gebackenen Maisfladen aufs Feld gebracht. Die Treiber verteilen diese Fladen, welche mit der kleinstmöglichen Verzögerung gegessen werden müssen.

Wenn ein Sklave aufhört zu schwitzen, was häufig passiert, wenn seine Kräfte über Gebühr strapaziert worden sind, fällt er zu Boden und ist vollkommen hilflos. Dann ist es die Pflicht des Treibers, ihn in den Schatten der Baumwolle, des Zuckers oder eines Baumes zu ziehen und ihm eimerweise Wasser über den Körper zu kippen oder andere Mittel einzusetzen, um ihn wieder zum Schwitzen zu bringen. Dann schickt er ihn auf seinen Platz zurück und lässt ihn weiterarbeiten.

Als ich noch in Huff Power für Epps arbeitete war Tom, einer von Roberts' Negern, Treiber. Er war ein stämmiger Kerl, mit dem nicht zu Spaßen war. Nach dem Umzug an den Bayou Boeuf wurde mir diese zweifelhafte Ehre zuteil. Bis zu meiner Abreise musste ich im Feld immer eine Peitsche um den Hals tragen. Wenn Epps zugegen war durfte ich keine Nachsicht zeigen; auch hatte ich nicht die christliche Stärke des wohlbekannten Onkels Tom, der dieses Amt ablehnte und dem Zorn seines Herrn die Stirn bot. Nur so entkam ich dem Martyrium, das er erleiden musste, und ersparte dabei obendrein noch meinen Gefährten viel Leid, wie sich später zeigen sollte.

Ich fand bald heraus, dass Epps seine Augen immer auf uns gerichtet hatte, unabhängig davon, ob er auf dem Feld war oder nicht. Er war ständig auf der Wacht, manchmal vom Vorplatz aus, von hinter einem nahestehenden Baum oder einem anderen verborgenen Beobachtungsposten. Wenn einer von uns langsam oder faul gewesen war.

konnte man darauf wetten, dass wir dies nach unserer Rückkehr zu hören bekamen; und da es sein oberstes Prinzip war, auch das kleinste Vergehen, das ihm zu Ohren kam, zu sühnen, durfte der Missetäter sicher sein, dass seine Säumigkeit bestraft werden würde – genau wie ich, da ich sie geduldet hatte.

Wenn er mich dagegen beobachtet hatte, wie ich reichlich von der Peitsche Gebrauch machte, war er zufrieden. Nebenbei bemerkt, „Übung macht den Meister", wahrlich; während meiner acht Jahre als Treiber habe ich gelernt, die Peitsche mit wundersamer Fingerfertigkeit und Genauigkeit zu gebrauchen. Ich konnte sie in Haaresbreite eines Rückens, eines Ohrs oder einer Nase schlagen, ohne mein Ziel auch nur zu berühren. Wenn ich Epps aus der Entfernung sehen konnte, oder wir Grund zu der Annahme hatten, dass er irgendwo in der Nähe herumschlich, ließ ich die Peitsche energisch fliegen und die Sklaven schrien und wanden sich - wie vorher besprochen - , obwohl keinem von ihnen auch nur ein Haar gekrümmt worden war. Manchmal kam er dann rüber und bei der Gelegenheit murmelte Patsey einige Beschwerden vor sich hin, z.B. dass ich sie die ganze Zeit schlagen würde – und das tat sie so, dass er es hören musste. Selbst Onkel Abram erklärte, mit dem ihm eigenen Gesichtsausdruck der Ehrlichkeit, dass ich ihn schlimmer geschlagen hätte als General Jackson den Feind bei New Orleans. Wenn Epps nicht gerade betrunken war oder einen Anfall seines bestialischen Humors hatte, war dies für ihn normalerweise zufriedenstellend. Falls doch, mussten einige von uns leiden. Manchmal wurde seine Brutalität auch gefährlich und brachte selbst das Leben seines menschlichen Viehs in Gefahr. Einmal wollte er sich damit amüsieren, dass er mir ein Messer an die Kehle hielt.

Er war weg gewesen in Holmesville, bei einem Schießwettbewerb. Keiner hatte seine Rückkehr bemerkt. Während ich an der Seite von Patsey hackte, sagte sie mit leiser Stimme: „Platt, hast du gesehen, dass der alte Hog-Jaw mich zu sich gewunken hat?"

Ich schaute zur Seite und entdeckte ihn an einer Ecke des Feldes, gestikulierend und Grimassen schneidend wie immer, wenn er betrunken war. Da sie seine lüsternen Absichten kannte, begann Patsey zu weinen. Ich flüsterte ihr zu, nicht hochzuschauen und weiterzuarbeiten, als ob sie ihn nicht bemerkt hätte. Aber anscheinend hatte er Verdacht geschöpft und schwankte schon bald wuterfüllt auf mich zu.

„Was hast du Pats gesagt?", wollte er wissen und fluchte noch dabei.

Ich gab ihm eine ausweichende Antwort, was seinen Ärger nur noch größer werden ließ.

„Wie lange schon gehört *dir* diese Plantage, *sag*, du verdammter Nigger?“, verhöhnte er mich und ergriff dabei mit einer Hand meinen Hemdkragen; die andere Hand hatte er in seiner Tasche. „Jetzt werde ich deine schwarze Kehle durchschneiden, das werde ich tun“, sagte er und zog dabei das Messer aus seiner Tasche. Da er es mit einer Hand nicht öffnen konnte, musste er die Klinge zwischen seine Zähne nehmen. Ich sah, dass er es fast geschafft hatte, und fühlte den Drang zu fliehen. In seinem unbesonnenen Zustand war das kein Spaß mehr, so viel war sicher. Mein Hemd war vorne offen und als ich mich schnell herumdrehte und von ihm weg sprang, während er es immer noch festhielt, rutschte es vollständig von meinem Körper. Nun war es kein Problem mehr, ihm auszuweichen. Er jagte mich, bis er außer Atem war, hielt an, um sich zu erholen, fluchte und begann die Hatz von vorne. Er befahl mir, zu ihm zu kommen, beschwatzte mich, aber ich war immer darauf bedacht, ihm nicht zu nahe zu kommen. So umrundeten wir das Feld einige Male. Er versuchte, mich anzuspringen, ich wich ihm aus, mehr amüsiert als verängstigt. Ich wusste zu gut, dass er in nüchternem Zustand über seine eigene Ungeschicklichkeit lachen würde. Nach einiger Zeit sah ich meine Herrin am Hofzaun stehen und unseren halb ernsten, halb komischen Manövern zuschauen. Ich rannte an Epps vorbei und direkt auf sie zu. Epps, der sie nun auch entdeckt hatte, folgte nicht. Er blieb noch ungefähr eine Stunde auf dem Feld. In dieser Zeit blieb ich bei Mistress Epps stehen und erzählte ihr, was sich zugetragen hatte. Jetzt war *sie* es, die aufgebracht war und beschimpfte ihren Mann und Patsey gleichermaßen. Schließlich ging Epps, nun schon fast nüchtern, in Richtung Haus. Er ging bedächtig, die Hände auf dem Rücken verschränkt, und versuchte, so unschuldig wie ein Kind zu schauen.

Als er näher kam, begann Mistress Epps dennoch, ihn laut anzufahren und zu beschimpfen. Sie wusste einige respektlose Verwünschungen für ihn und wollte wissen, warum er mir die Kehle aufschlitzen wollte. Epps tat, als ob er von überhaupt nichts wüsste und schwor, zu meiner grenzenlosen Überraschung, bei allen Heiligen, dass er heute noch nicht mit mir geredet habe.

„Platt, du verlogener Nigger“, war seine schamlose Ansprache an mich, *„habe ich das?“*

Es ist nie gut, dem Herrn zu widersprechen, nicht mal, wenn man die

Wahrheit dabei sprach. Also war ich ruhig und als er ins Haus ging, kehrte ich aufs Feld zurück. Über die Sache wurde nie wieder ein Wort verloren.

Kurz nach diesem Zwischenfall wäre es fast dazu gekommen, dass ich meinen echten Namen und meine Herkunft enthüllt hätte. Dies hatte ich immer sorgfältig vermieden, da ich überzeugt war, dass meine Flucht davon abhängen könnte. Schon kurz nachdem er mich gekauft hatte, wollte Epps wissen, ob ich lesen und schreiben könne. Als ich ihm erklärte, dass ich durchaus ein bisschen Ausbildung diesbezüglich genossen hatte, sagte er mir, dass ich hundert Peitschenhiebe erhalten würde, sollte er mich jemals mit einem Buch, Feder oder Tinte erwischen. Er gab mir zu verstehen, dass er Nigger zum Arbeiten kaufte, und nicht um sie auszubilden. Er fragte nie nach meinem vergangenen Leben, oder wo ich herkäme. Die Herrin nahm mich allerdings ein paar Mal ins Kreuzverhör bezüglich Washington, das sie für meine Heimatstadt hielt. Mehr als einmal bemerkte sie, dass ich mich nicht benehmen oder reden würde wie die anderen Nigger und dass sie sicher war, dass ich mehr von der Welt gesehen hatte, als ich zugab.

Mein großes Ziel war es immer, heimlich einen Brief an meine Freunde oder meine Familie im Norden zum Postamt zu bekommen. Die Schwierigkeit dieses Unterfangens kann jemand, der die mir auferlegten Einschränkungen nicht selbst erlebt hat, kaum begreifen. Erstens besaß ich weder Papier, noch Tinte oder Feder. Zweitens darf ein Sklave ohne Pass weder die Plantage verlassen, noch wird ein Postbeamter einen Brief für ihn aufgeben, wenn er nicht das Einverständnis seines Herrn in Händen hält. Ich war bereits neun Jahre versklavt, immer wachsam und auf der Hut, bevor ich das Glück hatte, ein Blatt Papier zu ergattern. Während Epps eines Winters in New Orleans weilte, um seine Baumwolle loszuwerden, schickte mich die Herrin nach Holmesville, um einige Dinge zu besorgen – darunter auch Kanzleipapier. Ich unterschlug ein Blatt davon und versteckte es in meiner Hütte unter dem Brett, auf dem ich schlief.

Nach einigen Experimenten gelang es mir, Tinte herzustellen, indem ich weiße Ahornrinde auskochte. Eine Entenfeder diente mir als Ersatz für einen Stift. Als alle in der Hütte schliefen, gelang es mir im Licht der glimmenden Kohlen und auf meinem Brett liegend, eine längere Epistel zu schreiben. Sie war an einen alten Bekannten in Sandy Hill adressiert, beschrieb meine Lage und enthielt die Bitte, Maßnahmen zu meiner Befreiung einzuleiten. Diesen Brief hatte ich längere Zeit bei mir und konnte so ausklügeln, wie ich ihn sicher im Postamt abgeben konnte. Nach geraumer Zeit kam ein mieser Kerl namens Armsby, der nicht aus dieser Region war, in unsere Nachbarschaft und suchte eine Anstellung als Aufseher. Er bewarb sich bei Epps und war einige Tage auf der Plantage. Dann ging er rüber zu Shaw und blieb dort einige Wochen. Shaw war üblicherweise von solchen undurchsichtigen Charakteren umlagert, war er doch selbst als Mann ohne Prinzipien und Spieler bekannt. Er hatte seine Sklavin Charlotte zu seiner Frau gemacht und eine ganze Brut junger Mulatten wuchs in seinem Haus auf. Zum Schluss war Armsby soweit heruntergekommen, dass er gezwungen war, mit den Sklaven zu arbeiten. Ein weißer Mann, der auf dem Feld arbeitet, ist am Bayou Boeuf ein seltener und spektakulärer Anblick. Ich versuchte bei jeder Gelegenheit, ihn privat besser kennenzulernen und damit sein Vertrauen soweit zu gewinnen, dass ich ihm den Brief anvertrauen konnte. Er berichtete oft, dass er regelmäßig nach Marksville kam – und dort, so hatte ich beschlossen, sollte der Brief aufgegeben werden.

Ich überlegte reiflich, wie ich ihn am besten bezüglich dieses Themas ansprechen sollte. Dann beschloss ich, ihn einfach zu fragen, ob er bei seinem nächsten Besuch in Marksville einen Brief aufgeben könnte – ohne zu verraten, dass der Brief bereits geschrieben war oder was darin geschrieben stand; ich hatte Angst, dass er mich verraten würde und wusste, dass ich ihm einen monetären Anreiz setzen musste, um mir seiner Verschwiegenheit sicher zu sein. Gegen ein Uhr nachts stahl ich mich lautlos aus der Hütte, überquerte das Feld hinüber zu Shaws Anwesen und fand ihn schlafend auf dem Vorplatz. Ich hatte nur wenig Geld – die Einkünfte aus meinen Geigenauftritten, aber ich versprach ihm alles, was ich auf dieser Welt hatte, wenn er mir den Gefallen tun würde. Und ich bat ihn, mich nicht zu verraten, wenn er Nein sagen würde. Er versprach mir bei seiner Ehre, dass er den Brief im Postamt von Marksville aufgeben würde und dass dieses Geheimnis auf ewig bei ihm ruhen würde. Obwohl ich den Brief in meiner Tasche hatte, traute ich mich nicht, ihn hier und jetzt zu übergeben; stattdessen erklärte ich, dass ich ihn in zwei oder drei Tagen geschrieben hätte, wünschte eine Gute Nacht und kehrte in meine Hütte zurück. Es war mir unmöglich, das Misstrauen gegen ihn auszublenden und ich lag die ganze Nacht wach, in meinem Kopf immer wieder den sichersten Weg von hier aus suchend. Ich war bereit, sehr viel dafür zu riskieren, mein Unterfangen erfolgreich enden zu lassen - aber sollte der Brief irgendwie in die Hände von Epps fallen, wäre dies der

Todesstoß für meine Hoffnungen. Ich war so verwirrt wie nie zuvor.

Mein Misstrauen war wohlberechtigt, wie sich nun zeigen wird. Am übernächsten Tag, während wir Baumwolle kratzten, setzte sich Epps auf den Zaun zwischen seiner und Shaws Plantage und beaufsichtigte unsere Arbeiten. Sogleich trat auch Armsby in Erscheinung und setzte sich neben ihn auf den Zaun. Dort blieben sie zwei oder drei Stunden und bereiteten mir quälende und dunkle Vorahnungen.

In dieser Nacht, während ich meinen Bacon briet, kam Epps mit der Geißel in der Hand in meine Hütte.

„Gut, Junge", sagte er, „ich habe vernommen, dass ich einen gebildeten Neger habe, der Briefe schreibt und Weiße bittet, diese für ihn aufzugeben. Ich frage mich, ob du weißt, wer das ist?"

Meine schlimmsten Befürchtungen waren wahr geworden! Obwohl das sicher nicht lobenswert erscheinen wird, erkannte ich, dass meine einzige Fluchtmöglichkeit aus dieser Lage ein Gebilde aus Doppelzüngigkeit und abgebrühter Lüge war.

„Davon weiß ich nichts, Master Epps", antwortete ich mit einer Mischung aus Unwissenheit und Überraschung; „Davon weiß ich überhaupt nichts, Sir."

„Warst du nicht vorletzte Nacht bei Shaw drüben?", wollte er wissen.

„Nein, Master", war die Antwort.

„Hast du nicht diesen Kerl Armsby gebeten, für dich in Marksville einen Brief aufzugeben?"

„Aber nein, Herr, Master, ich habe mit ihm noch keine drei Worte in meinem Leben gewechselt. Ich weiß nicht, was Ihr meint."

„Nun", fuhr er fort, „Armsby hat mir erzählt, dass der Teufel unter meinen Niggern sei; dass ich einen hätte, den man besser im Auge behalten sollte, sonst würde er fliehen; und als ich nachbohrte sagte er, dass du zu Shaw gegangen bist, ihn geweckt und gebeten hast, für dich einen Brief nach Marksville zu bringen. Was hast du dazu zu sagen, hä?"

„Alles, was ich sagen kann, Master", erwiderte ich, „ist, dass dies unwahr ist. Wie sollte ich einen Brief schreiben ohne Tinte und Papier? Es gibt niemanden, dem ich schreiben könnte, denn ich habe keine lebenden Freunde, von denen ich wüsste. Dieser Armsby ist ein verlogener und betrunkener Kerl, sagen alle, und niemand glaubt ihm. Sie wissen, dass ich immer die Wahrheit sage und die Plantage nie ohne einen Pass verlasse. Aber, Master, ich sehe jetzt ziemlich deutlich, was Armsby damit bezwecken will. Hat er sich nicht bei Ihnen als Aufseher beworben?"

„Ja, er wollte, dass ich ihn einstelle", antwortete Epps.

„Da haben wir's, Master", entgegnete ich. „Sie sollen glauben, dass wir alle fliehen möchten und daher einen weiteren Aufseher benötigen. Er hat diese Geschichte frei erfunden, weil er Arbeit braucht. Alles gelogen, Master, verlassen Sie sich drauf."

Epps dachte eine Weile nach, offensichtlich beeindruckt von der Plausibilität meiner Theorie. Dann rief er aus:

„Ich soll verdammt sein, Platt, wenn ich dir nicht glaube. Er hält mich wohl für einen Idioten, wenn er glaubt, mir so einen Bären aufbinden zu können, nicht wahr? Vielleicht glaubt er, dass er mich zum Narren halten kann; vielleicht glaubt er, dass ich nichts in der Birne habe, nicht auf meine Nigger aufpassen kann, was! Dem alten Epps schöntun! Ha, ha, ha! Verfluchter Armsby! Hetz die Hunde auf ihn, Platt!"

Unter vielen anderen Kommentaren über Armsbys tatsächlichen Charakter und seine eigenen Fähigkeiten, auf sein Geschäft und seine Nigger aufzupassen, verließ Master Epps die Hütte. Sobald er weg war, warf ich den Brief ins Feuer und sah mit verzagtem und verzweifeltem Herzen zu, wie die Epistel, die mich so viel Mühe und Nachdenken gekostet hatte, und von der ich glaubte, dass sie mein Vorbote ins Land der Freiheit sei, sich auf den Kohlen in Rauch und Asche verwandelte. Armsby, dieser verräterische Unhold, wurde kurz darauf von Shaws Plantage vertrieben; was mir sehr gelegen kam, fürchtete ich doch, er könnte die Unterhaltung mit Epps fortsetzen und ihn vielleicht doch noch dazu bewegen, ihm zu glauben.

Ich wusste nicht, wo und wie ich noch nach Erlösung suchen könnte. Die Hoffnung, die mein Herz erfüllte, war zerstört und vernichtet. Der Sommer meines Lebens zog an mir vorüber; ich fühlte, dass ich vorzeitig alterte; dass ein paar weitere Jahre der Plackerei und des Kummers, in Verbindung mit dem teuflischen Gestank der Sümpfe, bald ihr Werk vollenden würden – mich der Umarmung des Grabes, in dem ich vermodern und vergessen werden sollte, zuzuführen. Zurückgewiesen, verraten, abgeschnitten von der Hoffnung der Rettung, konnte ich mich nur noch auf die Erde niederwerfen und meine unsagbaren Seelenqualen beweinen. Die Hoffnung auf Rettung war der einzige Lichtstrahl, der mein Herz trösten konnte. Und dieser Strahl war nun schwach und flackerte; ein weiterer Moment der Enttäuschung würde ihn vollkommen auslöschen und mich in der Dunkelheit der Mitternacht bis an mein Lebensende herumirren lassen.

KAPITEL 17

Ich habe nunmehr viele für den Leser uninteressante Vorfälle ausgelassen und bin im Jahr 1850 angekommen, das ein schlechtes Jahr für meinen Kameraden Wiley war, den Ehemann von Phebe. Seine schweigsame und beruhigende Art hat ihn bisher in den Hintergrund treten lassen. Obwohl Wiley selten den Mund aufmachte und sich ohne Aufzumucken in seiner seltsamen Umlaufbahn drehte, waren die warmen Elemente der Geselligkeit in der Brust des stillen Niggers doch sehr ausgeprägt. Im Überschwang seiner Eigenständigkeit, die ohne die Philosophie von Onkel Abram und den Ratschlägen seiner Frau Phebe auskam, besaß er die Tollkühnheit, ohne Pass eine benachbarte Hütte zu besuchen.

Die Gesellschaft, in der er sich befand, war so unterhaltsam, dass er die verstreichenden Stunden nicht zählte und die Sonne im Osten aufging, bevor er dies wahrnahm. Er rannte nach Hause so schnell er konnte und hoffte, das Quartier zu erreichen, bevor die Fanfare ertönen würde; unglücklicherweise erspähte ihn aber auf dem Weg eine Patrouille.

Wie das in den anderen dunklen Orten der Sklaverei gehalten wird, kann ich nicht sagen, aber am Bayou Boeuf gibt es eine Organisation, deren Geschäft es ist, zu patrouillieren und jeden Sklaven, der seine Plantage verlassen hatte, zu ergreifen und auszupeitschen. Sie sind beritten, bewaffnet, haben Hunde bei sich und werden von einem Captain befehligt. Sie haben das Recht, entweder per Gesetz oder durch allgemeine Billigung, jeden schwarzen Mann, der außerhalb des Besitzes seines Herrn ohne Pass unterwegs war, nach eigenem Ermessen zu züchtigen und sogar zu erschießen, falls er die Flucht wagen sollte. Jede Patrouille reitet ein bestimmtes Gebiet entlang des Bayous ab. Sie werden von den Pflanzern bezahlt, die ihren Beitrag in Relation zu der Anzahl ihrer Sklaven leisten. Das Geklapper ihrer Hufen hörte man Tag und Nacht und oft sah man sie einen Sklaven vor sich hertreiben oder ihn an einem Seil um seinen Hals zur Plantage seines Besitzers bringen.

Wiley floh vor einer dieser Patrouillen und glaubte, er könnte seine Hütte erreichen, bevor sie ihn ergreifen würden; aber einer der Hunde, ein großer, heißhungriger Bluthund, erwischte ihn am Bein und hielt ihn fest.

Die Männer der Patrouille peitschten ihn heftig und brachten ihn als Gefangenen zu Epps. Von ihm erhielt er eine noch stärkere Geißelung, bis die Schnitte des Leders und die Bisse der Hunde ihn so steif und wund gemacht hatten, dass er sich kaum noch rühren konnte. Es war ihm so unmöglich, seine Position auf dem Feld zu halten; folglich verging nicht eine Stunde, in der er nicht die Peitsche seines Herrn auf seinem rohen und blutenden Rücken spürte. Seine Leiden wurden bald unerträglich und er beschloss, wegzulaufen. Er teilte seine Absicht nicht mal mit seiner Frau Phebe und begann Vorbereitungen zur Ausführung seines Plans zu treffen.

Nachdem er seine gesamte Wochenration gekocht hatte, verließ er die Hütte in einer Sonntagnacht, als alle anderen Bewohner schon schliefen. Als morgens die Fanfare ertönte, erschien Wiley nicht. Man suchte ihn in den Hütten, der Scheune, im Baumwollhaus und in jedem Winkel und jeder Ecke des Geländes. Jeder von uns wurde ausgehorcht nach Hintergründen über sein plötzliches Verschwinden oder seinen derzeitigen Aufenthaltsort. Epps wütete und war außer sich. Dann bestieg er sein Pferd und galoppierte zu den benachbarten Plantagen, um dort nach Wiley zu fragen. Aber die Suche verlief erfolglos. Niemand hatte auch nur die leiseste Ahnung, was aus dem verschwundenen Sklaven geworden war. Die Hunde wurden zu den Sümpfen geführt, konnten dort aber keine Spur aufnehmen. Sie wurden in den Wald geschickt, kamen aber jedes Mal innerhalb kürzester Zeit und ohne Spur zu ihrem Ausgangspunkt zurück.

Wiley war entkommen, und das so klammheimlich, dass alle Jäger in die Irre geführt wurden. Es vergingen Tage und Wochen, in denen nichts von ihm zu hören war. Epps war ständig am Fluchen und Schimpfen. Wenn wir unter uns waren, war seine Flucht das bestimmende Thema. Es gab natürlich auch jede Menge Spekulationen bezüglich seines Verschwindens; einer meinte, dass er vielleicht in den Sümpfen ertrunken sei, zumal er ein miserabler Schwimmer war, ein anderer sagte, dass er von einem Alligator gefressen oder von einer Mokassin gebissen worden sein könnte - deren Biss einen sicheren und schnellen Tod bedeutete. Unser herzliches und wärmstes Mitgefühl war definitiv beim armen Wiley, wo immer dieser auch sein mochte. Von Onkel Abrams Lippen stiegen viele feierliche Gebete gen Himmel, in denen er um Sicherheit für den Wanderer ersuchte.

Drei Wochen später, als uns die Hoffnung, ihn jemals wiederzusehen, schon verlassen hatte, stand er plötzlich vor uns. Er berichtete, dass es seine ursprüngliche Absicht gewesen war, die alten Quartiere von Master Buford in South Carolina anzusteuern. Tagsüber hielt er sich versteckt, manchmal sogar im Geäst eines Baums, und des Nachts eilte er vorwärts durch die Sümpfe. Eines Morgens erreichte er dann kurz vor Sonnenaufgang das Ufer des Red River. Während er dort stand und überlegte, wie er den Fluss überqueren konnte, sprach ihn ein weißer Mann an und verlangte einen Pass. Da er keinen besaß, war schnell klar, dass er ein Flüchtling war. Er wurde nach Alexandria, der Hauptstadt der Pfarrei Rapides, gebracht und dort inhaftiert. Nach einigen Tagen sah ihn dort Joseph B. Roberts, der Onkel von Mistress Epps, der zufällig in Alexandria war und ihn sofort erkannte. Als Epps noch in Huff Power lebte, hatte Wiley auch auf seiner Plantage gearbeitet. Er bezahlte die Gefängnisgebühren und schrieb ihm einen Pass mit einer Notiz für Epps, ihn nach seiner Auskunft nicht auszupeitschen. Wiley wurde zurückgeschickt an den Bayou Boeuf. Die Hoffnung, dass Epps sich an Roberts' Bitte halten würde – eine Hoffnung, die Roberts ausdrücklich bestätigt hatte – stärkte ihn, als er auf das Haus zuhielt. Die Bitte wurde allerdings, wie man vielleicht bereits vermuten durfte, vollkommen ignoriert. Nachdem man ihn drei Tage weggesperrt hatte, wurde Wiley ausgezogen und erhielt eine dieser unmenschlichen Auspeitschungen, denen Sklaven so oft unterzogen wurden. Es war sein erster und letzter Fluchtversuch. Die langen Narben auf seinem Rücken, die er in sein Grab mitnehmen wird, werden ihn auf ewig an die damit verbundenen Gefahren erinnern.

Es gab in den zehn Jahren, in denen ich bei Epps weilte, nicht einen einzigen Tag, in dem ich nicht den Gedanken an Flucht hegte. Ich entwarf eine Menge Pläne, die immer vorzüglich klangen, aber samt und sonders schon nach kurzer Zeit wieder beerdigt wurden. Jemand, der nie in dieser Situation war, kann kaum erfassen, welche Hindernisse ein fliehender Sklave zu gewärtigen hat. Jeder Weiße wird seine Hand gegen ihn erheben – die Patrouillen werden nach ihm Ausschau halten – die Hunde werden auf seiner Fährte sein – und die Beschaffenheit des Landes macht ein sicheres Durchkommen so gut wie unmöglich. Ich glaubte aber immer daran, dass die Zeit, in der ich wieder durch die Sümpfe rennen musste, nochmals kommen würde. Für diesen Fall beschloss ich gerüstet zu sein für Epps' Hunde, die mich sicher verfolgen würden. Er besaß einige, darunter auch einen berüchtigten Sklavenjäger, der der schärfste und wildeste seiner Rasse war. Wenn wir draußen den Waschbär und das Opossum jagten und allein waren, ließ ich keine Gelegenheit aus, die Hunde aufs Härteste auszupeitschen. So gelang es mir nach und nach, sie vollständig zu unterwerfen. Sie fürchteten mich und gehorchten mir selbst dann, wenn andere keine Gewalt mehr über sie hatten. Wären sie auf meiner Fährte und hätten mich schließlich eingeholt, hatte ich keine Zweifel, dass sie davor zurückschrecken würden, mich anzugreifen.

Obwohl man unter Garantie erwischt wurde, waren die Sümpfe trotzdem ständig voll mit flüchtigen Sklaven. Viele, die so krank waren, dass sie ihre Aufgaben nicht mehr erfüllen konnten, rannten in die Sümpfe, um sich dort ein oder zwei Tage auszuruhen. Sie nahmen die mit ihrer Ergreifung verbundene Strafe damit billigend in Kauf.

Während ich noch Ford gehörte, hatte ich einmal unabsichtlich den Aufenthaltsort von sechs oder acht Flüchtlingen verraten, die in den Great Pine Woods lebten. Adam Taydem schickte mich oft von der Mühle zur Rodung, um dort Vorräte zu holen. Die gesamte Strecke verlief durch dichten Kiefernwald. Als ich gegen zehn Uhr einer wunderschönen Mondscheinnacht die Texas Road zur Mühle zurücklief, trug ich zubereitetes Schweinefleisch in einer Tasche auf meinem Rücken. Da hörte ich Schritte hinter mir, und als ich mich umdrehte, erkannte ich zwei Männer, gekleidet im typischen Stil der Sklaven, die sich mir schnell näherten. Als sie mich fast eingeholt hatten, erhob einer der beiden eine Keule, als ob er mich damit schlagen wollte; der andere langte nach meiner Tasche. Ich konnte beiden ausweichen und es gelang mir, den herumliegenden Ast einer Kiefer zu ergreifen. Diesen schleuderte ich den beiden entgegen und traf den einen mit solcher Wucht am Kopf, dass er sofort umfiel und augenscheinlich bewusstlos zu Boden ging. In diesem Moment tauchten am Rand der Straße zwei weitere Personen auf. Bevor sie mich packen konnten, war ich aber schon an ihnen vorbei und rannte voller Angst und so schnell ich konnte in Richtung der Mühle. Als Adam von meinem Abenteuer erfuhr, eilte er direkt zum Indianerdorf und weckte Cascalla und einige andere Stammesmitglieder. Sie nahmen die Verfolgung der Wegelagerer auf. Ich begleitete sie zum Ort des Überfalls, wo wir dort, wo ich den einen Banditen mit dem Ast erwischt hatte, eine Blutlache auf dem Boden vorfanden. Nachdem wir den Wald um uns herum eine Weile sorgfältig durchsucht hatten, entdeckte einer von Cascallas Männern Rauch, der durch die Äste einiger umgestürzter Bäume aufstieg, deren Wipfel zusammenstanden. Vorsichtig umkreisten wir das Lager und nahmen alle gefangen. Sie waren von einer Plantage in der Nähe von Lamourie entflohen und hatten bereits drei Wochen hier gelebt. Sie verfolgten mir gegenüber keine böse Absicht, sondern wollten nur das Schweinefleisch erbeuten. Auch hatten sie mich bereits auf dem Weg zu Ford entdeckt und den Grund meines Gangs erraten. Als sie dann bei Ford beobachten konnten, wie ich das Schweinefleisch bereitete und einpackte, beschlossen sie, mich auf dem Rückweg zu überfallen.

Die Nahrung war ihnen ausgegangen und die blanke Not hatte sie zu diesem Schritt getrieben. Adam überführte sie zum Gefängnis der Pfarrei und wurde entsprechend belohnt.

Es passiert nicht selten, dass ein Ausreißer sein Leben während der Flucht verliert. Auf einer Seite grenzte Epps' Besitz an das Gelände von Carey, der eine große Zuckerplantage hatte. Er bewirtschaftete mindestens 1500 Morgen Zuckerrohr und sein Ertrag belief sich fast immer auf über eine halbe Million Liter Zucker. Daneben baute er auf 500 oder 600 Morgen Land Mais und Baumwolle an. Letztes Jahr besaß er knapp über hundertfünfzig Erntehelfer, neben fast genau so vielen Kindern, und heuerte jedes Jahr weitere Sklaven von diesseits des Mississippi an.

Einer seiner Treiber war ein netter und kluger Negerjunge namens Augustus. Während der Feiertage, und manchmal auch wenn wir auf gegenüberliegenden Feldern arbeiten mussten, nutzte ich die Gelegenheit, um mich mit ihm bekannt zu machen. Daraus entstand eine warmherzige und gegenseitige Bindung. Im vorletzten Sommer zog er sich unglücklicherweise den Zorn des Aufsehers zu, der ein brutaler und herzloser Rohling war, und ihn aufs Grausamste auspeitschte. Augustus rannte weg. Als er eine Zuckerrohrscheune auf Hawkins' Plantage erreichte, versteckte er sich auf dem Boden. Carey setzte seine gesamte Hundemeute auf die Fährte des Jungen und diese führte ihn auch sogleich zu seinem Versteck. Sie umrundeten bellend und kratzend die Scheune, konnten den Entflohenen aber nicht erreichen. Dann hatte das Toben der Hunde auch die Verfolger hergeführt und einer der Aufseher erklomm die Scheune. Er zog Augustus heraus und warf ihn zu Boden, wo die gesamte Meute sofort über ihn herfiel. Bevor man die Hunde wegziehen konnte, hatten sie seinen Körper in der abscheulichsten Art und Weise zerbissen und entstellt. An unendlich vielen Stellen waren die Zähne bis zum Knochen vorgedrungen. Er wurde hochgezogen, auf ein Maultier gelegt und nach Hause getragen. Es waren seine letzten Schmerzen auf dieser

Erde. Er konnte sich noch bis zum nächsten Tag am Leben halten, dann besuchte der Tod den armen Jungen und erlöste ihn gnädig von seinen Leiden.

Auch unter Sklavinnen war es nicht unüblich, die Flucht zu wagen. Nelly, eines von Eldrets Mädchen, mit der ich einige Zeit in der Big Cane Brake Holz geschlagen hatte, lag drei Tage lang in Epps' Maisscheune verborgen. Nachts, wenn alles schlief, stahl sie sich in die Hütten, besorgte sich Nahrung und kehrte dann zur Scheune zurück. Als wir beschlossen, dass wir selbst nicht mehr sicher wären, wenn sie noch länger bei uns bliebe, ging sie wieder in ihre eigene Hütte zurück.

Das eindrucksvollste Beispiel, wie man sich erfolgreich Hunden und Jägern entziehen kann, war folgendes: Unter Careys Mädchen gab es eines mit Namen Celeste. Sie war neunzehn oder zwanzig und von weißerer Hautfarbe als ihr Besitzer oder dessen Familie. Es bedurfte schon einer sehr genauen Inspektion, um in ihr die kleinste Spur afrikanischen Bluts zu finden. Ein Fremder hätte nie erraten, dass sie ein Abkomme von Sklaven war. Eines Abends saß ich in meiner Hütte und spielte eine traurige Melodie auf meiner Geige, als sich plötzlich vorsichtig die Tür öffnete und Celeste vor mir stand. Sie war bleich und eingefallen.

Ich wäre nicht mehr erschrocken, hätte sich vor mir eine Erscheinung aus der Erde erhoben.

„Wer bist du?", erkundigte ich mich, nachdem ich sie einen Moment angestarrt hatte.

„Ich bin hungrig, gib mir etwas Bacon", war ihre Antwort.

Mein erster Eindruck war, dass sie eine geistesgestörte junge Herrin war, die von zu Hause geflohen war und nun herumirrte. Der Klang der Geige hatte sie wohl zu meiner Hütte geführt. Das raue Baumwollkleid einer Sklavin, das sie trug, zerstreute diese Annahme aber sofort wieder.

„Wie ist dein Name?", wollte ich erneut wissen.

„Mein Name ist Celeste", antwortete sie. „Ich gehöre Carey und war zwei Tage unter den Palmettos. Ich bin krank und kann nicht arbeiten und würde lieber in den Sümpfen sterben, als vom Aufseher zu Tode gepeitscht zu werden. Careys Hunde werden mir nicht folgen. Sie haben versucht, sie auf meine Spur zu setzen. Aber es gibt ein Geheimnis zwischen ihnen und Celeste, und sie werden die teuflischen Befehle des Aufsehers nicht befolgen. Gib mir etwas Fleisch – ich verhungere."

Ich teilte meine karge Ration mit ihr, und während sie sich bediente, erzählte sie, wie sie es geschafft hatte zu fliehen und beschrieb ihr

Versteck. Am Rand des Sumpfes, nicht mal eine halbe Meile von Epps' Haus entfernt, lag eine große Fläche von über tausend Morgen, die dicht mit Palmettos bewachsen war. Riesige Bäume, deren lange Äste sich miteinander verwoben hatten, bildeten eine Kuppel über ihnen, die so dicht war, dass kein Sonnenlicht sie durchdringen konnte. Selbst am hellsten Tag gab es dort nur Zwielicht. In der Mitte dieses großen Areals, das höchstens ein paar Schlangen ab und an aufsuchten – ein verlassener und düsterer Fleck – hatte sich Celeste aus den toten Ästen, die auf dem Boden lagen, eine einfache Hütte gebastelt und diese mit Palmettoblättern bedeckt. Dies war ihre Zuflucht. Sie hatte keine Angst vor Careys Hunden, so wenig wie ich vor Epps' Meute. Es ist wirklich eine Tatsache, die ich übrigens nie erklären konnte, dass es Menschen gibt, deren Fährte ein Hund absolut nicht folgen will. Celeste war einer davon.

Sie kam noch einige Nächte in meine Hütte und bat um Nahrung. Einmal schlugen unsere Hunde an, was wiederum Epps dazu veranlasste aufzustehen und das Gelände auszukundschaften. Er entdeckte sie zwar nicht, aber nach diesem Vorfall erschien es ihr nicht mehr sicher, in den Hof zu kommen. Als alles ruhig war, trug ich einige Vorräte zu einem vereinbarten Ort, wo Celeste sie finden würde.

So verbrachte Celeste den größten Teil des Sommers. Sie kam wieder zu Kräften, wurde munter und gesund. Zu jeder Jahreszeit kann man an den Grenzen des Sumpfs das Heulen der wilden Tiere vernehmen. Oft hatten diese der jungen Frau einen mitternächtlichen Besuch abgestattet und sie mit ihrem lauten Knurren aufgeweckt. Diese unerfreulichen Begrüßungen hatten sie schließlich so in Panik versetzt, dass sie beschloss, ihre einsame Bleibe aufzugeben; sie kehrte zu ihrem Herrn zurück, wurde mit ihrem Kopf im Stock ausgepeitscht und wieder aufs Feld geschickt.

Im Jahr vor meiner Ankunft in der Gegend gab es ein gemeinschaftliches Unterfangen einiger Sklaven am Bayou Boeuf, das tragisch endete. Ich glaube, dass auch die Zeitungen zu dieser Zeit ständig voll davon waren; mein Wissen aber stammt aus den Erzählungen derer, die zu dieser Zeit in nächster Umgebung dieser Aufregung lebten. In jeder Sklavenhütte am Bayou wurde lang und breit darüber diskutiert und ohne Zweifel werden sich auch viele nachfolgende Generationen darüber auslassen. Lew Cheney, der mir bekannt war – ein verschlagener, listiger und intelligenterer Neger als die allermeisten seiner Rasse, dachte sich die Idee aus, eine Truppe zusammenzustellen, die stark genug war, um sich ihren Weg ins benachbarte Mexiko freizukämpfen.

Ein entfernter Ort tief in den Sümpfen hinter Hawkins' Plantage wurde als Sammelpunkt erwählt. Lew flitzte in der Nacht von einer Plantage zur nächsten, verbreitete seine Kunde vom Kreuzzug nach Mexiko und erregte damit, wo er auch auftauchte, mehr Aufmerksamkeit als Peter der Einsiedler. Bald war eine große Anzahl Sklaven versammelt; gestohlene Maultiere, von den Feldern geholter Mais und Bacon, der aus den Räucherkammern verschwunden war, wurden in den Wald transportiert. Die Expedition war bereit zum Aufbruch, als ihr Aufenthaltsort entdeckt wurde. Lew Cheney, der vom grandiosen Fehlschlag seines Unternehmens nunmehr überzeugt war, entschied sich in vollem Bewusstsein, all seine Kameraden zu opfern und sich bei seinem Herrn anzubiedern, um die Konsequenzen, die er vorhersah, zu vermeiden. Er schlich sich vom Treffpunkt weg und nannte den Pflanzern die Anzahl der Sklaven, die im Wald versteckt waren; und anstatt seine wahre Absicht offenzulegen, versicherte er, dass es deren Absicht sei, bei der ersten sich bietenden Gelegenheit ihr Versteck zu verlassen und jeden Weißen entlang des Bayous umzubringen.

Diese Ankündigung, die von Mund zu Mund getragen wurde und dort immer mehr Unwahrheiten angedichtet bekam, erfüllte das gesamte Gebiet mit Furcht. Die Flüchtlinge wurden verhaftet, in Ketten nach Alexandria verfrachtet und dort von der Bevölkerung gelyncht. Aber nicht nur diese traf es, viele Verdächtige wurden, obwohl vollkommen unschuldig, von den Feldern und aus den Hütten geholt und ohne Prozess oder Rechtfertigung zum Schafott geführt. Die Pflanzer am Bayou rebellierten schließlich gegen diese Zerstörung ihres Eigentums, aber das rücksichtslose Abschlachten hatte kein Ende, bevor nicht ein Regiment Soldaten aus einem Fort an der texanischen Grenze die Galgen abriss und die Türen des Gefängnisses in Alexandria öffnete. Lew Cheney entkam und wurde für seinen Verrat sogar belohnt. Er lebt immer noch, aber sein Name ist verhasst und verflucht unter den Sklaven in den Pfarreien Avoyelles und Rapides.

Die Idee eines Aufstands war zu diesem Zeitpunkt allerdings auch nicht neu unter der versklavten Bevölkerung des Bayous. Ich habe mehr als einmal an ernsthaften Beratungen teilgenommen und es gab Zeiten, wo ein Wort von mir gereicht hätte, um einige hundert Gefährten in einen Aufruhr zu stürzen. Ich wusste, dass dieser Schritt ohne Waffen und Munition, vielleicht nicht einmal mit diesen, garantiert in einer Niederlage,

Vernichtung und Tod geendet hätte – also erhob ich meine Stimme immer dagegen.

Ich erinnere mich noch gut an die überaus verschwenderischen Hoffnungen, die während des Krieges mit Mexiko Einzug hielten. Die Nachricht des Siegs erfüllte die „großen Häuser" mit Jubel und die Hütten mit Enttäuschung und Sorge. Meiner Meinung nach – und ich hatte die Gelegenheit dieses Gefühl, von dem ich gerade sprach, selbst zu erleben – gibt es nicht mal fünfzig Sklaven am Bayou, die eine ins Land einmarschierende Armee nicht mit lautem Hurra! begrüßen würden.

Jeder, der sich selbst damit tröstet, dass der unwissende und erniedrigte Sklave keinen Eindruck vom Umfang des Unrechts hat, das ihm angetan worden ist, täuscht sich gewaltig. Jeder, der glaubt, dass er sich von den Knien erhebt, sein Rücken zerschnitten und blutend, und auch nur die geringste Milde oder Vergebung fühlt, täuscht sich gewaltig. Es mag der Tag kommen – er wird kommen, wenn seine Gebete erhört werden – an dem sein Herr an seiner Stelle umsonst um Gnade winseln wird – der schreckliche Tag der Rache!

KAPITEL 18

Wie im vorigen Kapitel berichtet, musste Wiley unter den Händen von Master Epps sehr leiden; allerdings erging es ihm da auch nicht besser als seinen unglücklichen Gefährten. „Wer seine Rute schont" war nicht Epps' Lebenseinstellung (*Buch der Sprüche 13:24, Anmerkung des Übersetzers*). Immer wieder kam seine Veranlagung zum Missmut zum Vorschein und dann galt es immer, eine gewisse Menge an Strafe zu verteilen, ganz egal wie klein das Vergehen auch gewesen sein mag. Die Umstände, die zu meiner vorletzten Tracht Prügel geführt hatten, werden nun zeigen, welch trivialen Grund es brauchte, damit Epps zur Peitsche griff.

Ein Mister O'Niel, der in der Nähe der Big Pine Woods wohnte, schaute bei Epps vorbei und wollte mich kaufen. Sein Beruf war die Gerberei und Striegelei und seine Geschäfte gingen gut. Er wollte mich in einer Abteilung seines Betriebes beschäftigen, vorausgesetzt natürlich, er könne mich erwerben. Tante Phebe, die den Mittagstisch im „großen Haus" deckte, konnte ihrer Unterhaltung zuhören. Nachdem sie nachts zum Hof zurückgekehrt war, rannte die alte Frau zu mir in der Hoffnung, mich mit den Neuigkeiten zu überwältigen. Sie begann, Wort für Wort zu wiederholen, was sie gehört hatte – und ihre Ohren waren dafür bekannt, dass sie jedes gesprochene Wort begierig aufsaugten. Sie führte die Tatsache, dass „Massa Epps mich an einen Gerber in den oberen Pine Woods" verkaufen wollte, in allen Details aus – so lang und laut, dass sie die Aufmerksamkeit der Herrin erregte, die unbemerkt auf dem Vorplatz stand und nun unserer Unterhaltung lauschte.

„Nun, Tante Phebe", sagte ich, „ich bin froh darüber. Ich habe es satt, Baumwolle zu kratzen und wäre gerne ein Gerber. Ich hoffe, dass er mich kauft."

Der Verkauf kam nicht zu einem Abschluss, da es Differenzen über den Preis gab und sich O'Niel am nächsten Morgen auf den Heimweg machte. Er war nur kurze Zeit weg, als Epps bei den Feldern auftauchte. Nichts bringt einen Sklavenherrn, ganz besonders Epps, mehr in die größte Wut, als die Andeutung eines seiner Diener, dass er ihn gern verlassen würde. Mistress Epps hatte ihm gegenüber meine vorabendlichen Worte zu Tante Phebe wiederholt - was ich wiederum von

Tante Phebe erfuhr, da Mistress Epps ihr sagte, dass sie die Unterhaltung mitgehört hatte. Nun, da er auf dem Feld war, hielt Epps direkt auf mich zu.

„So, Platt, du hast genug vom Baumwollkratzen, nicht war? Du würdest gern deinen Herrn wechseln, hä? Du kommst gerne rum – bist ein Reisender – nicht wahr? Ah, ja – hast Spaß am Reisen, vielleicht? Bist zu Besserem gemacht als Baumwolle zu kratzen, mein' ich. Also gehst du ins Gerbergeschäft? Gutes Geschäft – höllisch gutes Geschäft. Ein Unternehmernigger! Glaub', ich sollte selbst in dieses Geschäft gehen. Runter auf die Knie und nimm den Sack da von deinem Rücken! Ich werde jetzt versuchen, ob meine Hand auch gerben kann."

Ich flehte ihn an und versuchte, ihn mit Entschuldigungen zu besänftigen, aber alles war umsonst. Es gab keine Alternative; also kniete ich mich hin und präsentierte ihm meinen nackten Rücken in Erwartung der Peitsche.

„Wie gefällt dir das *Gerben*?", rief er aus, als die Peitsche auf mein Fleisch herniederfuhr. „Wie gefällt dir das *Gerben*?", wiederholte er mit jedem Schlag. So verabreichte er mir fünfundzwanzig oder dreißig Schläge, das Wort „Gerben" ständig in einer anderen Art betonend. Nachdem ich ausreichend „gegerbt" worden war, erlaubte er mir aufzustehen und versicherte mir mit einem bösartigen Lachen, dass er mir jederzeit wieder Unterricht im „Gerben" erteilen würde, falls ich mich immer noch mit dem Gedanken tragen sollte, in dieses Geschäft einzusteigen. Dies, betonte er, sei nur eine knappe Lektion im „Gerben" gewesen – das nächste Mal würde er mich „niederstriegeln."

Auch Onkel Abram wurde oft mit größter Brutalität behandelt, obwohl er zu den nettesten und treuesten Geschöpfen auf der Welt zählte. Er war jahrelang mein Mitbewohner in der Hütte. Sein Gesicht hatte immer einen mildtätigen Ausdruck und es machte Freude, dies zu beobachten. Er betrachtete uns mit elterlichen Gefühlen und gab uns oft wichtige und sehr entschiedene Ratschläge.

Als ich eines Nachmittags von Marshalls Plantage zurückkehrte, wohin mich meine Herrin entsandt hatte, fand ich ihn mit blutverschmierter Kleidung auf dem Boden der Hütte liegen. Er erzählte mir, dass auf ihn eingestochen wurde. Während sie Baumwolle verteilt hatten, war Epps betrunken aus Holmesville zurückgekehrt. Er mäkelte an allem rum und gab so viele unterschiedliche Anweisungen, dass es unmöglich war, überhaupt eine davon auszuführen. Onkel Abram, dessen Verstand langsam trüb wurde, passierte ein Fehler, der aber nicht weiter schlimm war. Epps war darüber aber so wütend, dass er sich in seiner betrunkenen Unbesonnenheit auf den alten Mann warf und ihn in den Rücken stach. Es war eine lange, schreckliche Wunde, aber Gott sei Dank nicht tief genug, um tödlich zu sein. Die Herrin hatte die Wunde genäht und ihren Gatten mit extremer Härte getadelt, ihn nicht nur wegen seiner Unmenschlichkeit beschimpft, sondern auch erklärt, dass sie ja nichts anderes von ihm erwarte, dass er seine Familie eines Tages in die Armut stürzen würde – dass er alle Sklaven auf seiner Plantage in einem seiner volltrunkenen Wutausbrüche töten würde.

Es war nicht ungewöhnlich, dass er Tante Phebe mit einem Stuhl oder einem hölzernen Stock niederstreckte; aber die grausamste Auspeitschung, der ich zusehen musste, und an die ich mich ausnahmslos mit einem Gefühl des Horrors erinnere, musste die unglückliche Patsey erleben.

Ich habe ja bereits beschrieben, wie Mistress Epps' Eifersucht und Hass das tägliche Leben ihrer jungen und tatkräftigen Sklavin unwürdig machten. Ich erfreue mich an dem Gedanken, dass ich das gutartige Mädchen viele Male vor Bestrafung bewahrt habe. Wenn Epps weg war, gab mir die Herrin oft den Befehl, Patsey ohne den geringsten Anlass auszupeitschen. Ich lehnte ab mit der Begründung, dass ich mich vor dem Missfallen meines Herrn fürchten würde und protestierte gegen die Behandlung, die sie Patsey zugedacht hatte. Ich versuchte Mistress Epps die Wahrheit aufzudrücken, nämlich dass Patsey der ihr zur Last gelegten Taten nicht schuldig war und nur Master Epps, dessen Willen sie gehorchen musste, der einzige Verantwortliche sei.

Nach und nach kroch das „grünäugige Monster" auch in Epps' Seele und mehr und mehr unterstützte er seine zornige Frau in ihrem infernalischen Jubel über des Mädchens Elend.

Vor nicht allzu langer Zeit waren wir am Sabbat an einem der Ufer des Bayous und wuschen unsere Kleidung, wie es so üblich war. Doch Patsey war nicht da. Epps rief laut, bekam aber keine Antwort. Niemand hatte beobachtet, ob sie den Hof verlassen hatte und wir waren verwundert, wohin sie gegangen sein mochte. Nach ein paar Stunden sah man sie aus der Richtung von Shaws Plantage herüberlaufen. Wie ich ja schon zu verstehen gegeben habe, war dieser Mensch ein berüchtigter Verschwender und keiner der besten Freunde von Master Epps. Harriet, seine Frau, wusste von Patseys Problemen und war sehr zuvorkommend zu ihr – was zur Konsequenz hatte, dass Patsey bei jeder Gelegenheit zu ihr hinüber ging, um sie zu treffen. Ihre Besuche beruhten einzig auf Freundschaft, aber nach und nach kam Epps der Verdacht, dass ein anderer, niederer Grund sie dort hinzog – dass es gar nicht Harriet war, die sie treffen wollte, sondern seinen Nachbarn selbst, diesen schamlosen Lüstling. Als sie zurückkam fand Patsey ihren Herrn in einem Zustand höchster Erregung vor. Seine Heftigkeit versetzte sie in einen solchen Schrecken, dass sie zuerst versuchte, seinen Fragen auszuweichen – was ihn noch mehr Verdacht schöpfen ließ. Schließlich baute sie sich stolz vor ihm auf und wies empört alle Anschuldigungen zurück.

„Missus gab mir keine Seife zum Waschen, nur dem Rest", sagte Patsey, „und Ihr wisst warum. Ich bin rüber zu Harriet, um mir dort ein Stück zu holen." Dies gesagt, zog sie es aus einer Tasche ihres Kleids und zeigte es ihm. „Darum bin ich zu Shaw, Massa Epps", fuhr sie fort, „Gott weiß, dass dies alles war."

„Du lügst, du schwarze Hexe!", schrie Epps.

„Ich lüge nicht, Massa. Und wenn ihr mich tötet, ich bleibe dabei."

„Oh! Ich werde dich niederzwingen. Ich werde dich lehren, zu Shaw zu gehen. Ich werde dir deine Stärke austreiben", zischte er durch seine geschlossenen Zähne.

Dann drehte er sich nach mir um und befahl, dass vier Pfosten in den Boden geschlagen werden sollten. Mit der Spitze seines Stiefels zeigte er, wohin er sie haben wollte. Als die Pfosten versenkt waren, wies er Patsey an alles, was sie am Leib trug, auszuziehen. Dann wurden Seile geholt, das nackte Mädchen auf sein Gesicht gelegt, und Handgelenke und Beine jeweils an einem der Pfosten festgemacht. Er lief hinüber zum Vorplatz, nahm eine der großen Peitschen von der Wand, gab sie mir in die Hand und befahl, Patsey auszupeitschen. Obwohl mir das nicht gefiel, war ich gezwungen, ihm zu gehorchen. Ich wage zu behaupten, dass es an diesem Tag nirgendwo auf der Erde eine so dämonische Vorführung gab, als wie sie nun folgte.

Mistress Epps stand auf dem Vorplatz inmitten ihrer Kinder und starrte auf die sich ihr bietende Szene mit einem Ausdruck herzloser Zufriedenheit. Die Sklaven standen etwas entfernt zusammen und ihr Gebaren war Ausdruck der Besorgnis in ihrem Herzen. Die arme Patsey flehte herzerweichend um Gnade, aber alle Gebete waren vergebens. Epps knirschte mit den Zähnen, stampfte auf den Boden und schrie mich wie ein Berserker an, *härter* zuzuschlagen.

„Schlag' härter, du Schurke, oder *du* bist der Nächste",
schrie er.

„Oh, Gnade, Massa! – oh! seid gnädig, *bitte*. Oh, Gott! Habt Mitleid",
stieß Patsey ständig hervor, ihr Fleisch unter jedem Schlag erbebend.

Als ich ihr dreißig Schläge verpasst hatte, hörte ich auf und drehte mich
zu Epps um in der Hoffnung, dass er nun zufrieden sei; aber unter bitteren
Flüchen und Drohungen befahl er mir weiterzumachen. Ich versetzte ihr
zehn oder fünfzehn weitere Schläge. Ihr Rücken war bereits mit Striemen
übersät, die sich überkreuzten wie ein Netz. Epps tobte immer noch so
wild wie immer und wollte erneut wissen, ob sie nochmals zu Shaw gehen
wolle; dabei schwor er, dass er sie geißeln würde, bis sie sich wünschte, in
der Hölle zu schmoren. Ich warf die Peitsche zu Boden und erklärte, ich
könnte sie nicht weiter bestrafen. Er befahl mir weiterzumachen und
drohte mir eine noch intensivere Auspeitschung an, wenn ich das
verweigern würde. Mein Herz rebellierte beim Anblick dieser
unmenschlichen Szene und ich wiederholte meine Verweigerung, mir der
vollen Konsequenzen bewusst. Er nahm die Peitsche nun selbst auf und
benutzte sie mit zehnfacher Kraft als ich es getan hatte. Die
schmerzerfüllten, durchdringenden Schreie Patseys mischten sich nun mit
Epps' lauten und wütenden Flüchen und erfüllten die Luft. Sie war bereits
schrecklich aufgeschlitzt – ohne Übertragung darf ich sagen, dass ihr fast
die Haut abgezogen wurde. Die Peitsche war rot vom Blut, das an Patseys
Seiten hinunterfloss und auf die Erde tropfte. Nach und nach hörte sie auf,
gegen ihre Fesseln zu kämpfen. Ihr Kopf fiel apathisch auf den Boden.
Ihre Schreie und ihr Flehen ließen immer mehr nach und klangen in einem
tiefen Stöhnen aus. Sie schreckte nicht mehr zurück, wenn die Peitsche
kleine Fleischstücke aus ihr herausbiss. Ich glaubte, sie
würde sterben!

Es war der Sabbat des Herrn. Die Felder lachten im warmen
Sonnenlicht – die Vögel zwitscherten fröhlich unter dem Laub der Bäume
– Friede und Fröhlichkeit schienen überall zu regieren; außer in der Brust
von Master Epps, seinem nach Luft ringenden Opfer und den stillen
Zeugen um ihn herum. Die stürmischen Emotionen, die hier wüteten,
waren kaum in Übereinklang zu bringen mit der Ruhe und der stillen
Schönheit dieses Tages. Ich konnte Epps nur noch mit unsagbarem
Abscheu und Gräuel anblicken und dachte für mich selbst – „Du Teufel,
früher oder später wirst du für diese Sünde im Angesicht des ewigen
Richters bezahlen!"

Schließlich hörte er auf zu peitschen, erschöpft wie er war, und wies Phebe an, einen Kübel Salz und Wasser zu bringen. Nachdem ich Patsey gründlich damit gewaschen hatte, musste ich sie zu ihrer Hütte tragen. Ich löste die Fesseln und zog sie in meinen Armen hoch. Sie konnte nicht stehen und als ihr Kopf auf meiner Schulter ruhte, wiederholte sie immer wieder mit kaum hörbarer Stimme, „Oh, Platt – oh, Platt!" – das war alles. Wir zogen sie wieder an, aber schon bald klebte das Kleid an ihr und wurde steif vor Blut. In der Hütte legten wir sie auf einige Bretter, wo sie lange liegen blieb, die Augen geschlossen und vor Qualen stöhnend. Nachts legte Phebe ihr geschmolzenes Wachs auf die Wunden und alle versuchten, ihr zu helfen und sie zu trösten, soweit wir das konnten. Tag um Tag lag sie in der Hütte auf ihrem Gesicht, da die Wunden jede andere Ruheposition verhinderten.

Es wäre eine Erlösung für sie gewesen und hätte ihr Tage, Wochen und Monate des Jammers erspart, hätte sie ihren Kopf nie wieder erhoben. Tatsächlich war sie von diesem Tag an eine andere. Die Last tiefer Melancholie wog schwer auf ihrer Seele. Sie ging nie mehr mit diesem festen und federnden Schritt und das fröhliche Funkeln in ihren Augen, das sie früher ausgezeichnet hatte, war verschwunden. Die überquellende Lebensfreude und ihre jugendliche, lebhafte Fröhlichkeit waren vernichtet worden. Ihre Stimmung wurde zusehends trauriger und verzagend und oft schreckte sie mitten in der Nacht hoch und bat mit erhobenen Händen um Gnade. Sie wurde stiller und stiller, plackte den ganzen Tag in unserer Mitte und sprach kein Wort. Ein mitleiderregender und von Sorgen gezeichneter Ausdruck machte sich auf ihrem Gesicht breit und ihr Humor bestand nicht länger aus Lachen, sondern aus Weinen. Falls es jemals ein gebrochenes Herz gegeben hatte, zerstört und verschandelt vom rohen Griff des Leids und des Unglücks – dann war es Patseys.

Sie war genau so großgezogen worden wie die Tiere ihres Herrn – die einfach nur als wertvoll und manchmal attraktiv angesehen wurden – und hatte daher auch nur ein begrenztes Wissen. Und doch gab es in ihrem Verstand den gewissen, wenn auch schwachen Lichtstrahl, der ihn nicht ganz dunkel werden ließ. Sie hatte eine schwache Vorstellung von Gott und der Ewigkeit und eine noch schwächere Vorstellung von einem Erlöser, der selbst für jemanden wie sie gestorben war. Sie hatte nur sehr verworrene Meinungen über das zukünftige Leben und konnte den Unterschied zwischen dem irdischen und dem ewigen Leben nicht verstehen. Glück wurde in ihrem Verständnis als Befreiung von Striemen,

Arbeit und der Grausamkeit der Herren und der Aufseher definiert. Ihr Plan vom Himmel beinhaltete einfach nur *Ruhe*, und wird am einfachsten in dieser melancholischen Dichtung ausgedrückt:

„Ich verlange kein Paradies da oben, unterdrückt da ich hier auf Erden war, der einzige Himmel nach dem ich mich sehne ist Ruhe, ewige Ruhe."

In vielen Gegenden überwiegt die falsche Annahme, dass ein Sklave den Begriff Freiheit, oder die Idee dahinter, nicht versteht. Selbst am Bayou Boeuf, wo ich die Sklaverei in ihrer abstrusesten und grausamsten Form erlebt habe, wo sie Auswüchse zeitigt, wie sie in den meisten nördlichen Staaten nicht mal erahnt werden - selbst hier verstehen auch die unwissendsten Sklaven den Begriff Freiheit. Sie verstehen, welche Privilegien damit verbunden sind und von was das Wort Freiheit einen Menschen wirklich befreit – dass sie die Früchte ihrer eigenen Arbeit selbst genießen und sicher in ihren eigenen vier Wänden leben könnten. Es bleibt ihnen nicht verborgen, dass es einen großen Unterschied zwischen ihren Lebensbedingungen und denen des gemeinsten Weißen gibt und wie ungerecht das Gesetz ist, das es den Weißen ermöglicht, die Gewinne ihres Fleißes einzuheimsen und sie unverdienter und grundloser Bestrafung unterwirft – ohne Gnade oder dem Recht zu Protestieren oder zu Widerstehen.

Patseys Leben war gerade nach dieser Auspeitschung ein einziger langer Traum von Freiheit. Ganz weit weg, in ihrer Vorstellungskraft unendlich weit weg, lag ein Land der Freiheit. Tausende Male hatte sie gehört, dass es im entfernten Norden keine Sklaven gab – und keine Herren. Für ihre Fantasie war dies ein verzaubertes Land, das Paradies auf Erden. Dort zu leben, wo der schwarze Mann für sich selbst arbeitet – in seiner eigenen Hütte wohnt – seinen eigenen Boden bestellt – ach! was für ein Traum, dessen Erfüllung sie niemals erleben würde.

Die Auswirkungen solch brutaler Vorstellungen auf die Hausgemeinschaft des Sklavenhalters liegen auf der Hand. Epps' ältester Sohn war ein kluger Kerl von damals zehn oder zwölf Jahren. Es war bejammernswert, ihm dabei zuzusehen, wie er, zum Beispiel, den armen Onkel Abram züchtigte. Er rief den alten Mann zum Rapport und verurteilte ihn, so sein kindlicher Verstand dies für nötig befand, zu einer gewissen Anzahl Peitschenhiebe, die er dann auch sofort mit größter Stärke und Entschiedenheit verabreichte. Oft ritt er mit seiner Peitsche auf dem Pony in die Felder und spielte, sehr zur Freude seines Vaters, dort den Aufseher. Ohne Anlass gebrauchte er die Geißel und trieb die Sklaven unter gelegentlichen gotteslästerlichen Ausdrücken zu mehr Anstrengung an. Der alte Mann lachte dazu und lobte ihn als einen Burschen, der durchgreifen kann.

„Das Kind ist der Vater des Menschen" – und mit diesem Training kann es auch nichts anderes sein, egal welche natürlichen Veranlagungen vorhanden sind. Wenn so ein Kind erwachsen wird, sind ihm die Leiden und das Elend eines Sklaven vollkommen egal. Die Einflüsse des schändlichen Systems züchten gefühllose und grausame Seelen – selbst in der Brust von denen, die unter Ihresgleichen als menschlich und großzügig angesehen werden.

Der junge Herr Epps hatte durchaus einige edle Qualitäten, aber keine Beweisführung der Welt hätte ihn verstehen lassen, dass es im Angesicht des Allmächtigen keinen Unterschied zwischen Hautfarben gab. Er betrachtete den schwarzen Mann als Tier, das sich ausschließlich in der Gabe der Sprache, dem Besitz höherer Instinkte und seinem Marktwert von tatsächlichen Tieren abhob. Zu arbeiten wie die Maultiere seines Vaters – sein ganzes Leben ausgepeitscht und getreten zu werden – dem weißen Mann mit dem Hut in der Hand und zu Boden blickend zu begegnen, das war das natürliche und gerechte Schicksal eines Sklaven. Wenn man unter diesen Vorstellungen aufwächst und glaubt, dass dem Sklaven keine Menschlichkeit zusteht, ist es kein Wunder, dass die Unterdrücker meines Volks eine mitleidlose und unnachgiebige Rasse sind.

KAPITEL 19

Im Juni 1852 begann einer der Zimmermänner im Bayou Boeuf, ein Mister Avery, mit dem Bau eines Hauses für Master Epps. Ich habe schon erwähnt, dass es im Bayou keine Keller gab; da der Grund hier tief und sumpfig war, wurden die Häuser normalerweise auf Pfählen errichtet. Eine weitere Besonderheit war, dass die Räume nicht verputzt, sondern Decken und Wände mit Zypressenholz verkleidet wurden, das nach dem Wunsch des Eigentümers gestrichen wurde. Die Bretter und Bohlen wurden üblicherweise von Sklaven mit Schrotsägen geschnitten, da es im ganzen Umkreis nicht genug Wasserkraft für eine Sägemühle gab. Wenn der Pflanzer also für sich eine Behausung hochzog, gab es genug Mehrarbeit für die Sklaven. Da ich unter Tibeats einige Erfahrung als Zimmermann gesammelt hatte, wurde ich nach der Ankunft von Avery und dessen Gehilfen vom Feld abgezogen. Unter ihnen war einer, dem ich unendlich viel Dankbarkeit schulde. Wäre er nicht gewesen, hätte ich aller Wahrscheinlichkeit nach mein Leben in Sklaverei beendet. Er war mein Erlöser, ein Mann, dessen ehrliches Herz vor edlen und großzügigen Gefühlen nur so überfloss. Bis zu meinem letzten Atemzug werde ich mich an ihn mit Gefühlen der Dankbarkeit erinnern. Sein Name war Bass und er wohnte zu der Zeit in Marksville. Es ist schwer, eine treffende Beschreibung seines Aussehens oder Charakters zu geben. Er war groß, zwischen vierzig und fünfzig Jahren alt, schmächtig und hatte schütteres Haar. Bass war sehr von sich überzeugt, unterkühlt, diskutierte gerne und viel, und sprach immer sehr bedacht. Er war eine der Personen, deren Besonderheit es war, dass alles, was sie sagten, niemals beleidigend war. Was von den Lippen eines anderen absolut nicht hinnehmbar war, durfte er ungestraft aussprechen. Es gab am ganzen Red River nicht einen Mann, der in Sachen Politik oder Religion die gleichen Ansichten vertrat wie er – und ganz sicher auch keinen, der nur halb so viel darüber redete. Man konnte darauf wetten, dass er grundsätzlich die unpopulärsten Aspekte örtlicher Anliegen unterstützte und es bereitete seinen Zuhörern eher Freude als Unbehagen, den geistreichen und originellen Argumenten für die Gegenseite zuzuhören. Er war Junggeselle – ein „alter Junggeselle", musste man sagen – und hatte weder ihm bekannte Verwandte auf der

Welt, noch eine feste Bleibe. Er streifte von Staat zu Staat, gerade so, wie es ihm in den Sinn kam, und hatte als Zimmermann drei Jahre in Marksville gelebt. Wegen seiner Besonderheiten war Bass auch mindestens genau so lange in der gesamten Pfarrei Avoyelles bekannt. Er war so liberal, wie es nur ging, und seine vielen guten Taten und seine Herzensgüte hatten ihn beliebt in der gesamten Gemeinde gemacht; ein Gefühl, das ihm immer unbehaglich war.

Bass war von Geburt Kanadier und hatte dort in jungen Jahren seine Odyssee begonnen. Nachdem er die wichtigsten Orte in den nördlichen und westlichen Staaten gesehen hatte, verschlug ihn seine Wanderung in die ungastlichen Regionen am Red River. Das letzte mal, dass ich von ihm hörte, war aus Illinois. Ich bedauere sagen zu müssen, dass ich keine Ahnung habe, wo er jetzt lebt. Am Tag vor meiner Abreise sammelte er seine Siebensachen und verschwand klammheimlich aus Marksville, wohl wissend, dass die Verdächtigungen bezüglich seiner Mittäterschaft dies notwendig machen würden. Wäre er in der Nähe der Sklavenauspeitscher am Bayou Boeuf geblieben, hätte man ihn für diese gerechte und rechtschaffene Tat ohne Zweifel gehängt.

Eines Tages, als wir an dem neuen Haus arbeiteten, führten Bass und Epps ein Streitgespräch, dem ich natürlich, wie man leicht erraten wird, intensiv zuhörte. Sie redeten über das Thema der Sklaverei.

„Ich sag Ihnen was, Epps", sagte Bass, „das ist alles falsch – alles falsch, Sir – das ist weder rechtens noch gerecht. Ich würde keinen Sklaven halten, selbst wenn ich Krösus wäre – was ich nicht bin, wie Ihnen meine Gläubiger gerne bestätigen werden. Das ist auch so ein Humbug, dieses Kreditsystem – Humbug, Sir; kein Kredit – keine Schulden. Kredite führen einen Mann in Versuchung. Bargeld ist das einzige, was ihn vom Bösen erlösen wird. Aber zu dieser Frage der *Sklaverei*: welches *Recht* habt ihr an euren Niggern, wenn ihr mal ganz ehrlich seid?"

„Welches Recht!", lachte Epps, „na, ich habe sie gekauft und bezahlt."

„*Natürlich* haben Sie das; das Gesetz erlaubt Ihnen ja, einen Nigger zu halten; aber, mit Verlaub, das Gesetzt hat *Unrecht*. Ja, Epps, dieses Gesetz *lügt* und es steckt nicht ein Funken Wahrheit darin. Ist alles rechtens, bloß weil ein Gesetz es erlaubt? Nehmen wir an, man würde ein Gesetz verabschieden, das Ihnen die Freiheit nimmt und Sie zum Sklaven degradiert?"

„Das ist ja kein sehr wahrscheinlicher Fall", meinte Epps, der immer noch lachte, „ich hoffe sehr, Sie vergleichen mich nicht mit einem Nigger, Bass."

„Nun", antwortete Bass mit Bedacht, „nicht wirklich. Aber ich habe schon Nigger gesehen, die so gut waren wie ich selbst, und ich kenne keinen weißen Mann in meiner Bekanntschaft, einschließlich meiner Selbst, den ich für besser halten würde. Im Angesicht Gottes, Epps, was würden Sie meinen, ist der Unterschied zwischen einem weißen und einem schwarzen Mensch?"

„So viel kann ich gar nicht aufzählen", erwiderte Epps. „Sie könnten genauso gut nach dem Unterschied zwischen einem Weißen und einem Pavian fragen. Nun, ich habe eines dieser Viecher in New Orleans gesehen und der wusste genauso viel wie jeder meiner Nigger. Sie würden sie als Mitbürger bezeichnen, denke ich?" – und Epps ergötzte sich mit einem lauten Lachen an seinem eigenen Wortwitz.

„Schauen Sie, Epps", fuhr Bass fort, „Sie können sich nicht so lustig machen über mich. Einige Menschen sind klug; andere sind nicht halb so klug, als sie selbst von sich glauben. Lassen Sie mich eine Frage stellen. Sind alle Menschen gleich und frei geboren, so wie es in der Unabhängigkeitserklärung steht?"

„Ja", antwortete Epps, „aber *nicht* Menschen, Nigger und Affen;" – und damit brach er in ein noch herzhafteres Gelächter aus.

„Wenn sie das so sehen", bemerkte Bass kühl. „Es gibt unter weißen wie auch unter schwarzen Menschen Affen. Ich kenne Weiße, die argumentieren, wie es kein vernünftiger Affe jemals tun würde. Aber lassen wir das. Diese Nigger sind Menschen. Wenn sie nicht soviel Wissen besitzen wie ihre Herren, wessen Fehler ist das? Es ist ihnen ja nicht *erlaubt*, etwas zu wissen. Sie haben Bücher und Papier, dürfen hingehen wo immer Sie wollen und auf tausend verschiedene Möglichkeiten Wissen und Erfahrungen sammeln. Aber Ihre Sklaven haben dieses Privileg nicht. Wenn Sie einen beim Lesen erwischen, peitschen Sie ihn aus. Die Sklaven werden, Generation für Generation, in Knechtschaft gehalten und jeder geistigen Verbesserung beraubt – wer wird erwarten, dass sie Wissen besitzen? Wenn man sie nicht herunter drückt auf die Ebene der gewöhnlichen Tiere, werdet ihr Sklavenhalter daran nie schuld sein. Wenn sie Paviane sind, oder vom Maß ihrer Intelligenz nicht höher als diese Tiere stehen, werden Sie und Männer wie Sie sich dafür verantworten müssen. Auf dieser Nation liegt Sünde, eine schreckliche Sünde, die nicht für immer ungesühnt bleiben wird. Es wird eine Abrechnung geben – ja, Epps, „denn siehe, es kommt ein Tag, der brennen soll wie ein Ofen" (*Malachias 4:1, Anmerkung des Übersetzers*). Ob früher oder später, ganz egal, aber er wird kommen, so sicher wie das Amen in der Kirche."

„Wenn Sie oben bei den Yankees in New England leben würden", sagte Epps, „wären Sie wohl einer der Fanatiker, die immer mehr wissen als die Verfassung, mit Uhren hausieren gehen und Nigger dazu beschwatzen, abzuhauen."

„Wäre ich in New England", entgegnete Bass, „wäre ich derselbe Mensch wie hier. Ich würde sagen, dass Sklaverei ein Frevel ist und abgeschafft gehört. Ich würde sagen, dass es weder per Gesetz oder Verfassung eine Rechtfertigung dafür gibt, einen anderen Menschen in Gefangenschaft zu halten. Es wäre schlimm für Sie, wenn Sie Ihr Eigentum verlieren würden, keine Frage, aber nur halb so schlimm, als wenn Sie Ihre Freiheit verlieren würden. Sie haben, bei Licht betrachtet, nicht mehr Recht auf Freiheit als Onkel Abram da drüben. Gut, reden wir von schwarzer Haut und schwarzem Blut; wie viele Sklaven sind hier am Bayou, die genauso weiß sind wie wir beiden? Und gibt es einen farblichen Unterschied der Seelen? Pah! das ganze System ist so absurd wie grausam. Hätte ich die beste Plantage in ganz Louisiana, ich würde keine Nigger halten."

„Sie hören sich gerne reden, Bass, mehr als jeder andere Mensch, den ich kenne. Sie würden behaupten, dass schwarz weiß ist oder weiß schwarz, ohne dass Ihnen jemand widersprechen würde. Ihnen gefällt absolut gar nichts auf dieser Welt, und ich befürchte, das wird sich in der nächsten nicht ändern – falls Sie darin eine Wahl haben werden."

Nach diesem Vorfall kamen Unterhaltungen dieser Art nicht selten zwischen den beiden vor; Epps zog ihn auf, mehr darauf aus, sich auf Bass' Kosten zu amüsieren als mit der Absicht, das Für und Wider der Frage ernsthaft zu erörtern. Er betrachtete Bass als einen Menschen, der alles sagen würde, wenn er sich nur selbst reden hören könnte; vielleicht etwas selbstverliebt, aber auf jeden Fall nur seiner Redegewandtheit wegen gegen seine eigenen Überzeugungen und seinen Glauben argumentierend.

Bass blieb den Sommer über bei Epps und besuchte nur alle zwei Wochen Marksville. Je mehr ich ihn kennenlernte, desto mehr gewann ich die Überzeugung, dass er ein Mann war, dem ich vertrauen konnte. Nichtsdestotrotz hatte mich mein vorangegangenes Missgeschick gelehrt, sehr vorsichtig zu sein. Es stand mir nicht zu, mit einem Weißen zu reden

- mit der Ausnahme, dass er mich ansprach. Aber ich ließ keine Gelegenheit aus, ihm zu begegnen und seine Aufmerksamkeit auf jede nur erdenkliche Weise auf mich zu ziehen. Früh im August waren wir beide allein am Haus beschäftigt. Die anderen Handwerker waren gegangen und Epps bei den Feldern. Jetzt oder nie war die Zeit, das Thema anzusprechen, welches mir am Herzen lag – und ich war bereit dafür, ganz egal welche Konsequenzen dies nach sich ziehen würde. Am Nachmittag waren wir fleißig an der Arbeit, als ich innehielt und fragte:

„Master Bass, ich möchte Sie fragen, aus welchem Teil des Landes Sie stammen?"

„Mein Gott Platt, wie kommst du denn darauf?", antwortete er. „Wenn ich es dir sage, hättest du doch keine Ahnung davon." Nach einer kurzen Pause fügte er hinzu – „Ich bin in Kanada geboren; rate mal, wo das ist."

„Oh, ich weiß, wo Kanada ist, da bin ich schon gewesen."

„Oh ja, ich glaube, du kennst dich in diesem Land sehr gut aus", bemerkte er und lachte ungläubig.

„So sicher, wie ich hier stehe, Master Bass", erwiderte ich. „Ich war dort. Ich war in Montreal und Kingston, in Queenstown und vielen anderen Städten. Und ich war auch im Staat New York – in Buffalo, Rochester, Albany – und kann Ihnen die Namen vieler Orte am Erie Kanal oder Champlain Kanal nennen."

Bass drehte sich um und schaute mich eine Zeit lang an, ohne eine Silbe zu sagen.

„Wie bist du dorthin gekommen?", wollte er nach einiger Zeit wissen.

„Master Bass", erwiderte ich, „ich wäre nicht hier, wenn es nach dem Recht ginge."

„Wie geht das an?", fragte er. „Wer bist du? Du bist ganz sicher in Kanada gewesen, ich kenne all die Orte, die du genannt hast. Wie bist du dorthin gelangt? Komm, erzähl mir davon."

„Ich habe keine Freunde hier, denen ich vertrauen kann", war meine Antwort. „Ich habe Angst, Ihnen die Wahrheit zu sagen, obwohl ich glaube, dass Sie Master Epps nichts verraten werden."

Er versicherte mir mit Nachdruck, dass er jedes ihm anvertraute Wort als absolutes Geheimnis behandeln würde. Seine Neugier war offensichtlich geweckt. Ich erklärte ihm, dass dies eine lange Geschichte wäre und einige Zeit in Anspruch nähme. Master Epps wäre schon bald zurück, aber wenn wir uns heute Nacht, wenn alle schliefen, sehen würden, könnte ich sie ihm erzählen. Er schlug sofort in diese Abmachung ein und wies mich an, in das Haus, in dem wir gerade arbeiteten, zu kommen. Dort würde ich ihn finden. Um Mitternacht, als alles ruhig und friedlich war, schlich ich vorsichtig aus meiner Hütte und ging leise in das unfertige Haus, wo er tatsächlich auf mich wartete.

Nach einigen weiteren Versicherungen, dass er mich nicht verraten würde, begann ich die Geschichte meines Lebens und meines Unglück zu erzählen. Er war zutiefst interessiert und stellte viele Fragen bezüglich Orten und Geschehnissen. Nachdem ich meine Geschichte beendet hatte, flehte ich ihn an, einigen meiner Freunde im Norden zu schreiben, ihnen meine Lage zu berichten und sie zu bitten, mir Freiheitsdokumente zu schicken oder andere Schritte zu unternehmen, die meine Freilassung zur Folge hätten. Er versprach, dies zu tun und wies auf die damit verbundene Gefahr hin, sollte man entdeckt werden. Dieses Mal prägte *er mir* die absolute Notwendigkeit der Verschwiegenheit und Geheimhaltung ein. Bevor wir auseinandergingen, planten wir noch unsere nächsten Schritte.

Wir verabredeten uns in der nächsten Nacht in einiger Entfernung vom Haus meines Herrn an einem bestimmten Platz in den hohen Gräsern auf der Böschung des Bayous. Dort wollte er die Namen und Adressen einiger Freunde im Norden zu Papier bringen und diesen bei seinem nächsten Besuch in Marksville Briefe schreiben. Wir hielten es nicht für ratsam, uns im Neubau zu treffen, denn das Licht, das er zum Schreiben benötigte, hätte entdeckt werden können. Im Lauf des Tages gelang es mir, während Tante Phebe kurz abwesend war, unbeobachtet einige Streichhölzer und ein Stück Kerze aus der Küche zu entwenden. Bass hatte Stift und Papier in seiner Werkzeugkiste.

Zur vereinbarten Stunde trafen wir uns am Bayou und krochen in die Gräser. Dort zündete ich die Kerze an, während er Stift und Papier herausholte und sich fertigmachte. Ich nannte ihm die Namen William Perry, Cephas Parker und Judge Marvin, alle aus Saratoga Springs, Saratoga County, New York. Letzterer hatte mich im United States Hotel beschäftigt und mit den Erstgenannten hatte ich beträchtliche Geschäfte gemacht. Ich vertraute darauf, dass mindestens einer noch dort wohnte. Er schrieb die Namen sorgfältig auf und bemerkte dann nachdenklich –

„Es ist schon so lange her, seit du Saratoga verlassen hast, dass alle diese Leute bereits tot oder verzogen sein könnten. Du hast erzählt, dass man dir im Zollhaus von New York Papiere ausgestellt hat. Vielleicht gibt es dort Aufzeichnungen darüber - ich glaube, ich sollte auch dorthin schreiben.“

Ich stimmte ihm zu und wiederholte nochmals die Umstände, die mit meinem Besuch dort zusammen mit Brown und Hamilton verbunden waren. Wir lagen noch eine Stunde am Ufer des Bayous und diskutierten das Thema, das nun unsere Gedanken einnahm. Ich bezweifelte seine Redlichkeit schon lange nicht mehr und redete mir nun die Ängste, die mich so lange beschäftigt hatten, frei von der Seele. Ich sprach von meiner Frau und meinen Kindern, nannte ihre Namen und ihr Alter, und sprach euphorisch von der unglaublichen Freude, sie noch einmal an mein Herz zu drücken, bevor ich starb. Ich nahm ihn bei der Hand und flehte ihn mit tränenerstickter Stimme und leidenschaftlichen Bitten an, mir zu helfen – mich meiner Familie und der Freiheit zurückzugeben – und versprach ihm, dass ich nicht überdrüssig werden würde, Gott den Rest meines Lebens um Wohlstand und Gesundheit für ihn zu bitten. Jetzt, im Genuss der Freiheit, umgeben von dem, was meine Jugend ausmachte und im Kreis der Familie, ist dieses Versprechen noch lange nicht vergessen. Und das wird es auch nicht, solange ich noch die Kraft besitze, meinen Kopf gen Himmel zu richten.

„ O, Segen auf sein Silberhaar und auf sein freundlich Wort,
Und Segen auf sein Leben all, bis er mir begegnet dort!“

(Aus „Die Maikönigin“ von Alfred Lord Tennyson, Anmerkung des Übersetzers)

Bass erdrückte mich förmlich mit Versicherungen seiner Freundschaft und Treue und beteuerte, dass er noch nie in seinem Leben so viel Anteil am Schicksal eines anderen genommen hatte. Er sprach von sich selbst in einem traurigen Ton, als einsamer Mann, als Wanderer auf dieser Welt – dass er alt würde und seine irdische Reise bald beendet hätte und sich zur letzten Ruhe begeben müsste, ohne Kind und Kegel, die ihn beweinen oder sich an ihn erinnern würden – dass sein Leben für ihn wenig Wert besäße und dass er es fortan meiner Befreiung und einem nie endenden Kreuzzug gegen die verhasste Schande der Sklaverei widmen würde.

Nach dieser Zeit sprachen wir nur noch ab und an miteinander oder begrüßten uns. Auch seine Unterhaltungen mit Epps über das Thema der Sklaverei wurden weniger intensiv. Nie schöpfte Epps, oder irgendeine andere Person auf der Plantage, egal ob schwarz oder weiß, auch nur den geringsten Verdacht, dass es zwischen uns eine Vertrautheit oder ein geheimes Abkommen gab.

Ich bin oft ungläubig gefragt worden, wie es mir so viele Jahre gelungen ist, meine wahre Identität und meine Geschichte vor den mit mir lebenden und arbeitenden Gefährten zu verbergen. Die schreckliche Lektion, die mich Burch gelehrt hatte, hat mir nachdrücklich und ausführlich eingebläut, wie gefährlich es war, irgendwo verlauten zu lassen, dass ich ein freier Mann sei. Es gab für einen Sklaven keinerlei Möglichkeiten, mir zu helfen, aber dafür *reichlich*, mich zu verraten. Wenn man sich überlegt, dass sich meine Gedanken zwölf Jahre lang um die Möglichkeit der Flucht drehten, ist es nicht verwunderlich, dass ich immer auf der Hut war. Es wäre reiner Wahnwitz gewesen, wenn ich mein *Recht* auf Freiheit erklärt hätte. Dies hätte mich nur einer noch genaueren Prüfung unterzogen, ja vielleicht sogar in noch entferntere Regionen verschlagen als das Bayou Boeuf. Edwin Epps war ein Mensch, dem Recht oder Unrecht eines Schwarzen völlig egal waren – wie ich wusste, mangelte es ihm vollständig am Sinn für Gerechtigkeit. Es war wichtig, und zwar nicht nur wegen meiner Hoffnung auf Erlösung, sondern auch wegen der paar kleinen Privilegien, die ich genoss, dass niemand meine Lebensgeschichte erfuhr.

Am Samstag, der auf unsere Unterredung am Bayou folgte, ging Bass heim nach Marksville. Am Sonntag schrieb er in seinem Zimmer die Briefe. Einen adressierte er an den obersten Zollinspektor in New York, einen an Richter Marvin und einen weiteren gemeinsam an die Herren Parker und Perry. Dieser führte schlussendlich zu meiner Befreiung. Er unterschrieb mit meinem echten Namen, bemerkte aber im Postskriptum, dass ich nicht der Verfasser des Briefs war. Im Brief selbst wies er darauf hin, dass dies ein gefährliches Unterfangen sei, das „ihn das Leben kosten könne, sollte er entdeckt werden." Ich habe diesen Brief nicht gesehen, bevor Bass ihn abgeschickt hat, aber mittlerweile eine Kopie davon erhalten. Hier ist der Wortlaut:

„Bayou Boeuf, den 15. August 1852.
„Mister William Perry oder Mister Cephas Parker:
„Meine Herren – es ist eine lange Zeit vergangen, seit ich Sie das letzte Mal gesehen oder von Ihnen gehört habe. Ich schreibe Ihnen mit einiger Unsicherheit, da ich nicht weiß, ob Sie noch leben. Aber die Wichtigkeit der Sache möge dies rechtfertigen.
„Als freier Mann am anderen Ufer des Flusses geboren, bin ich sicher, dass Sie mich kennen. Ich bin nunmehr hier ein Sklave. Mein Wunsch ist, dass Sie mir

Dokumente über meine Freiheit besorgen und diese zu mir nach Marksville, Louisiana, Pfarrei von Avoyelles, senden. Ich verbleibe,

„Ihr ergebener Solomon Northup.

„Ich wurde versklavt als ich in Washington City krank wurde und dann in eine Ohnmacht fiel. Als ich aufwachte, hatte man mich meiner Dokumente beraubt und in Ketten in diesen Staat verschleppt. Dort habe ich bis heute niemanden gefunden, der für mich schreiben kann; und er, der jetzt gerade schreibt, riskiert sein Leben, wenn er entdeckt wird."

Der Hinweis auf mich in dem kürzlich veröffentlichen Werk „Ein Führer zu Onkel Toms Hütte" enthält den ersten Teil dieses Briefs, lässt aber das Postskriptum aus. Auch werden die Namen der Gentlemen, die Empfänger der Briefe waren, nicht korrekt wiedergegeben, vielleicht durch Druckfehler. Wie man gleich sehen wird, ist eher das Postskriptum als der Inhalt des Briefs für meine Befreiung verantwortlich.

Als Bass aus Marksville zurückkehrte, informierte er mich über das, was er getan hatte. Wir berieten uns weiterhin zur Mitternacht und sprachen tagsüber nur das, was für die Arbeit wichtig war. So gut er das abschätzen konnte, glaubte er, dass der Brief frühestens in zwei Wochen Saratoga erreichen würde und die gleiche Zeitspanne für eine Antwort verstreichen würde. Falls überhaupt eine Antwort kommt, würde dies also innerhalb von sechs Wochen passieren. Es wurden nun viele Vermutungen angestellt und es folgten viele Unterhaltungen darüber, wie man am sichersten und saubersten vorgehen sollte, wenn die Dokumente da waren. Sie hätten Bass schaden können, falls man uns dabei überrascht hätte, wie wir gemeinsam das Land verlassen wollten. Es hätte mit Sicherheit individuelle Feindseligkeiten gegeben, aber es war kein Rechtsbruch, einem freien Mann zur Wiedererlangung seiner Freiheit zu verhelfen.

Nach Ablauf von vier Wochen war Bass erneut in Marksville, aber es war noch keine Antwort eingetroffen. Ich war zutiefst enttäuscht, tröstete mich aber mit der Betrachtung, dass noch nicht genug Zeit vergangen war, dass es vielleicht Verzögerungen gegeben hatte und dass ich keinen Grund hatte, schon so früh eine Antwort zu erwarten. Sechs, sieben, acht, zehn Wochen gingen ins Land, aber es kam keine Antwort. Jedes Mal, wenn Bass sich nach Marksville aufmachte, hielt ich es vor Spannung kaum aus und konnte kaum schlafen, bis er zurück war. In der Nacht vor seiner Abreise war ich der Verzweiflung hilflos ausgesetzt. Ich hatte mich an ihn geklammert, wie ein Ertrinkender sich an ein Stück Treibgut klammert – in der Gewissheit, dass er unter den Wellen den Tod finden würde, sollte er das Treibgut verlieren. Die glorreichen Aussichten, die ich so sehr gehegt hatte, zerfielen wie Staub in meiner Hand. Ich fühlte mich, als ob ich hinunter und immer weiter hinunter sinken würde in die bitteren Fluten der Sklaverei - in unergründliche Tiefen, von denen es keine Wiederkehr gab.

Mein Leid mit anzusehen berührte das großzügige Herz meines Freundes und Wohltäters sehr. Er versuchte ständig, mich aufzumuntern und versprach am Tag vor Weihnachten wiederzukehren. Sollten wir bis dahin keine Nachricht erhalten haben, würden weitere Schritte anstehen. Er ermahnte mich, tapfer zu bleiben und mich auf seine anhaltenden Bemühungen zu verlassen. Er versicherte mir ernst und mit Nachdruck, dass seine Gedanken sich von nun an ausschließlich um meine Befreiung drehen würden.

In seiner Abwesenheit verging die Zeit nur sehr langsam. Ich erwartete Weihnachten mit größter Ungeduld und Sorge. Ich hatte die Hoffnung auf eine Antwort auf meine Briefe fast aufgegeben. Sie könnten verloren gegangen, oder ganz woanders gelandet sein. Vielleicht waren die Empfänger in Saratoga doch schon tot; vielleicht waren sie so mit ihrem eigenen Leben beschäftigt, dass das Schicksal eines unbedeutenden, unglücklichen schwarzen Manns für sie viel zu banal war. Meine ganze Hoffnung ruhte auf Bass. Mein Vertrauen in ihn war ein steter Quell des Trosts und befähigte mich, der Enttäuschung, die mich übermannt hatte, die Stirn zu bieten.

Ich war so mit Nachdenken über meine Lage und meine Aussichten beschäftigt, dass die Helfer, mit denen ich auf dem Feld war, dies oft mitbekamen. Patsey fragte, ob ich krank sei und Onkel Abram, Bob und Wiley wollten neugierig wissen, über was ich ständig so intensiv nachdachte. Aber ich entfloh ihren Erkundigungen immer mit einer nichtssagenden Erklärung und behielt meine Gedanken in meinem Herzen unter Verschluss.

KAPITEL 20

Bass hielt sein Wort und kam einen Tag vor Weihnachten, gerade als die Sonne unterging, in den Hof geritten.

„Wie geht's?", fragte Epps und schüttelte seine Hand, „schön, Sie zu sehen."

Es wäre nicht ganz so *schön* gewesen, wenn er den Grund für sein Kommen erahnt hätte.

„Geht ganz gut, ganz gut", antwortete Bass. „Musste was am Bayou erledigen und entschloss mich, vorbeizuschauen, Sie zu besuchen und über Nacht zu bleiben."

Epps befahl einem der Sklaven, sich um das Pferd zu kümmern und unter viel Gerede und Gelächter gingen die beiden ins Haus; zuvor warf mir Bass allerdings einen bedeutungsvollen Blick zu, als wolle er sagen, „Geheimsache, wir verstehen uns." Gegen zehn Uhr nachts war die Arbeit des Tages erledigt und ich ging in meine Hütte. Zu dieser Zeit wohnten Onkel Abram und Bob bei mir. Ich legte mich auf mein Brett und tat, als ob ich schlafen würde. Als meine Gefährten in einen tiefen Schlaf gefallen waren, stahl ich mich aus der Tür, beobachtete und wartete auf ein Zeichen oder einen Ton von Bass. Ich stand dort bis lange nach Mitternacht, aber nichts passierte. Ich vermutete, dass er sich nicht traute, das Haus zu verlassen aus Angst, dass ihn jemand aus der Familie beobachten könnte. Ich schätzte – und damit lag ich richtig – dass er früher als sonst aufstehen würde und mich so sehen könnte, bevor Epps wach war. Also weckte ich Onkel Abram eine Stunde früher als sonst und schickte ihn ins Haus um Feuer zu machen, was zu dieser Jahreszeit zu seinen Aufgaben gehörte.

Bob schüttelte ich kräftig und fragte ihn, ob er bis Mittag schlafen wolle und sagte ihm, der Herr sei bestimmt schon wach, bevor die Maultiere gefüttert waren. Er wusste nur zu gut, welche Konsequenzen ihm in diesem Fall blühen würden, sprang auf die Füße und war im nächsten Augenblick an der Viehweide.

Kurz nachdem beide weg waren, schlüpfte Bass in die Hütte.

„Noch kein Brief, Platt", sagte er. Diese Aussage legte sich auf mein Herz wie Blei.

„Oh, bitte schreiben Sie noch mal, Master Bass", heulte ich. „Ich kann Ihnen noch viele Leute nennen, die ich kenne. Sicher sind noch einige am Leben und jemand wird Mitleid mit mir haben."

"Kein Zweck", erwiderte Bass, „kein Zweck. Ich habe darüber nachgedacht. Ich habe Angst, dass der Postbeamte in Marksville misstrauisch werden könnte. Ich habe so oft dort nachgefragt. Zu unsicher – zu gefährlich."

„Dann ist alles aus", stieß ich hervor. „Oh mein Gott, sollen meine Tage hier enden?"

„Du wirst dein Leben nicht hier beenden", sagte er, „falls du nicht sehr bald sterben wirst. Ich habe immer wieder über das Problem nachgedacht und bin zu einem Entschluss gekommen. Es gibt mehr als einen Weg, unser Ziel zu erreichen, und ganz sicher einen besseren und sichereren Weg als Briefe zu schreiben. Ich habe noch einen oder zwei Jobs in Aussicht, welche ich bis März oder April fertiggestellt haben werde. Dann habe ich eine beträchtliche Summe Geld verdient und dann Platt, dann gehe ich selbst nach Saratoga."

Ich konnte kaum meinen Ohren trauen. als diese Worte von seinen Lippen tropften. Aber er beteuerte die Ernsthaftigkeit dieser Absicht in einer Art und Weise, die keine Zweifel zuließ. Wenn er im April noch am Leben sei, werde er diese Reise ganz sicher antreten.

„Ich habe in dieser Gegend lange genug gelebt", überlegte er. „Genauso gut kann ich auch woanders leben. Ich habe schon lange darüber nachgedacht, an einen Ort zu gehen, der näher an meiner Heimat liegt. Ich habe die Sklaverei genauso satt wie du. Wenn es mir gelingen sollte, dich von hier wegzubringen, ist das eine gute Tat, an die ich mich den Rest meines Lebens erinnern werde. Und es *wird* mir gelingen, Platt; ich bin *wild* entschlossen. Lass mich dir sagen, was ich vorhabe. Epps wird bald wach sein und er darf mich hier keinesfalls sehen. Denke an so viele Menschen wie möglich in Saratoga oder in der Gegend von Sandy Hill, die dich einst kannten. Ich werde im Lauf des Winters unter einem Vorwand wieder hierher kommen und die Namen aufschreiben. Dann weiß ich, bei wem ich mich melden kann, wenn ich nach Norden reite. Alle, die dir einfallen. Kopf hoch! Sei nicht entmutigt. Ich bin mit dir, auf Leben und Tod. Auf Wiedersehen. Gott segne dich!" Mit diesen Worten verließ er die Hütte und ging ins „große Haus."

Es war der Weihnachtsmorgen – der glücklichste Tag im ganzen Jahr für einen Sklaven. An diesem Morgen muss er nicht mit seiner Kalebasse und der Baumwolltasche aufs Feld eilen. Die Freude leuchtet aus den Augen und bestimmt die Haltung eines jeden. Die Zeit zum Feiern und Tanzen war gekommen. Die Baumwoll- und Zuckerrohrfelder waren verlassen. An diesem Tag zog man die saubere Kleidung an und zeigte das rote Band; es gab Wiedersehen, Freude, Gelächter und ein großes Hin- und Hereilen. Es war der Tag der *Freiheit* unter den Kindern der Sklaverei. Und deswegen waren sie fröhlich und glücklich.

Nach dem Frühstück spazierten Bass und Epps durch den Hof und redeten über den Preis der Baumwolle und einige andere Themen.

„Wo feiern Ihre Nigger Weihnachten?", wollte Bass wissen.

„Platt ist heute drüben bei Tanner. Seine Geige ist sehr begehrt. Montag soll er zu Marshall kommen und Mistress Mary McCoy von der alten Norwood Plantage schrieb mir eine Nachricht, dass er dort am Dienstag die Nigger unterhalten soll."

„Er ist ein ziemlich schlauer Junge, nicht wahr?", sagte Bass. „Komm her, Platt", fügte er hinzu und schaute mich an, als ob ich ihm gerade erst aufgefallen wäre.

„Ja", antwortete Epps indem er meinen Arm nahm und ihn tätschelte, „er hat keinen Makel. Es gibt am ganzen Bayou keinen klügeren Jungen als ihn – fehlerfrei und keine üblen Tricks. Gottverdammt, er ist nicht wie die anderen Nigger; schaut nicht aus wie sie – benimmt sich nicht wie sie. Letzte Woche bot man mir 1700 Dollar für ihn."

„Und Sie haben das Angebot nicht akzeptiert?", fragte Bass überrascht.

„Akzeptiert – nein; Teufel nochmal, niemals. Der ist ein echtes Genie; kann einen Pflug zum Strahlen bringen und einen Wagen mit der Zunge schnalzen lassen – alles kann er, so gut wie Ihr. Marshall wollte einen seiner Nigger gegen ihn setzen und darum spielen, aber ich sagte ihm, dann soll ihn lieber der Teufel haben."

„Ich finde nichts Besonderes an ihm", wandte Bass ein.

„Aber ja, fassen Sie ihn an", fing Epps wieder an. „Man findet nicht oft einen drahtigeren Burschen als ihn. Er ist ein dünnhäutiger Querkopf und verträgt die Peitsche nicht so wie andere; aber er hat Grips, und da gibt's kein Vertun."

Bass drehte mich, fühlte meine Muskeln und untersuchte mich gründlich, während Epps immer noch meine Vorzüge strapazierte. Aber sein Besucher schien sich nicht so sehr für dieses Thema zu interessieren, woraufhin Epps damit aufhörte. Bald darauf verließ uns Bass wieder und trabte, nachdem er mir einen weiteren konspirativen Blick zugeworfen hatte, durch das Tor.

Als er gegangen war, holte ich mir einen Pass und machte mich auf den Weg zu Tanner – nicht Peter Tanner, den ich schon erwähnt hatte, sondern ein Verwandter. Ich spielte dort den ganzen Tag und bis in die Nacht hinein. Den nächsten Tag, Sonntag, verbrachte ich in meiner Hütte. Am Montag überquerte ich in Begleitung aller Sklaven des alten Epps den Bayou zu Douglas Marshall und Dienstag ging ich zum alten Norwood Anwesen, der dritten Plantage hinter Marshall auf der gleichen Seite des Wassers.

Dieses Anwesen gehört nun Mistress Mary McCoy, einem schönen Mädchen von vielleicht zwanzig Jahren. Sie ist die Schönheit und Pracht des Bayou Boeufs. Sie besitzt fast hundert Erntehelfer, einige Hausdiener, Hofjungen und jüngere Sklavenkinder. Ihr Schwager, der nur eine Plantage weiter wohnt, ist ihr Generalbevollmächtigter. Sie wird von all ihren Sklaven geliebt, und diese haben auch allen Grund, dankbar dafür zu sein, in so sanfte Hände geraten zu sein. Nirgendwo im Bayou gibt es solche Feiern, solche Freude wie bei Madam McCoy. Es gibt keinen begehrteren Ort, an dem sich die Alten und die Jungen zur Weihnachtszeit treffen als dort; nirgendwo sonst gibt es köstlicheres Essen; nirgendwo sonst gibt es freundlichere Worte als dort. Niemand ist so beliebt und belegt so viel Platz in den Herzen tausender Sklaven als die junge Madam McCoy, die Waisenherrin des alten Norwood Anwesens.

Als ich ankam, waren bereits zwei- oder dreihundert Sklaven versammelt. Der Tisch war in einem langen Gebäude aufgebaut worden, das die Herrin extra für den Tanz der Sklaven errichten hatte lassen. Er war gedeckt mit jedem erdenklichen Gericht, das diese Gegend hergab. Schnell war man sich unter lautem Beifall einig, dass dies das feinste und ausgesuchteste aller Mahle war. Gebratener Truthahn, Schwein, Hühnchen, Ente, viele andere Sorten Fleisch, gebacken, gekocht oder gebrüht, standen in einer Linie entlang des gesamten Tischs. Dazwischen fanden sich Törtchen, Biskuits, glasierter Kuchen und Pasteten. Die junge Herrin ging um den Tisch herum, fand für jeden ein nettes Wort, und schien den Tag außerordentlich zu genießen.

Als das Mahl zu Ende war, schob man die Tische zur Seite, um Platz zu machen für die Tänzer. Ich stimmte meine Geige und spielte eine lustige Weise; während einige einen flinken Tanz begannen, „klopften“ andere, sangen ihre einfachen und melodiösen Lieder und füllten den

Raum mit dem Klang menschlicher Stimmen und dem Klappern vieler Füße.

Am Abend kam die Herrin zurück und sah uns lange in der Tür stehend zu. Sie war exzellent gekleidet. Ihre dunklen Haare und Augen standen in starkem Kontrast zu ihrer gesunden und lieblichen Gesichtsfarbe. Ihre Figur war schlank, aber Achtung gebietend und ihre Bewegungen eine Mischung aus ungekünstelter Würde und Grazie. Als sie so in ihrem prachtvollen Kleid dastand, ihr Gesicht beseelt von ihrer Freude, dachte ich, dass ich noch nie ein menschliches Wesen gesehen hatte, das auch nur halb so schön war. Ich beschreibe diese schöne und liebevolle Frau mit Freude, und zwar nicht nur, weil sie mich mit Gefühlen der Dankbarkeit und Bewunderung erfüllte, sondern auch damit der Leser versteht, dass nicht alle Sklavenhalter am Bayou Boeuf wie Epps, Tibeats oder Jim Burns waren. Manchmal, wenn auch selten, findet man auch einen guten Mann wie William Ford darunter - oder eben einen Engel der Güte wie Madam McCoy.

Am Dienstag endeten die drei Feiertage, die Epps uns jährlich gewährte. Als ich mich Mittwochmorgen auf den Heimweg machte, passierte ich die Plantage von William Pierce. Der Gentleman grüßte mich und sagte, dass William Varnell ihm eine Nachricht von Epps überbracht hatte, die ihm erlaubte, mich noch eine Nacht bei ihm zu behalten, um für seine Sklaven aufzuspielen. Es war das letzte Mal, dass ich einem Sklaventanz an den Ufern des Bayou Boeufs zusehen musste. Die Party bei Pierce dauerte bis weit in den nächsten Morgen. Danach kehrte ich zurück zum Anwesen meines Herrn – etwas erschöpft vom wenigen Schlaf, aber erfreut, dass ich nun wieder in Besitz von etwas Geld war, das mir die Weißen, denen meine musikalischen Darbietungen gefallen hatten, zugesteckt hatten.

Am Samstagmorgen verschlief ich das erste Mal seit vielen Jahren. Als ich aus der Hütte kam, war ich erschrocken, dass alle Sklaven schon auf dem Feld waren.

Sie waren mir etwa fünfzehn Minuten voraus. Ich ließ mein Mittagessen und meine Kalebasse mit Wasser zurück und folgte ihnen, so schnell ich konnte. Die Sonne war noch nicht aufgegangen, aber Epps war bereits auf dem Vorplatz, als ich die Hütte verließ. Er schrie mir zu, dass ich zu einer recht angenehmen Tageszeit aufgestanden sei. Dank einer gehörigen Anstrengung war meine Reihe nach dem Frühstück die führende. Das war aber natürlich keine Entschuldigung dafür, dass ich verschlafen hatte. Nachdem ich mich ausgezogen hatte und am Boden lag, verabreichte er mir zehn oder fünfzehn Peitschenschläge. Als er fertig war, fragte er, ob ich mir nun vorstellen könne, auch irgendwann *morgens* aufzustehen. Ich erklärte ihm, dass ich mir das nun durchaus vorstellen *könnte,* und ging mit einem brennenden Rücken zurück an meine Arbeit.

Am nächsten Tag, einem Sonntag, dachte ich viel an Bass und die Chancen und Hoffnungen, die ich mit seinen Handlungen und seiner Entschlossenheit verknüpfte. Ich betrachtete in meinen Gedanken die Unsicherheit des Lebens; dass ich am nächsten Tag bereits tot sein könnte, wenn dies Gottes Wille wäre; ob ich jemals erlöst werden würde und überhaupt jemals wieder fröhlich sein könnte, oder diese Aussicht für immer zerstört sein würde. Mein wunder Rücken regte mich ebenfalls nicht zu überaus großer Heiterkeit an. Ich fühlte mich den ganzen Tag todtraurig und unglücklich und als ich mich abends auf mein Brett legte, war mein Herz mit so viel Kummer bedrückt, dass ich dachte, es würde entzwei brechen.

An 3. Januar 1853, einem Montagmorgen, waren wir zeitig in den Feldern. Es war ein unangenehmer, kalter Morgen, wie er in dieser Gegend nicht oft vorkam. Ich hatte die Führung, Onkel Abram war an meiner Seite und hinter ihm gingen Bob, Patsey und Wiley. Alle trugen die Baumwollsäcke um ihre Hälse. Epps kam an diesem Morgen ohne Peitsche zu uns heraus – was so gut wie nie passierte. Er fluchte auf eine Art und Weise, die einen Piraten erblassen lassen würde, und erklärte, dass wir Faulpelze seien. Bob traute sich anzumerken, dass seine Finger klamm vor Kälte waren, und dass er so nicht schnell pflücken konnte. Epps verfluchte sich selbst dafür, dass er die Geißel vergessen hatte und meinte, dass er uns nach seiner Rückkehr schon einheizen würde; oh ja, er würde uns mehr Hitze verschaffen, als es in der feurigen Unterwelt gab, von der ich manchmal glaubte, es sei seine eigentliche Heimat.

Mit diesen inbrünstigen Ausrufen verließ er uns. Als er außer Hörweite war, begannen wir miteinander zu reden und diskutierten darüber, wie schwierig es war, mit kalten Fingern zu arbeiten und wie unvernünftig unser Herr sein konnte. Generell waren unsere Aussagen ihm gegenüber nicht sehr schmeichelhaft. Unsere Unterhaltung wurde durch das Geklapper einer Kutsche unterbrochen, die sich schnell dem „großen Haus" näherte. Als wir hochschauten, sahen wir zwei Männer durch das Baumwollfeld auf uns zukommen.

Nachdem ich in meiner Erzählung nun bei meiner letzten Stunde am Bayou Boeuf angekommen bin, mein letztes Baumwollpflücken beschrieben habe und kurz davor stehe, Master Epps Lebewohl zu sagen, wird es Zeit für einen Ausflug zurück in den vorangegangenen August; wir wollen den Weg von Bass' Brief nach Saratoga verfolgen und uns mit dessen Wirkung dort beschäftigen – mit all dem, was passierte, während ich in der Sklavenhütte von Edwin Epps wehklagte und verzweifelte und trotzdem meine Freundschaft zu Bass und die Güte der Erlösung gleichzeitig an meiner Befreiung arbeiteten.

KAPITEL 21

Für viele Details, die ich in diesem Kapitel berichten werde, bin ich Mister Henry B. Northup und einigen anderen zu großem Dank verpflichtet.

Der Brief, den Bass an Parker und Perry geschrieben und am 15. August 1852 im Postamt von Marksville aufgegeben hatte, erreichte Saratoga Anfang September. Einige Zeit zuvor war Anne nach Glen Falls, Warren County gezogen, wo sie für die Küche in Carpenters Hotel verantwortlich war. Sie lebte nach wie vor mit unseren Kindern zusammen und war nur in der Zeit von ihnen getrennt, in der es die Pflichten im Hotel von ihr erforderten.

Als die Herren Parker und Perry den Brief erhielten, leiteten sie diesen unverzüglich an Anne weiter. Als die Kinder ihn gelesen hatten, waren sie in heller Aufregung und eilten sofort in den Nachbarort Sandy Hill, wo sie den Rat und die Hilfe von Henry B. Northup in dieser Sache suchten.

Nach Prüfung des Briefs fand dieser Gentleman in den Statuten des Staats ein Gesetz über die Befreiung freier Bürger von der Sklaverei. Es war am 14. Mai 1840 erlassen worden und war betitelt „Gesetz zum Schutz der Bürger dieses Staats vor Entführung und Sklaverei." Das Gesetz verfügt, dass es die Pflicht des Gouverneurs ist, jedem freien Bürger oder Einwohner dieses Staats, der in einem anderen Territorium oder Bundesstaat der Vereinigten Staaten in der falschen Annahme, dass er ein Sklave sei, gefangen gehalten wird, unter Anwendung der ihm dafür geeignet erscheinenden Maßnahmen und nach Erhalt entsprechender Beweise, die Freiheit zurückzugeben. Darüber hinaus ist es ihm gestattet, einen Beauftragten zu ernennen und ihn mit den Anweisungen und Vollmachten auszustatten, die es ihm ermöglichen, sein Ziel zu erreichen. Dazu muss dieser Beauftragte ausreichend Materialien zur Wiedererlangung der Freiheit der betreffenden Person sichern; Reisen unternehmen, rechtliche Verfahren einleiten und alles tun, was nötig ist, die betreffende Person in seinen Heimatstaat zurückzuführen. Alle damit verbundenen Kosten werden mit Geldern bezahlt, die in der Staatskasse genau dafür bereitstehen.

Zwei Dinge mussten zur Zufriedenheit des Gouverneurs sichergestellt werden: erstens, dass ich ein freier Bürger des Staats New York war und zweitens, dass ich unrechtmäßig gefangen gehalten wurde. Ersteres war keine Schwierigkeit; alle älteren Einwohner in meiner Nachbarschaft konnten dies bestätigen. Der zweite Fakt ruhte allerdings einzig und allein auf dem Brief an Parker und Perry, der von unbekannter Hand geschrieben worden war und dem Brief, den ich auf der Brigg Orleans geschrieben hatte.

Es wurde ein Memorandum an seine Exzellenz Gouverneur Hunt zusammengestellt. Darin waren Beweise für meine Heirat und meine Abreise nach Washington; Anne bestätigte und beglaubigte den Erhalt des Briefs, ebenso dass ich ein freier Bürger war und weitere Fakten von Belang. Auch beinhaltete das Memorandum eidesstattliche Erklärungen herausragender Bürger Sandy Hills, die samt und sonders den Sachverhalt bestätigten, sowie die Bitte mehrerer wohlbekannter Gentlemen, Henry B. Northup als gesetzesmäßigen Beauftragten einzusetzen.

Nachdem seine Exzellenz das Memorandum und die Erklärungen durchgelesen hatte, zeigte er ein lebhaftes Interesse an dem Fall und verfügte am 23. November 1852, unter dem Siegel des Staats New York, dass Henry B. Northup ernannt und verfassungsmäßig dazu berechtigt war, mich unter Anwendung aller dafür geeigneten Maßnahmen der sofortigen Befreiung zuzuführen und dafür mit größtmöglicher Eile nach Louisiana zu reisen.

Dringende berufliche und politische Aufgaben verzögerten Mister Northups Abreise bis in den Dezember hinein. Am 14. Dezember verließ er Sandy Hill und reiste nach Washington. Nachdem die ehrenwerten Pierre Soule, Senator im Kongress für den Staat Louisiana, Verteidigungsminister Conrad und Richter Nelson vom Obersten Gerichtshof eine Zusammenfassung der Fakten gehört, die Dokumente geprüft und Kopien des Memorandums und der Erklärungen gefertigt hatten, statteten sie ihn mit offenen Briefen an einige Herren in Louisiana aus und baten diese um tatkräftige Unterstützung bei der Erreichung meines Ziels.

Besonders Senator Soule war an meiner Geschichte interessiert und bestand sehr deutlich darauf, dass es die Pflicht und das Interesse jedes Pflanzers in seinem Staat sein müsse, mir die Freiheit zurückzugeben. Er vertraute darauf, dass das Ehr- und Gerechtigkeitsgefühl in der Brust jedes Bürgers diesen sofort zum Unterstützer meiner Sache machen werde.

Nach dem Erhalt dieser wertvollen Briefe kehrte Mister Northup nach Baltimore zurück und reiste von dort nach Pittsburgh. Nach dem Rat einiger Freunde in Washington sollte er von dort eigentlich direkt nach New Orleans reisen und die dortigen Behörden aufsuchen. Glücklicherweise hatte er sich nach seiner Ankunft an der Mündung des Red River aber anders entschieden. Hätte er dies nicht getan, wäre er nie auf Bass getroffen und all seine Versuche, mich zu finden, wären vermutlich ergebnislos geblieben.

Er nahm den ersten Dampfer, der sich ihm bot, und setzte seine Reise fort. Es ging den Red River hinauf, ein langsamer und in vielen Biegungen fließender Strom, der sich durch eine fast unbevölkerte Gegend voller riesiger Waldflächen und undurchdringlicher Sümpfe wälzt. Gegen neun Uhr morgens am 1. Januar 1853 verließ er den Dampfer in Marksville und begab sich direkt zum dortigen Gericht, das ungefähr vier Meilen entfernt in der Ortsmitte lag.

Da der Brief an die Herren Parker und Perry in Marksville abgestempelt worden war, drängte sich ihm der Eindruck auf, dass ich irgendwo dort in der Nähe sein musste. Als er die Stadt erreichte, offenbarte er seine Absichten unverzüglich dem ehrenwerten John P. Waddill, einem vornehmen Rechtsvertreter und höchst intelligenten und edlen Mann. Nachdem dieser die ihm vorgelegten Briefe und Dokumente gesichtet und einer Beschreibung der Umstände, unter denen ich in Gefangenschaft geraten war, zugehört hatte, bot er sofort seine Hilfe an und nahm sich der Dinge mit größtem Ernst und Eifer an. Er und einige andere seines Bildungsstands betrachteten solch eine Entführung als Gräuel. Das Recht seiner Klienten und Mitbewohner der Pfarrei auf den Besitz von Sklaven, welches ihnen einen Großteil ihres Wohlstands garantierte, hing vom guten Glauben ab, in dem Sklaven gehandelt werden. Außerdem war Waddill ein Mann, in dessen ehrenwertem Herz solche Ungerechtigkeiten Gefühle der Empörung aufkommen ließen.

Obwohl Marksville an einer prominenten Stelle und in beeindruckender Kursivschrift auf der Karte Louisianas vermerkt ist, kann man es trotzdem nicht mehr als einen kleinen und unbedeutenden Weiler nennen. Abgesehen vom Gasthaus, das ein lustiger und großzügiger Geselle betrieb, dem Gericht, das in der Urlaubszeit von gesetzlosen Schweinen und Kühen bewohnt wurde und den hohen Galgen, von denen abgetrennte Seile baumelten, gab es nicht viel, das den Ort anziehend für Touristen gemacht hätte.

Solomon Northup war ein Name, den Mister Waddill noch nie gehört hatte; aber er war sich sicher, dass sein schwarzer Junge Tom ihn kennen würde, sollte es hier oder in der Umgebung einen Sklaven dieses Namens geben. Tom wurde gerufen, aber in seinem gesamten Bekanntenkreis fand sich keine Person, die auf Solomon Northup gehört hätte.

Der Brief an Parker und Perry war am Bayou Boeuf datiert worden. Dies führte zu dem Beschluss, dass man dort suchen müsse. Aber nun stellte sich eine ganz entscheidende Schwierigkeit. Der naheste Punkt des Bayou Boeufs war hier dreiundzwanzig Meilen entfernt und das Gebiet, das man so bezeichnete, erstreckte sich zwischen fünfzig und hundert Meilen entlang beider Seiten des Stroms. Abertausende von Sklaven lebten an den Ufern, denn der bemerkenswerte Reichtum und die Fruchtbarkeit des Bodens hatten eine große Anzahl Pflanzer hierher geführt. Die Informationen im Brief waren so vage und nichtssagend, dass es schwierig war festzulegen, wo man anfangen könnte zu suchen. Es wurde schließlich entschieden – da dies der einzig erfolgversprechende Plan war -, dass Northup und ein Bruder Waddills, der in dessen Büro arbeitete, das Bayou auf ganzer Länge und Seite für Seite abreiten und an jeder Plantage nach mir fragen sollten. Mister Waddill bot die Dienste seiner Kutsche an und es wurde endgültig verabredet, die Reise früh am nächsten Montagmorgen zu beginnen.

Man kann sofort erkennen, dass dieser Plan aller Wahrscheinlichkeit nach schief gegangen wäre. Sie hätten unmöglich alle Felder besuchen und die Sklaven bei der Arbeit besichtigen können. Sie wussten ebenfalls nicht, dass ich nunmehr als Platt bekannt war; und selbst wenn sie direkt bei Epps persönlich vorstellig geworden wären, hätte dieser wahrheitsgemäß versichert, dass er keinen Solomon Northup kannte.

Aber der Plan war beschlossen und es war nichts mehr zu tun, als zu warten, bis der Sonntag gekommen war. Im Verlauf des Tages wandte sich die Unterhaltung zwischen den Herren Northup und Waddill der Politik in New York zu.

„Ich kann die kleinen Unterschiede und Schattierungen der politischen Parteien in Ihrem Staat kaum begreifen", bemerkte Mister Waddill. „Ich lese von Softlinern und Hardlinern, Wuschelköpfen und Grauhaarigen und verstehe den genauen Unterschied zwischen all diesen Bezeichnungen nicht. Bitte, worum geht es da?"

Mister Northup füllte seine Pfeife nach, begann einen sehr ausführlichen Monolog über die Herkunft der Bezeichnungen verschiedenster Parteigruppen und beendete seinen Vortrag mit der Bemerkung, dass es nun eine weitere Partei gäbe, nämlich die Abolitionisten *(Gegner der Sklaverei, Anmerkung des Übersetzers)*. „Ich nehme an, dass Sie in diesem Teil des Landes noch keine gesehen haben?", fragte Mister Northup.

„Außer einem", antwortete Waddill lachend. „Wir haben einen hier in Marksville, einen echten Exzentriker, der den Abolitionismus genauso heftig vertritt wie die Fanatiker im Norden. Er ist ein großherziger, gutartiger Mann, aber immer auf der falschen Seite der Debatte. Ihm zuzuhören ist immer sehr amüsant. Außerdem ist er ein exzellenter Handwerker und unersetzlich für die Gemeinde. Sein Name ist Bass und er ist Zimmermann von Beruf."

Es folgte eine weitere lustige Diskussion über Bass' Eigenarten, als Waddill plötzlich nachdenklich wurde und nochmals um den mysteriösen Brief bat.

„Schauen wir mal – s-c-h-a-u-e-n w-i-r m-a-l-!", wiederholte er bedächtig und ließ seine Augen erneut über den Brief schweifen. „ ' Bayou Boeuf, den 15. August. ' 15. August – hier ist der Poststempel. ' er, der jetzt gerade schreibt ' - Wo hat Bass letzten Sommer gearbeitet?", erkundigte er sich und wandte sich an seinen Bruder. Dieser konnte ihm keine Antwort geben, verließ aber kurz das Büro, um gleich darauf mit der Nachricht zurückzukehren, „dass Bass letzten Sommer irgendwo am Bayou Boeuf gearbeitet hat."

„Er ist der Mann", rief Waddill aus und schlug mit der Hand voller Begeisterung auf den Tisch, „der uns alles über Solomon Northup sagen kann."

Man begann sofort nach Bass zu suchen, konnte ihn aber nirgendwo finden. Nach einigen Erkundigungen stellte sich heraus, dass er am Anlegeplatz am Red River war. Waddill und Northup organisierten sich ein Beförderungsmittel und brauchte nicht lange, um die paar Meilen zum Fluss zurückzulegen. Als sie ankamen, war Bass gerade im Begriff für vierzehn Tage, vielleicht auch länger, zu verreisen. Nach kurzer Vorstellung erbat sich Northup die Freiheit, einige Minuten allein mit ihm zu reden. Sie gingen am Fluss entlang und unterhielten sich wie folgt:

„Mister Bass", sagte Northup, „erlauben Sie mir zu fragen, ob Sie letzten August am Bayou Boeuf gearbeitet haben?"

„Ja, Sir, da war ich letzten August", war die Antwort.

„Haben Sie dort für einen farbigen Mann einen Brief an verschiedene Gentlemen in Saratoga Springs geschrieben?"

„Entschuldigen Sie, Sir, aber das geht Sie nichts an", erwiderte Bass und schaute dem Fragesteller prüfend ins Gesicht.

„Vielleicht bin ich zu hastig, Mister Bass; ich bitte um Verzeihung; aber ich bin den ganzen Weg aus New York gekommen, um den Zweck eines Briefes zu erfüllen, den sein Schreiber am 15. August in Marksville aufgegeben hat. Gewisse Umstände haben mich annehmen lassen, dass Sie dieser Schreiber gewesen sein könnten. Ich suche Solomon Northup. Falls Sie ihn kennen, bitte ich Sie um eine kurze Information darüber, wo sein Aufenthaltsort ist. Ich versichere Ihnen, dass die Quelle dieser Information nicht enthüllt werden wird, sollten Sie das nicht explizit wünschen."

Bass schaute seiner neuen Bekanntschaft geradewegs in die Augen; seine Lippen blieben fest verschlossen. Er schien darüber nachzudenken, ob dies nicht ein Versuch war, ihn in die Irre zu führen. Dann sagte er mit Bedacht –

„Ich habe nichts getan, dessen ich mich schämen müsste. Ich habe diesen Brief geschrieben. Wenn Sie gekommen sind, um Solomon Northup zu retten, bin ich hocherfreut, Sie kennenzulernen."

„Wann haben Sie ihn das letzte Mal gesehen und wo ist er?", fragte Northup.

„Das war an Weihnachten, heute vor einer Woche. Er ist Sklave bei Edwin Epps, einem Pflanzer am Bayou Boeuf in der Nähe von Holmesville. Man kennt ihn nicht als Solomon Northup; er wird Platt gerufen."

Das Geheimnis war enthüllt – das Mysterium gelöst. Durch die dicke, schwarze Wolke, unter deren dunklem und trostlosen Schatten ich zwölf Jahre gewandelt war, schien endlich der Stern, der mich zurückführen sollte in die Freiheit. Jegliches Misstrauen und Zögern war schnell vergessen und die beiden Männer unterhielten sich lang und unbeschwert über das Thema, das ihre Gedanken beherrschte. Bass brachte das Interesse zum Ausdruck, welches er an meinem Schicksal zeigte – seine Absicht, im Frühjahr selbst nach Saratoga Springs zu reisen und sein Schwur, dass er mir zu meiner Freilassung verhelfen würde, wenn das in seiner Macht stünde. Bass beschrieb, wie wir uns kennengelernt hatten und hörte aufmerksam und neugierig den Geschichten über meine Familie und mein früheres Leben zu. Bevor sie sich trennten, zeichnete er noch mit einem Stück roter Kreide auf einem Stück Papier eine Karte des Bayous.

Sie zeigte den Ort von Epps' Plantage und die Straße, die Northup am schnellsten dorthin bringen würde.

Northup und sein junger Begleiter kehrten nach Marksville zurück und beschlossen dort rechtliche Szenarien durchzuspielen, die die Frage meines Rechts auf Freiheit untermauern würden. Ich wurde zum Ankläger gemacht, Mister Northup war mein Anwalt und Edwin Epps der Angeklagte. Heraus kam eine Klage auf Herausgabe, die an den Sheriff der Pfarrei übermittelt werden sollte mit der Anweisung, mich in Haft zu nehmen und dort bis zu einer Entscheidung des Gerichts zu belassen. Bis die Dokumente ordnungsgemäß aufgesetzt waren, schlug es Mitternacht — zu spät, um die vorgeschriebene Unterschrift des Richters zu erhalten, der einige Meilen außerhalb der Stadt wohnte. Man vertagte alle weiteren Schritte auf Montagmorgen.

Alles schien außerordentlich gut zu laufen bis zu dem Augenblick, als Waddill am Sonntagnachmittag Northups Zimmer aufsuchte, um diesem mitzuteilen, dass es unvorhergesehene Schwierigkeiten gab. Bass war in Angst geraten und hatte einer Person an der Anlegestelle anvertraut, dass er dabei wäre, den Staat zu verlassen. Diese Person hatte das in sie gesetzte Vertrauen gebrochen und einen Teil der vertraulichen Informationen ausgeplaudert. Nun waren im Ort Gerüchte im Umlauf, dass der Fremde im Hotel, den man in der Gesellschaft von Rechtsanwalt Waddill gesehen hatte, hinter einem Sklaven des alten Epps draußen am Bayou her sei. Epps war bekannt in Marksville und während der Gerichtszeit immer wieder in der Stadt zu finden. Waddill war nun in tiefer Sorge, dass Epps noch in der Nacht Wind von der Sache bekommen und mich verstecken würde, noch bevor der Sheriff eintraf.

Diese Befürchtung beschleunigte die nachfolgenden Ereignisse beträchtlich. Der Sheriff, der in einiger Entfernung vom Ort wohnte, wurde gebeten, sich ab Mitternacht in ständiger Bereitschaft zu halten; den Richter informierte man, dass man auch ihn zur ungefähr gleichen Zeit benötigen würde. Man muss ehrlicherweise sagen, dass die Behörden in Marksville alle in ihrer Macht stehende Unterstützung leisteten.

Unmittelbar nach Mitternacht war eine Kaution geleistet und die Dokumente vom Richter unterschrieben. Eine Kutsche, gesteuert vom Sohn des Gastwirts und mit Mister Northup und dem Sheriff an Bord, verließ Marksville so schnell es ging auf der Straße in Richtung Bayou Boeuf.

Man nahm an, dass Epps der Frage bezüglich meines Rechts auf Freiheit widersprechen würde. Von daher drängte es sich Mister Northup ganz von selbst auf, dass die Aussage des Sheriffs bezüglich meines ersten Zusammentreffens mit Ersterem von entscheidender Wichtigkeit für den Prozess sein könnte. Es wurde daher während der Fahrt vereinbart, dass der Sheriff mir bestimmte, abgesprochene Fragen stellen sollte, bevor ich Gelegenheit hätte, mit Mister Northup selbst zu reden; wie zum Beispiel nach der Anzahl und den Namen meiner Kinder, den Geburtsnamen meiner Frau, nach mir bekannten Orten im Norden undsoweiter. Wenn meine Antworten mit den ihm übergebenen Dokumenten übereinstimmten, war die Beschlusslage eindeutig.

Ich habe das vorherige Kapitel damit beendet, dass Epps uns mit der trostreichen Aussicht verlassen hatte, dass er bald zurückkehren würde, um uns zu wärmen. Kurz danach kam die Kutsche in Sicht und man entdeckte uns bei der Feldarbeit. Northup und der Sheriff stiegen aus und wiesen den Kutscher an, zum „großen Haus" weiterzufahren und bis zum nächsten Zusammentreffen mit uns kein Wort über den Grund unserer Reise zu verlieren. Dann liefen sie über das Baumwollfeld auf uns zu. Wir beobachteten sie, seit sie die Kutsche verlassen hatten - der eine lief einige Meter vor dem anderen her. Es war ein einzigartiges und ungewöhnliches Ereignis, dass Weiße sich uns in dieser Art näherten, ganz speziell so früh am Morgen. Onkel Abram und Patsey machten ein paar erstaunte Bemerkungen darüber. Der Sheriff, der auf Bob zuhielt, fragte:

„Wo ist der Junge namens Platt?"

„Da iss' er, Massa", antwortete Bob, nahm seinen Hut ab und zeigte auf mich.

Ich fragte mich, was der Sheriff von mir wollen könnte, drehte mich um und blickte ihn an, bis er einen Schritt vor mir stand. Durch meinen langjährigen Aufenthalt am Bayou kannte ich das Gesicht jedes Pflanzers im Umkreis von vielen Meilen; aber dieser Mann war mir vollkommen unbekannt – ganz sicher hatte ich ihn noch nie zuvor gesehen.

„Dein Name ist Platt, nicht wahr?", fragte er.

„Ja, Master", erwiderte ich.

Er zeigte zu Northup, der ein paar Meter entfernt stand und forderte – „Kennst du diesen Mann?"

Ich schaute in die angedeutete Richtung und als meine Augen auf seinem Angesicht ruhten, schoss eine ganze Armada Bilder durch mein Hirn; eine Vielzahl gut bekannter Gesichter – Anne, die geliebten Kinder, mein alter, toter Vater; alle Plätze und Ereignisse meiner Kindheit und Jugend; Freunde aus vergangenen und glücklicheren Tagen erschienen und verschwanden wieder, huschten links und rechts wie sich auflösende Schatten vor dem Antlitz meiner Vorstellungskraft vorbei – bis auf einmal die Erinnerung an diesen Mann wieder aufgetaucht war. Ich warf meine Hände Richtung Himmel und rief aus, so laut ich in diesem Moment nur konnte –

„*Henry B. Northup*! Gott sei Dank – Gott sei Dank!“

In diesem Moment hatte ich den Anlass ihres Besuchs erfasst und wusste, dass die Stunde meiner Erlösung gekommen war. Ich wollte losrennen, aber der Sheriff stellte sich mir in den Weg.

„Einen Moment noch“, sagte er, „haben Sie einen anderen Namen als Platt?“

„Solomon Northup ist mein Name, Master“, erwiderte ich.

„Haben Sie eine Familie?“, hakte er nach.

„Ich *hatte* eine Frau und drei Kinder.“

„Wie waren die Namen Ihrer Kinder?“

„Elizabeth, Margaret und Alonzo.“

„Und der Geburtsname Ihrer Frau?“

„Anne Hampton.“

„Wer hat Sie getraut?“

„Timothy Eddy aus Fort Edward.“

„Wo lebt dieser Gentleman?“ Dabei zeigte er erneut auf Northup, der noch genau da stand, wo ich ihn erkannt hatte.

„Er lebt in Sandy Hill, Washington County, New York“, war die Antwort.

Er wollte mir weitere Fragen stellen, aber ich drängte mich an ihm vorbei und konnte nicht länger an mich halten. Ich ergriff meinen alten Bekannten an den Händen, brachte aber kein Wort hervor und die Tränen strömten über mein Gesicht.

„Sol“, sagte er nach einiger Zeit, „ich bin froh, Sie zu sehen.“

Ich versuchte, eine Antwort zu finden, aber die Emotionen erstickten meine Stimme und ich blieb still. Die Sklaven, die mittlerweile vollkommen durcheinander waren, standen mit vor Verwunderung und Erstaunen offenen Mündern und rollenden Augen um die Szene herum. Zehn Jahre lang hatte ich mit ihnen auf dem Feld und in der Hütte gelebt, das gleiche Elend ertragen, ihr Los geteilt, meinen Kummer mit dem ihren vermischt und die gleichen derben Späße gemacht; bis zu dieser Stunde hatte keiner von ihnen auch nur den kleinsten Verdacht bezüglich meines wahren Namens oder meiner echten Geschichte.

Lange Minuten sprach niemand ein einziges Wort. Ich hielt mich an Northup fest und schaute in sein Gesicht, als ob ich jeden Moment erwachen und feststellen würde, dass alles nur ein Traum war.

„Legen Sie den Sack nieder", fügte Northup nach einiger Zeit hinzu; „ihre Tage als Baumwollpflücker sind vorbei. Kommen Sie mit uns zu dem Mann, bei dem Sie leben."

Ich tat wie geheißen und ging in ihrer Mitte in Richtung des „großen Hauses." Erst nachdem wir einige Meter hinter uns gebracht hatten, war meine Stimme wieder soweit erholt, dass ich fragen konnte, ob meine Familie noch am Leben war. Northup erklärte mir, dass er Anne, Margaret und Elizabeth erst vor kurzem gesehen hatte; und dass auch Alonzo noch am Leben war und es allen gut ging. Meine Mutter würde ich allerdings nicht mehr wiedersehen. Nach einiger Zeit begann ich die plötzliche und außerordentlich bewegende Aufregung zu verarbeiten und ich fühlte mich schwach und erschöpft. Ich hatte Probleme, vorwärts zu kommen. Wenn mich der Sheriff nicht am Arm gepackt und gestützt hätte, wäre ich vermutlich gestürzt. Als wir den Hof erreichten, stand Epps am Tor und unterhielt sich mit dem Kutscher. Der junge Mann hatte sich strikt an die Anweisungen gehalten und hatte ihm auf seine wiederholten Erkundigungen nicht mal den geringsten Anhaltspunkt bezüglich der Mission der beiden Retter geliefert. Als wir ihn erreicht hatten, war er fast genau so verwirrt und verwundert wie Bob oder Onkel Abram.

Epps schüttelte die Hand des Sheriffs, welcher ihm Mister Northup vorstellte. Dann lud er die beiden Besucher ins Haus ein und wies mich an, Brennholz zu bringen. Es dauerte eine Zeit, bis es mir gelungen war, eine kleine Menge zu hacken. Unerklärlicherweise hatte ich die Fähigkeit, die Axt mit Präzision zu schwingen, in diesem Moment verloren. Als ich endlich das Holz ins Haus brachte, war der Tisch übersät mit Dokumenten, aus welchen Northup etwas vorlas. Ich brauchte etwas länger als sonst nötig, um die Scheite im Kamin zu stapeln und achtete genau auf die Position jedes einzelnen. Ich hörte die Worte „besagter Solomon Northup", „der vereidigte Zeuge sagt weiterhin aus" und „freier Bürger des Staats New York." Diese wiederholten sich öfter und ich konnte daraus schließen, dass das Geheimnis, das ich so lange vor meinem Herrn und seiner Frau bewahrt hatte, sich nun mehr und mehr erschloss. Ich hielt mich so lange in dem Raum auf, wie ich es mir unter diesen

Umständen leisten konnte, und war gerade dabei, den Raum zu verlassen, als Epps rief,

„Platt, kennst du diesen Gentleman?"

„Ja, Master", antwortete ich, „ich kenne ihn, solange ich denken kann."

„Wo lebt er?"

„Er lebt in New York."

„Hast du je dort gelebt?"

„Ja, Master – ich bin dort geboren und aufgewachsen."

„Dann warst du frei. Du verdammter Nigger", rief er aus, „warum hast du mir das nicht gesagt, als ich dich gekauft habe?"

„Master Epps", entgegnete ich in einem etwas anderen Ton, als ich ihn sonst ansprach, „Master Epps, Sie haben sich nicht die Mühe gemacht, mich danach zu fragen; nebenbei bemerkt, ich habe einem meiner Besitzer mitgeteilt, nämlich dem Mann, der mich entführt hat, dass ich ein freier Mann war, und wurde dafür fast zu Tode geprügelt."

„Es scheint, als habe jemand für dich einen Brief geschrieben. Nun, wer mag das wohl sein?", wollte er herrisch wissen. Ich gab keine Antwort.

„Ich frage, wer schrieb diesen Brief?", erkundigte er sich erneut.

„Vielleicht habe ich ihn ja selbst geschrieben", sagte ich

„Du warst niemals auf dem Postamt in Marksville und vor Sonnenaufgang zurück – das wüsste ich!"

Er bestand darauf, dass ich ihm diese Information geben müsste, und ich darauf, dass ich dies nicht tun würde. Er stieß heftigste Drohungen gegen diesen Mann aus, wer immer er sein mochte, und beschwor die blutige und grausame Rache, die er an ihm nehmen würde, sollte er ihn jemals finden. Sein ganzes Gebaren und seine Sprache drückten sowohl seine Wut gegenüber dieser unbekannten Person aus, die für mich geschrieben hatte, als auch seine Verdrießlichkeit über den Verlust eines seiner Besitztümer. An Mister Northup gewandt schwor er, dass er ihm die Mühe abgenommen hätte, mich nach New York zu bringen, wenn er auch nur eine Stunde vorher von seinem Kommen erfahren hätte; dass er mich in die Sümpfe oder einen anderen abgelegenen Ort getrieben hätte, wo mich kein Sheriff der Welt jemals gefunden hätte.

Ich ging hinaus in den Hof und rüber in die Küche, als mich etwas am Rücken traf. Tante Phebe stand in der Hintertür des „großen Hauses" mit einer Schüssel Kartoffeln in der Hand; eine davon hatte sie mir mit unnötiger Härte in den Rücken geworfen als Zeichen, dass sie einen

Moment mit mir vertraulich reden wollte. Sie rannte auf mich zu und flüsterte mit größter Ernsthaftigkeit in mein Ohr,

„Gott allmächtiger, Platt! was geht da vor sich? Die zwei Männer sind wegen dir da. Hab gehört, wie sie Massa sagten, dass du frei bist – hast Frau und Kinder dort, wo du herkommst. Gehst du mit ihnen? Aber ja, sei kein Blödmann – wünschte, ich dürfte gehen“, und so fuhr Tante Phebe wie ein Wasserfall fort.

In diesem Moment kam Mistress Epps in die Küche. Sie redete auf mich ein und fragte sich, warum ich ihr nie erzählt hatte, wer ich war. Sie drückte ihr Bedauern aus und lobte mich, indem sie sagte, dass sie lieber jeden anderen Sklaven auf der Plantage verlieren würde. Wäre Patsey an diesem Tag an meiner Stelle gewesen, wäre die Freude meiner Herrin unendlich größer gewesen. Nun gab es niemanden mehr, der ein Möbelstück oder einen Stuhl reparieren konnte – niemanden, der sich im Haus nützlich machen konnte – niemanden, der für sie auf der Geige spielen würde. Mistress Epps war tatsächlich zu Tränen gerührt.

Epps hatte Bob befohlen, sein Pferd zu satteln und herzubringen. Auch die anderen Sklaven hatten mittlerweile ihre Angst vor einer Bestrafung überwunden und waren in den Hof gekommen. Sie standen außer Sichtweite ihres Herrn hinter den Hütten. Sie bedeuteten mir, zu ihnen zu kommen, und befragten mich voll wissbegieriger Neugier und mit aufgeregten Stimmen. Könnte ich jedes Wort, das sie sagten, wiedergeben oder ihre Mienen oder Ausdrucksweisen zeichnen – es wäre ein interessantes Bild. Ihrer Einschätzung nach war ich gerade auf eine unermessliche Größe gewachsen – war ein Mensch von größter Wichtigkeit geworden.

Als die rechtlichen Dokumente zugestellt und mit Mister Epps ein Treffen am nächsten Tag in Marksville vereinbart worden war, stiegen Northup und der Sheriff in die Kutsche, um eben dorthin zurückzukehren. Als ich gerade den Kutschersitz besteigen wollte, meinte der Sheriff, ich sollte mich von Mister und Mistress Epps verabschieden. Ich rannte zurück zum Vorplatz, wo beide noch standen, nahm meinen Hut ab und sagte,

„Auf Wiedersehen, Missis.“

„Auf Wiedersehen, Platt“, sagte Mistress Epps freundlich.

„Auf Wiedersehen, Master.“

„Ah! Du verdammter Nigger", murmelte Epps mit unterdrückter, boshafter Stimme, „brauchst nicht so verflucht amüsiert zu tun – noch bist du nicht weg – ich werde das morgen in Marksville klären."

Ich war nur ein „*Nigger*" und kannte meinen Platz, aber in diesem Moment fühlte ich mich genauso stark wie ein weißer Mann; was für eine Genugtuung wäre es gewesen, wenn ich mich getraut hätte, ihm einen Tritt zu verpassen. Auf dem Weg zurück zur Kutsche rannte Patsey von einer der Hütten auf mich zu und warf sich mir an den Hals.

„Oh, Platt", schluchzte sie tränenüberströmt, „du wirst frei sein – du wirst weg gehen und wir werden dich niemals wiedersehen. Du hast mir viele Auspeitschungen erspart, Platt; ich bin froh, dass du frei sein wirst – aber Herr! Oh Herr! Was wird aus mir werden?"

Ich riss mich von ihr los und stieg auf die Kutsche. Der Kutscher schnalzte mit der Peitsche und los ging es. Ich schaute zurück und sah Patsey mit hängendem Kopf auf der Erde liegen; Mistress Epps stand auf dem Vorplatz; Onkel Abram, Bob, Wiley und Tante Phebe waren am Tor und starrten mir nach. Ich winkte ihnen, aber die Kutsche nahm eine Kurve am Bayou und ich war ihren Augen für immer entschwunden.

Wir hielten einen Augenblick bei Careys Zuckerfabrik, wo viele Sklaven bei der Arbeit waren. So etwas bekamen Nordstaatler selten zu Gesicht. Epps galoppierte mit Höchstgeschwindigkeit an uns vorbei – wir wie später erfuhren, auf dem Weg in die Pine Woods zu William Ford, der mich in diese Gegend gebracht hatte.

Am Dienstag, den 4. Januar trafen sich Epps und sein Anwalt, der ehrenwerte E. Taylor, Northup, Waddill, der Richter und der Sheriff von Avoyelles, sowie ich selbst in einem Raum in Marksville. Mister Northup zählte die Fakten hinsichtlich meiner Person auf und zeigte seinen Auftrag und die eidesstattlichen Erklärungen vor. Der Sheriff beschrieb die Szene im Baumwollfeld. Auch ich wurde hinlänglich verhört. Schließlich versicherte Mister Taylor seinem Klienten, dass er genug gehört hatte und dass eine Berufung nicht nur kostspielig, sondern auch vollkommen sinnlos wäre. In Übereinstimmung mit dieser Einschätzung wurde ein Dokument aufgesetzt, in dem Epps durch seine Unterschrift bestätigte, dass er mein Recht auf Freiheit zur Kenntnis genommen und mich formell den Behörden des Staats New York überstellt hatte. Es wurde auch angeregt, dass dieser Vorgang im Einwohnerregister von Avoyelles vermerkt werden sollte.

Mister Northup und ich eilten umgehend zur Anlegestelle und nahmen den ersten Dampfer, der sich bot. Bald schipperten wir den Red River hinunter, den ich zwölf Jahre zuvor mit solch verzagten Gedanken hinauf gekommen war.

KAPITEL 22

Als der Dampfer seinen Weg in Richtung New Orleans nahm, war ich *vielleicht* nicht glücklich – *vielleicht* gab es keinen Grund, warum ich nicht auf dem Deck tanzen sollte – vielleicht empfand ich nicht genug Dank für den Mann, der so viele hundert Meilen für mich gereist war – vielleicht habe ich nicht seine Pfeife entzündet oder ihm den kleinsten Wunsch von den Lippen gelesen. Wenn ich das nicht getan habe – kein Problem.

In New Orleans verweilten wir zwei Tage. In dieser Zeit zeigte ich Northup Freemans Sklavenstall und den Raum, in dem mich Ford erworben hatte. Zufälligerweise trafen wir Theophilus auf der Straße, aber ich hatte keine Lust meine Bekanntschaft mit ihm zu erneuern. Angesehene Bürger erzählten uns, dass aus ihm ein elender Schläger geworden war – ein heruntergekommener Mann ohne Ehre.

Wir besuchten auch den Protokollanten im Einwohnermeldeamt, einen Mister Genois. Senator Soules Brief war an ihn gerichtet und wir fanden schnell heraus, dass er seinem exzellenten und ehrenwerten Ruf mehr als gerecht wurde. Er stattete uns großzügig mit einem rechtmäßigen Pass aus, der seine Unterschrift und sein Siegel trug. Da der Pass auch meine Personenbeschreibung beinhaltete, soll der Text an dieser Stelle eingefügt werden:

„Stadt New Orleans im Bundesstaat Louisiana:
Einwohnermeldeamt, Zweiter Distrikt.

„Dieser Pass bestätigt, dass Henry B. Northup, Landjunker des Washington County im Bundesstaat New York, vorschriftsmäßige Unterlagen präsentiert hat, die die Freiheit des Solomon beweisen. Dieser ist ein Mulatte von zweiundvierzig Jahren, einen Meter und einundsiebzig Zentimeter groß und hat gelocktes Haar sowie haselnussbraune Augen. Er ist Einwohner des Staates New York und dort geboren. Besagter Northup ist befugt, Solomon durch den Süden in seine Heimat zurückzugeleiten. Alle Behörden werden angewiesen, den gerade beschriebenen farbigen Mann, der sich ordentlich und angemessen benehmen wird, unbehelligt passieren zu lassen.

Erlassen unter dem Siegel der Stadt New Orleans am 7. Januar 1853.
Th. Genois, Protokollant.

Am 8. Januar gelangten wir mit dem Zug nach Lake Pontchartrain und von dort folgten wir der üblichen Route nach Charleston. Nachdem wir den Dampfer dort bestiegen und unsere Überfahrt bezahlt hatten, wurde Mister Northup von einem Zollbeamten gebeten, zu erklären, warum er seinen Diener nicht registriert hatte. Er entgegnete, dass er keinen Diener hatte – dass er als ordnungsgemäß ernannter Vertreter des Staats New York einen freien Bürger dieses Staats begleitete, der versklavt worden war, und dass er weder wünsche noch beabsichtige, diesen irgendwie zu registrieren. Aus seiner Wortwahl und seinem Gebaren schloss ich, obwohl ich da vielleicht auch vollkommen falsch hätte liegen können, dass wir die Schwierigkeiten, die uns die Beamten in Charleston eventuell bereiteten, ohne große Probleme überstehen würden. Nach kurzer Zeit wurden wir durchgelassen und erreichten Washington am 17. Januar 1853. Auf dem Weg hatten wir Richmond passiert, wo ich einen Blick auf Goodins Stall werfen konnte.

Wir fanden heraus, dass sowohl Burch als auch Radburn noch in der Stadt lebten. Beim Polizeimagistrat der Stadt stellten wir umgehend Strafanzeige gegen Burch wegen Entführung und Verkaufs in die Sklaverei. Nachdem Richter Goddard einen Haftbefehl ausgestellt hatte wurde Burch verhaftet, Richter Mansel vorgeführt und gegen eine Kaution von 3000 Dollar wieder auf freien Fuß gesetzt. Bei seiner Festnahme war Burch in helle Aufregung geraten. Er zeigte Anzeichen größter Angst und Aufregung und bat die Polizisten, noch bevor sie das Gericht an der Louisiana Avenue erreichten und er den genauen Grund seiner Festnahme kannte, dass er Benjamin O. Shekels, einen Sklavenhändler und früheren Partner, zu Rate ziehen dürfe. Dieser stellte dann auch die Kaution.

Am 18. Januar um zehn Uhr erschienen beide Parteien vor dem Magistrat. Senator Chase aus Ohio, der ehrenwerte Orville Clark aus Sandy Hill und Mister Northup vertraten die Anklage und Joseph H. Bradley übernahm die Verteidigung.

Orville Clark wurde als Zeuge vereidigt und sagte aus, dass er mich seit meiner Kindheit kannte und dass ich als auch mein Vater als freie Männer geboren worden waren. Mister Northup tat es ihm gleich und legte weitere Beweise aus seiner Mission in Avoyelles vor.

Ebenezer Radburn wurde dann für die Anklage vereidigt und sagte aus, dass er achtundvierzig Jahre alt war; dass er Einwohner Washingtons war und Burch bereits vierzehn Jahre kannte; dass er im Jahr 1841 Aufseher in Williams' Sklavenstall war; dass er sich an die Umstände meiner Gefangenschaft dort in diesem Jahr erinnere. An diesem Punkt gab der Anwalt der Verteidigung zu, dass Burch mich im Frühjahr 1841 in diesen Stall verfrachtet hatte, woraufhin das Verfahren pausierte.

Nun wurde mit Benjamin O. Shekels ein Zeuge der Anklage aufgerufen. Benjamin war ein dicker, grobschlächtiger Mann und der Leser möge einen genauen Eindruck von ihm gewinnen, indem er exakt die Worte liest, die er auf die erste Frage des Anwalts der Verteidigung antwortete. Er wurde nach seinem Geburtsort gefragt und seine Antwort, die sehr rüde kam, war die folgende –

„Ich wurde in Ontario County im Staat New York geboren *und habe über 5 Kilo gewogen!*"

Benjamin war ein Baby von ungeheuerlichen Ausmaßen gewesen! Dann sagte er weiter aus, dass ihm im Jahr 1841 das Steamboat Hotel gehörte, und dass er mich im Frühjahr dieses Jahres dort gesehen hatte. Er fuhr fort damit zu beschreiben, was er zwei andere Männer sagen hörte. Woraufhin Senator Chase Einspruch erhob und bemerkte, dass die Aussagen zweier Männer, die von einem dritten gehört wurden, nicht zugelassen werden konnten, da dies juristisch als Hörensagen gewertet werden müsse. Der Richter lehnte den Einspruch ab und Shekels fuhr fort damit, dass zwei Männer in sein Hotel gekommen waren und ihm sagten, dass sie einen schwarzen Mann zum Verkauf anzubieten hätten; dass sie dort mit Burch geredet hätten; dass sie behauptet hätten, aus Georgia zu kommen, er sich aber nicht mehr an den County erinnern könne; dass sie ihm viel über den Jungen erzählen konnten, dass er Maurer sei und auf der Geige spielen könnte; dass Burch mit ihnen übereinkam, kaufen zu wollen, wenn der Preis stimme; dass sie hinausgingen und den Jungen hereinbrachten und dass ich diese Person gewesen sei. Er sagte weiter aus, mit einer Unbekümmertheit, als ob es die reine Wahrheit sei, dass ich dargelegt hätte, dass ich in Georgia geboren und aufgewachsen sei; dass einer der jungen Männer, bei denen ich war, mein Herr gewesen sei; dass ich sehr bedauert hätte, mich von ihm trennen zu müssen und dass ich sogar „ein paar Tränen verdrückt hatte!" – nichtsdestotrotz hätte ich darauf bestanden, dass mein Herr das Recht hatte, mich zu verkaufen; dass er mich verkaufen *musste*; und, laut Shekels, war der Grund dafür, dass mein Herr „beim Glücksspiel verloren hatte und nun Geld brauchte."

Er fuhr mit folgenden Worten fort, die nunmehr dem Protokoll der Vernehmung entnommen sind: „Burch befragte den Burschen wie üblich, sagte ihm, dass er ihn nach Süden schicken würde, sobald er ihn gekauft hätte. Der Junge sagte, dass er keinen Einwand habe, dass er sogar gerne nach Süden gehen würde. Meines Wissens zahlte Burch 650 Dollar für ihn. Ich kann mich nicht genau erinnern, welcher Name ihm gegeben wurde, aber ich glaube nicht, dass es Solomon war. Den Namen der beiden Verkäufer kannte ich nicht. Sie waren zwei oder drei Stunden in meiner Gaststätte, wo der Junge Geige spielte. Der Kaufvertrag wurde in meiner Bar unterschrieben. Es war *ein leerer Vordruck, den Burch ausfüllte.* Vor 1838 war Burch mein Partner. Unser Geschäft war es, Sklaven zu kaufen und zu verkaufen. Danach war er Partner von Theophilus Freeman in New Orleans. Burch kaufte hier – Freeman verkaufte dort!"

Vor seiner Aussage hatte Shekels gehört, wie ich den Sachverhalt meines Besuchs in Washington mit Brown und Hamilton geschildert hatte; ohne Zweifel sprach er deswegen die ganze Zeit von „zwei Männern" und dass ich Geige spielen konnte. Dies war nun also sein Lügenmärchen, vollkommen unwahr – und dennoch gab es in Washington einen Mann, der sich noch traute, ihn zu unterstützen.

Benjamin A. Thorn sagte aus, dass er 1841 bei Shekels war und einen farbigen Jungen gesehen hatte, der auf der Geige spielen konnte. „Shekels sagte, er stünde zum Verkauf. Hörte, wie sein Herr sagte, er müsse ihn verkaufen. Der Junge bestätigte mir, dass er ein Sklave sei. Ich habe die Übergabe des Gelds nicht beobachtet. Kann nicht beschwören, dass es dieser Junge da ist. Der Herr war *kurz davor, Tränen zu vergießen: ich glaube, der Junge tat es tatsächlich!* Ich bin nun seit über zwanzig Jahren im Sklavengeschäft und bringe sie nach Süden. Wenn ich das gerade nicht tue, finde ich etwas anderes."

Dann wurde ich als Zeuge aufgerufen; nach einem Einspruch entschied das Gericht aber, dass meine Aussage unzulässig war. Der Grund dafür war ausschließlich, dass ich ein Farbiger war – dass ich ein freier Bürger New Yorks war, wurde nicht in Frage gestellt.

Nachdem Shekels aussagte, dass es einen Kaufvertrag gegeben hatte, rief die Anklage Burch auf, um diesen vorzulegen – schließlich würde der Vertrag die Aussagen von Thorn und Shekels belegen. Der Anwalt des Angeklagten sah die Notwendigkeit ein, diesen vorzulegen. Andernfalls müsste man triftige Gründe für eine Ablehnung präsentieren. Letzteres war der Fall und Burch musste nun als Zeuge für sich selbst aussagen. Der Staatsanwalt vertrat die Meinung, dass solch eine Aussage auf keinen Fall zugelassen werden dürfe – dass dies gegen jede Regel der Beweisführung spreche und die gesamte Rechtsprechung ad absurdum führen würde. Und dennoch nahm das Gericht Burchs Aussage auf! Er schwor, dass der Kaufvertrag existierte, er ihn aber verloren hatte und nicht wüsste, was aus ihm geworden ist. Der Magistrat wurde daraufhin aufgefordert, Polizeibeamte zu seinem Haus zu entsenden und die Bücher mit den Kaufunterlagen des Jahres 1841 zu bringen. Der Aufforderung wurde stattgegeben und bevor Maßnahmen ergriffen werden konnten, dies zu verhindern, hatten die Beamten bereits Besitz von den Büchern ergriffen und sie ins Gericht gebracht. Die Verkäufe für das Jahr 1841 wurden gefunden und sorgfältig geprüft – aber kein Verkauf meiner Person entdeckt, unter welchem Namen auch immer!

Nach dieser Beweisführung hielt das Gericht es für erwiesen, dass Burch unschuldig und ehrenhaft in meinen Besitz gekommen war und sprach ihn frei. Burch und seine Kumpane versuchten anschließend, mir die Anklage anzuhängen, dass ich mit den beiden weißen Männern unter einer Decke gesteckt hätte und ihn betrügen wollte – mit welchem Ausgang, stellt folgender Artikel der New York Times dar, welcher ein oder zwei Tage nach dem Verfahren erschienen ist: „ Noch vor dem Freispruch des Angeklagten hatte der Anwalt desselben eine eidesstattliche Erklärung aufsetzen und von Burch unterschreiben lassen und Anklage gegen den farbigen Mann mit dem Tatbestand erhoben, dass dieser mit den beiden zuvor genannten Männern eine Verschwörung gegen Burch betrieb, um diesen um 650 Dollar zu betrügen. Der Anklage wurde stattgegeben, der farbige Mann verhaftet und Richter Goddard vorgeführt. Burch und seine Zeugen erschienen vor Gericht und H. B. Northup trat als Anwalt des Angeklagten auf. Er sei bereit, im Sinne der Anklage fortzufahren, und bat sich keine weitere Verzögerung aus. Nachdem sich Burch einige Zeit unter vier Augen mit Shekels beraten hatte, sagte er dem Magistrat, dass er die Klage fallen lassen und nicht weiter verfolgen möchte. Der Anwalt des Angeklagten bezeigte dem Magistrat, dass der Rückzug dieser Klage ohne Einverständnis oder Verlangen des Angeklagten erfolgen müsse. Burch bat den Magistrat nunmehr um die Anzeige und die Anklageschrift und bekam beides ausgehändigt. Der Anwalt des Angeklagten erhob diesbezüglich Einspruch und verlangte, dass beide Dokumente bei den Unterlagen des Gerichts verbleiben und selbiges den Verlauf der Gerichtsverhandlung beglaubigen müsse. Burch gab sie heraus und das Gericht erließ ein Aufhebungsurteil, das zu den Akten ging."

Es mag Leute geben, die nunmehr den Behauptungen des Sklavenhändlers Glauben schenken möchten – die Leute, in deren Augen seine Beschuldigungen schwerer wiegen als meine. Ich bin ein armer, farbiger Mann, einer aus einer unterdrückten und degradierten Rasse, deren bescheidene Stimme nicht gehört werden mag; aber einer, der die Wahrheit *kennt*. Im Vollbesitz meiner geistigen Kräfte erkläre ich hiermit feierlich vor Mensch und vor Gott, dass jeder Verdacht, ich hätte direkt oder indirekt mit bestimmten Personen ein Komplott zu meinem eigenen Verkauf geschmiedet oder jeder andere Bericht über meinen Aufenthalt in Washington, meine Gefangennahme und Einkerkerung in Williams' Sklavenstall, der nicht den in diesem Buch dargelegten Beschreibungen entspricht, vollkommen und absolut unwahr ist. Ich habe in Washington noch nie Geige gespielt. Ich war nie im Steamboat Hotel und habe Thorn oder Shekels, nach bestem Wissen, noch nie vor letztem Januar gesehen. Die Geschichte der Sklavenhändler ist frei erfunden und so absurd wie gemein und gegenstandslos. Wäre sie wahr gewesen, wäre ich wohl auf meinem Rückweg kaum auf die Idee gekommen, Burch zu verklagen. Ich hätte gut daran getan, ihn zu *meiden*, statt zu suchen. Ich hätte wissen müssen, dass dieser Schritt mich zwangsläufig unglaubwürdig machen würde. Zieht man in Betracht, dass ich nichts anderes im Sinn hatte, als meine Familie wiederzusehen und beschwingt war von der Aussicht, endlich nach Hause zu kommen, ist es empörend anzunehmen, dass ich bewusst das Risiko in Kauf genommen hätte, mich einer Strafverfolgung oder gar Verurteilung auszusetzen, wenn in den Behauptungen Burchs auch nur ein Funken Wahrheit stecken sollte. Ich hatte alle Anstrengungen unternommen, ihn zu finden, ihn vor Gericht zu bringen und wegen des Verbrechens der Entführung anzuklagen; das einzige Motiv, das mich zu diesem Schritt verleitete, war das brennende Verlangen in mir, das Unrecht, welches er an mir begangen hatte, vor einem ordentlichen Gericht zu sühnen. Er wurde freigesprochen, in der Weise und mit den Mitteln, die ich beschrieben habe. Ein menschliches Tribunal hat ihm erlaubt, zu entkommen; aber es gibt ein weiteres, höheres Tribunal, vor dem falsche Aussagen nichts gelten und vor dem ich gewillt bin, soweit es diese Aussagen betrifft, letztmals gerichtet zu werden.

Wir verließen Washington am 20. Januar und erreichten in der Nacht des 21. Januar auf unserem Weg über Philadelphia, New York und Albany Sandy Hill. Mein Herz quoll über vor Freude, als ich viele altbekannte Örtlichkeiten sah, und mich plötzlich in der Mitte von Freunden aus lang vergangenen Tagen wiederfand. Am nächsten Morgen setzte ich meine Fahrt in Begleitung mehrerer Bekannter nach Glen Falls fort, wo meine Familie nun wohnte.

Nachdem ich an ihrem komfortablen Landhaus angekommen war, traf ich zuerst auf Margaret. Sie erkannte mich nicht. Als ich sie verließ, war sie ein kleines, drauflos plapperndes Mädchen von sieben Jahren, das noch mit seinen Spielsachen unterwegs war. Nun war sie zur Frau geworden und verheiratet mit einem Jungen, der mit leuchtenden Augen neben ihr stand. Sie hatte ihren versklavten, unglücklichen Vater nicht vergessen und das Kind Solomon Northup Staunton getauft. Als ich ihr sagte, wer ich war, überwältigten sie ihre Gefühle und sie war unfähig, etwas zu sagen. In diesem Moment kam auch Elizabeth ins Zimmer und Anne kam vom Hotel herüber gerannt, wo man ihr von meiner Ankunft berichtet hatte. Sie umarmten mich und hingen mit tränenüberströmten Gesichtern an meinem Hals. Aber ich breite nun einen Schleier über diese Szene, die besser erlebt als beschrieben werden sollte.

Als der Sturm der Gefühle der heiligen Freude gewichen und die Hausgemeinschaft am Feuer versammelt war, das seine Wärme und Behaglichkeit im Raum verbreitete, redeten wir über tausend Dinge, die passiert waren – die Hoffnungen und Ängste, die Freuden und Sorgen, die Prüfungen und den Kummer, den wir alle in der langen Zeit der Trennung erfahren hatten. Der Junge hatte erst vor kurzem seiner Mutter geschrieben, dass er versuchen wolle, genug Geld zu verdienen, um meine Freilassung erkaufen zu können. Von seinen jüngsten Tagen an war das sein Ziel und die Absicht gewesen, um die seine Gedanken kreisten. Sie wussten, dass ich gefangen war. Der Brief, den ich auf der Brigg geschrieben hatte, und Clem Ray selbst hatten ihnen dies verraten. Aber sie konnten bis zum Eintreffen von Bass' Brief nur vermuten, wo ich sein könnte. Anne erzählte mir, dass Elizabeth und Margaret eines Tages bitterlich weinend aus der Schule kamen. Als sie nach dem Grund ihres Kummers gefragt wurden, sagten sie, dass sie während des Geographie-Unterrichts Bilder von Sklaven gesehen hatten, die in einem Baumwollfeld arbeiten mussten, und denen ein Aufseher mit einer Peitsche folgte. Dies erinnerte sie an die Leiden, die ihr Vater vielleicht – und auch tatsächlich –

im Süden durchmachen musste. Viele Zwischenfälle dieser Art wurden berichtet – Zwischenfälle, die immer wieder zeigten, dass mich niemand vergessen hatte, aber die sicher nicht von genügend Interesse für den Leser sind.

Meine Geschichte ist hier zu Ende. Ich habe keine weiteren Kommentare zum Thema Sklaverei hinzuzufügen. Der Leser dieses Buchs möge sich sein eigenes Bild von dieser „sonderbaren Einrichtung" machen. Wie sie in anderen Staaten gehandhabt wird, kann ich nicht sagen; wie sie am Red River gehandhabt wird, steht in diesen Zeilen ausführlich beschrieben. Dies ist keine Fiktion, keine Übertreibung. Wenn mir eines nicht gelungen ist, ist es dem Leser die schönen Seiten dieser Geschichte aufzuzeigen. Ich zweifle nicht daran, dass es Hunderte gibt, die in der gleichen Lage waren wie ich; dass Hunderte freier Bürger entführt und in die Sklaverei verkauft wurden und in diesem Moment ihr Leben fristen auf den Plantagen in Texas und Louisiana. Aber ich möchte nachsichtig sein. Gerade weil die Leiden, denen ich unterworfen war, mich gezüchtigt und im Geist unterworfen haben, bin ich Gott dem Herrn dankbar für dessen Gnade, die mir die Freude und die Freiheit wiedergebracht hat. Ich hoffe, dass ich von nun an ein aufrechtes, wenn auch einfaches Leben führen darf und schließlich dort, wo mein Vater im Kirchhof begraben liegt, meine letzte Ruhe finde.